JN050604

ケン・リュウ
柞刈湯葉
郝景芳
王谷晶
閻連科
佐藤究
上田岳弘
樋口恭介
イーユン・リー
ジェニー・ザン
藤井太洋
立原透耶

中国・SF・革命

河出書房新社

中国・SF・革命　目次

カバー写真　Miss Aniela
装丁　木庭貴信＋岩元萌（ＯＣＴＡＶＥ）

中国・SF・革命

トラストレス

ケン・リュウ

古沢嘉通　訳

「近年の技術的進歩は、スマートコントラクトが、契約法の実行装置にほぼ、あるいはそっくりそのまま、置き換わるかもしれないという推論をみちびきだした」
『コントラクト・エクス・マキナ』デューク法律ジャーナル誌（二〇一七年）

「もう六時半だぞ、ケイティ」ネズミ顔の男が言う。「契約書をまとめるのにどれくらいかかるんだ？」

「終わるときに終わります」わたしは画面のリーガルイーズに示される条文から目を離さずに答える。

釜山（プサン）からボストンへのドローン部品の出荷は、容易に手配できるはずだった。リーガルイーズの背景にある最重要設計目標のひとつは、〝法律屋たちを怯えさせない構成規則〟を提供することだ。このソフトウェアは、人間に判読可能なスマートコントラクトを書き上げられる。そののち、既判事項（リース・ジュディケイタ）ブロックチェーンで実行するためバイトコードに変換される。だが、グレンのような多くのオールドタイマーたちは、この新しいプログラミング言語の使い方をけっして理解しない。

「ほら」わたしはそう言ってキーボードを押し、机から体を離した。「できた」

「うーむ」グレンは言う。「実際にはあまり時間はかからなかったな」

そのセリフでなにを言おうとしているのかわかっているので、わたしは無視する。セーブしたソース・ファイルをドラッグしてシミュレーター・アイコンまでもっていき、契約が変換され、命を吹きこまれるのを見守る。少しして画面にメッセージが現れる――「**テスト・スイート合格**」。

「あのな、ケイティ、ずっと考えていたんだが、契約ごとに払うのではなく――」

「ちょっと待って」わたしの携帯電話がブーンと鳴る。視線を下に向け、画面を確認すると、グレンのアウレウス・アドレスがわたしの使い捨て携帯のアドレスに取り決め額のオーラを振りこんだのがわかる。テスト・スイートに合格することがわれわれの契約の唯一の前提条件だ。グレンが代金を踏み倒そうとするのはわかっていた。おあいにくさま、スマートコントラクトの場合、支払いを渋ったり、条件を再交渉したりする方法はない。わたしは荷物を片づける。

「じゃあ、次の機会にまた」

サンが階段に腰掛け、わたしの行く手をさえぎっている。廊下をはさんだ向かいの部屋に家族とともに暮らしていること以外、彼女についてはなにも知らない。たしかワンルームに六人で住んでいるはず。

「新鮮な空気を吸いにきたの？」わたしは興味というよりも礼儀から訊ねる。

「うん」サンはそう言うと長い黒髪を耳のうしろへ流し、わたしを通すため、座ったまま横にずれる。「隣から壁越しにひどい臭いが漏れてきているせいで、赤ん坊の姪が泣きやまない」

「ダレンに電話した？」

サンは鼻を鳴らす。ダレンは史上もっとも怠惰な大家かもしれない。ここに住むようになって一月も経っていないけど、水漏れのする台所のシンクをダレンがけっして直さないだろうということはもうわかっている。

「みんな引っ越しの話をしている」サンは言う。そして肩をすくめる。

引っ越しをしようとすると、どういうことになるかだれもが知っている。一連の貿易戦争と景気刺激策のあと、インフレが猛威を振るい、家賃統制策によって住宅供給が減り、家主たちは〝理想的な〟賃借人をよりどりみどり選べるようになった。つまり、サンやわたしのように信用のない人間には、ダレンのようなクソ大家を甘んじて受け入れる以外の選択肢がないわけだ。

「いつだって住居問題裁判所にいけるよ」わたしは言う。「居住性の保証を訴えるの。知ってるよね？」

サンはけげんそうな表情を浮かべる。「裁判所や法律屋は、あたしらみたいな人間のためにはいない」

わたしは部屋に入り、六本入りビールのパックを手に引き返す。わたしが階段に戻ると、サンは家族の話をする——閉所恐怖症になりそうなボートに摑まり、はるばる砂漠を越え、連邦政府の役人に見つからないよう地下室に身を隠す。億万長者どもが最低賃金以下で人々を働かせたがっている仕事に就く。就労証明書を持たないまま成長する過程で学びとる、生きていくうえでのコツの話。

「現金での支払いをまだできるならもっと楽なんだけど」サンは言う。「でも、少なくともオーラがある」

わたしはうなずく。オーラでわたしは毎月はじめにダレンに支払い、部屋の錠の新しいコードを手に入れる。もし支払わなかったら、わたしは即座に自動的に締め出される。信用確認はなく、賃貸契約もなく、立ち退き手続きもなく、不服申立てもない。スマートコントラクトと暗号通貨――富める者と貧しき者両方がいまやそこに頼るようになったのは、奇妙なことだ。

「で、あんたの話を聞かせて」サンが言う。「どうしてここに住んでるの？　あの法律事務所のトートバッグを持っているのを見たよ」

わたしは利益追求型のロースクールのおしゃれな入学案内パンフレットに書かれていた法的拘束力のない約束について話す。三年間通って、免責不許可負債二十万ドルを背負ったのち、大手法律事務所からの誘いはいっさいなかった。わたしの学位は、無価値だと判明した――ハーヴァードやスタンフォードのような名前がついていない学位であるがゆえに、信用されなかった。

だからこそ、わたしは資格認定書や社会的評価が物を言う世界から姿を消そうと決めた。わたしには法律を実践する資格がないが、グレンのような定評のある弁護士ができない仕事を、連中が投げつけてくるわずかばかりのはした金のためにできる。

「あんたが本物の弁護士でないのは残念」サンが言う。「もし本物だったらひょっとしてあんたは立派な仕事をできるかもしれないのに」

わたしは苦笑いを浮かべる。階段の先にある階では、サンの姪がまだ泣いている。べつの住戸にいるだれかがポルトガル語で怒鳴っている。スパイスの利いた料理の匂いがこちらへただよい降りてくる――ひょっとして東南アジアの料理だろうか？　わたしには区別がつかないだろう。ダレンのコンピュータに制御された（スマート）錠に閉ざされた狭い住戸に暮らしているわれわれ住民はだれも携帯電話をぶつけて情報交換（バンプ）したことがなかった。ましてやそれぞれが抱えているトラブルを知る機会はなかった。われわれ信用のない人間（トラストレス）はまえもって信用（オン・クレジット）して同情心を口にすることができない[*1]。

ある考えが形を作りはじめる。「もしかしたら弁護士は要らないかも」わたしは言う。サンはいぶかしげに片方の眉を上げる。

つかえながら、わたしはドアの錠用のスマートコントラクトを書き上げられることを説明する。必要な項目が充たされないかぎり、錠のリセットを拒むスマートコントラクトだ――蛇口から清潔な水が流れること、暖房装置が機能すること、異臭がしないこと、天井から雨漏りがしないこと。

サンがその提案をじっと考える。「だけど、異臭だとだれが決めるの？　判事は要らないの？」

「大家と賃借人が共同で定めた前提条件を有する契約をわたしが作成する」わたしは言う。「もし合意が得られないなら、臨時の神官を招く」

「なにそれ？」

「ウーバー陪審員――えーっと、スクーターに乗って一日じゅう走りまわり、スマートコントラクトの前提条件に裁定を下す連中。大企業はコストを削減するためにしょっちゅうウーバー陪審員を利用している。彼らに支払いをするため、オーラを集める必要があるわ。彼らはあなたやわたしとたいして変わりのない非正規労働者にすぎない」

「わかった」サンはその考えに乗り気になりかけていた。「だけど、どうやってダレンに合意させるの？」

もしわれわれ全員が、つまりダレンが管理する建物すべての賃借人全員が、団結し、わたしの作成するスマートコントラクトの導入を主張すれば、ダレンは降参せざるをえない、とわたしはサンに言う。コンピュータ・コードに組みこまれた賃借人組合を結成することになるだろう。代わりの居住者を連れこませないよう建物の入り口を封鎖することさえできるだろう。

「みんなあんたを信用しなきゃならなくなるね」サンが言う。

われわれはみな隠し事を抱え、警戒心を抱き、疑り深く、相反する目的で行動する。だが、コンピュータ・コードが法律である場合でも、非破壊性暗号技術がもたらすトラストレスなウエブの理想を切望している場合でも、泣き叫ぶ赤ん坊を抱え、クソッタレな信用しかなく、安物のビールを分かち合う以外にすることがなくても、仲間の人間に頼らねばならない場合がときにはあるものだ。

サンの姪はようやく泣き止んでいた。サンは腰を上げ、残ったビールを最後にあおる。「いかなくちゃ」

わたしはがっかりする。コンピュータ・コードを通しての革命のイメージは、そのまま、つまりイメージとして留まったままだ。だが、サンは携帯電話をさしだしてくる。

「バンプしない？　次はあたしがビールを奢るよ」

ひょっとしたら、あくまでも可能性だが、これは新しいブロックチェーンの最初のブロックかもしれない。

＊1 「トラストレス」は、ブロックチェーン技術を利用して、特定のだれかを信用せずとも安全な取引ができるという暗号通貨上の概念。

THE TRUSTLESS by Ken Liu
Copyright © 2018 by Ken Liu
Permission from Ken Liu c/o Baror International, Inc.
arranged through The English Agency (Japan) Ltd.

改暦

柞刈湯葉

蝕の予報は多いほどよい。

少しでも疑わしい日があれば、とにかく日蝕が来ると皇帝に奏上すべし。李復圭が大都の天文台で最初に学んだのがそれであった。

「そのような予報を出して、外れれば一大事となるのでは」

上役にあたる劉和にそう尋ねると、

「構わぬ。もし太陽が欠けねば、善政によって蝕を免れました、と申せばよい。皇帝はむしろお喜びになる」

と、劉和は漢人らしからぬ巨軀で李復圭を見下ろしながら、こともなげに応えた。李復圭が不服そうな顔をすると、彼は罪人を咎めるような目で言った。

「予報なき蝕だけは、絶対に避けねばならん。それこそが一大事だ」

「どうなります」

「下手をすれば、己やお前の首がとぶ」

と、劉和はその大きな右手で、自分の後頸部をとんと叩いた。それは解雇ではなく解剖学的な首の意であった。今や地上の半分を支配するモンゴルの皇帝にとって、漢人官吏の首などは、馬の足よりも軽いものに違いない。

自然界の動向は、為政者の徳と相関する。

古来、中国ではそのように考えられている。

旱魃(かんばつ)、洪水、蝗害(こうがい)といった天災の一切は、皇帝の悪政によって発生する。皇帝はその身に天命を宿し、天界と人界とを結ぶべき存在だからである。天子、という呼び名もそれに由来する。

とりわけ日蝕は、天帝がその意思を地上に伝える手段として特別視されており、

「この日に蝕がある」

と政府が前もって宣言することは、皇帝が天子である、という事実そのものであった。もし予告なき蝕が起これば、いまの皇帝は天命を宿していないのではないか、と民は考え、国家権力の基盤さえも揺らぎえた。

このような天人相関の思想は、中国を支配する異民族たちにも引き継がれている。

ことにモンゴル人の皇帝であるクビライ・カーンは、祖父チンギス以来の悲願であった宋(そう)の制覇が、武力のみではなし得ぬことを誰よりも理解していた。だからこそ自身の支配領域に「大元(だいげん)」という漢風の国号を定め、漢人の文化を積極的に取り入れ、蒼天の下で最大の人口を抱えるこの民族の掌握を図ったのだ。

クビライのこうした姿勢は、宋を滅ぼした後も継続していた。新たに併合した領土からは、優れた技術者や職人が次々と、元の都たる大都に集められた。

臨安(りんあん)の占星術師の家で育った李復圭も、その事業の一環として大都に招諭(しょうゆ)され、天測と暦算に従事することになった。国を失った者としては、恵まれた部類といえる。

だが、日蝕の予測は容易にあたらない。

史書によると、天測による日蝕予測は一千年の昔、魏の時代まで遡る。天には、日の通り道である黄道と、月の通り道である白道が存在する。新月の昼間にこの両者が接近すると、月が日輪を覆い隠し、日蝕が起きる。満月の夜であれば、月蝕となる。むろん、目に見えぬ新月の道を観測で求めることは能わず、事前に測定された経路から、間接的に算出することとなる。そのような数学的手続きも、長い天文学の伝統のなかで徐々に洗練されていった。

隋代には、日月の速度が均等ではなく、規則的に変化することが発見され、暦術に導入された。これは日月の軌道が真円ではなく、わずかに偏った楕円であることによる。そのような事実が貴族の時代から知られていたことは、驚嘆というほかない。

しかし、これほどまでに天の理を究めても、いまだ日蝕の予測は、及第というには程遠い。宮廷に集められた古い文献を繙き、過去の日蝕を参照しても、万全の態勢でいざ新月の日を迎えると、月は大路を歩く酔人のようにふらついて、地上の学者たちが算出した軌道を外れてしまうのだ。

こうした営みが幾百年も続けられた挙げ句、天文官たちが諦観とともに辿り着いた結論が、

「蝕の予報は多いほどよい」

だった。

李復圭が大都の宮廷に出仕した頃、暦には年に一度の日蝕を入れることが決まっていた。すなわち、一年の暦を作る際に、黄道と白道が最も近づく日に「日蝕」と書き込むのだ。

現実には、年に二度の日蝕が起きることはまずない。一度起きる年さえ少ないのだ。だから、これで実際に起きる日蝕をすべて押さえることができる。それが皇帝の信を損ねず、かつ自分たちの身の安全を保障する落としどころだった。

天測の記録をもとに、水を張った盆を運ぶがごとき検算を重ねて、同僚たちの計算と突き合わせて、

「これは起きぬであろう」

とわかっていても、慣例に従って「日蝕の兆あり」と書き込んだ。

これにより宮中の行事はいくつも中止になり、民間の商業や、遠方の軍事活動に至るまで少なからぬ影響を与えた。そこに厖大(ぼうだい)な経済的損失が発生することは天文官たちも想像できたが、自分たちの命が危ういとなれば、慣例をあえて破ることは誰もしなかった。

毎年それを繰り返すうちに、皇帝もモンゴル人の重臣たちも、その下で実務にあたる役人たちも、天文官の態度を薄々理解したようだった。年に一度と決まっていれば、季節性の風邪と同じで対処がたやすい。紙の上に規則的に現れる「日蝕」は、実際の空に顕(あらわ)れる不規則な天文現象よりも、むしろ漢人官吏たちの得手とするものであった。

上役の劉和は面倒見のよい男で、大都に慣れぬ李復圭に、宮廷での過ごし方から日々の生活に至るまで細かく世話をやいた。日用品をどの店で買えばよいか、どの通りは盗人(ぬすっと)が出るから避けるべきか、といった生活のほとんどを、彼は逐一説明した。

「父と思って頼ってよいぞ」

と、彼は言った。実際、ふたりには親子ほどの年の差があった。

「臨安は、地上に並ぶもののない都であると聞き及んでおる。そこから来たとあれば、不便も多かろう」

「いえ。大都こそ、遊牧民の都なれば幕屋の集まる村落のような地だろう、と想像しておりましたので、かくも良い暮らしができるとは驚きです」

と、李復圭はその印象を率直に述べた。

官吏として国に仕える身となった彼とその妻子の生活は、在野の占星術師にすぎぬ身であった臨安の頃よりも、明らかに向上していた。もちろん彼の言うように、都自体が予想よりも栄えていたこともある。

「なるほど、遊牧民の都か」

と劉和は豪快に笑った。ふたりの向かい合う机が少し揺れた。

「確かに、旧都のカラコルムはそのような場所とも聞く。だが、この大都は、モンゴル人に女真人、高麗人、西域人などもおるが、一番多いのは我ら漢人だ」

「そうなのですか」

「うむ。モンゴル人には、百万もの民を住まわせる都市は造れまい。漢人の技術者が日々、煉瓦を積み、水利を整えておるのよ」

と劉和が胸を張ると、李復圭は「くくっ」と鼻息を漏らしてしまい、劉和に頭を下げて非礼を詫びた。

臨安にいた頃、宋の役人たちは「残虐非道なモンゴル人たちは漢人を家畜の如く扱っている」としきりに喧伝していたのだ。彼らが己の地位を守るための話であるから、割り引いて聞かねばとは思っていたが、これほどまでに事実と異なるとなれば、怒りを通り越して、むしろ可笑(おか)しみがこみ上げてくる。

そして改めて確信する。祖国が滅びたのは、天命が尽きたからだ、と。

天命が、自分に現在の地位をもたらしたのだ、と。

■

臨安において、宮廷に属さぬ在野の占星術師であった李復圭の一族は、日々、天の星を読みながら、その年の農業の成否、戦(いくさ)に向かう家族の安否などを占うことを、代々の生業(なりわい)としていた。在野の身で国家の命運を占うことだけはかたく禁止されていた。それは朝廷の天文官のみに許されていた。

だが、彼の知る時代の宋は、もはや星など見ずとも、その末路は誰の目にも明らかだった。幼帝を擁した宋の重臣たちは、迫り来るモンゴル軍を前に組織だった抵抗もせず、ひたすら宮廷内の権力争いに明け暮れた。モンゴル軍は――その多くは純粋のモンゴル人ですらなく、異民族の将と漢人の兵で編成されていた――まさに無人の荒野を行くがごとく中原の地を南下した。三百年続いた宋王朝の命運は、ただ彼らの移動速度という、物理の問題に還元された。

このため、臨安がモンゴル軍の前に門を開いた日、彼はその現実を、予定された未来であるようにごく自然に、というよりも、いささか肯定的に受け入れた。

これが意識の表層に浮かぶことは決してなかったが、彼の心理の川底には、天命の変革を喜ぶ心情が、ひっそりと埋もれていた。

もとより一介の占星術師である彼の家は、宮廷に出仕できるような身分ではなかったからだ。

宋の官吏は、科挙（かきょ）とよばれる学科試験によって登用される。その地位は一代限りであり、本来は身分を構成するようなものではない。

事実この試験は、古代の皇帝が各地方に跋扈（ばっこ）する門閥（もんばつ）貴族の力を削ぐために導入したものであった。宋代にはそれが功を奏し、貴族は廃され、中国のすべての権力は皇帝の一手に集中した。

とはいえ、一般庶民の目から見れば、世襲の貴族が、地主の富裕層にとって代わったにすぎない。

科挙は、国内の男子であればほとんど誰でも受験できたが、官吏となることがほぼ唯一の栄達であるこの国では、誰もが科挙の道を求めた。その結果、実際に及第できるのは、高価な書物を買い求め、人生のほとんどの時間を四書五経の暗記に費やせる者たちのみだった。

「壁にまで書物の香りが染み込んだ家」で育った子弟たちは、邸宅に設けられた専用の学習室で、家庭教師を呼んで勉学に励んだ。首尾よく地位を手にした彼らは、なぜ庶民たちは自分のような努力をせずに貧しさに甘んじているのか、と、他の者を見下して歩いた。

ところが、宋がモンゴルの支配下に落ちると、科挙はただちに廃止となった。

モンゴル人たちは、天文や土木、医学といった実際的な学問を重視したが、孔孟（こうもう）の形而上学的な教えにはなんの関心も示さなかった。それどころか、漢人文化の中で儒学だけは厭（いと）うべきものとされ、儒者は乞食の次に下等、と位置づけられた。

こうして、書香の家の者たちは、古い文献の香りを身体に染み込ませたまま、栄達の道を失った。

南方ではいまも宋の皇族を擁した者たちの抵抗が続いていたが、彼らがふたたび臨安に光をもたらさぬことは、太陽が東に沈まぬほどに明らかだった。

代わって光があたったのが、宋に住む技術者たちだ。拡大を続けるモンゴルの統治と、いまだ建設中の大都完成のために、彼らに招集がかかった。天文という実務を知る李復圭は、元王朝の秩序のもとでは、儒学の徒よりも遥か上に位置づけられていた。

その事実は彼にとってあまりに甘美であり、民族の王朝が失われたことなど、きわめて些末な問題であった。

李復圭が大都に向かう数日前、臨安の大路で、士大夫（したいふ）の息子とすれ違ったことがある。

市中をモンゴル兵たちが馬で闊歩（かっぽ）していたものの、臨安の経済活動は通常通りに続き、富裕層は相変わらず富裕であった。だが、もはや太陽が自分たちのために昇っていないことを、彼の目は理解していた。地平線の向こうまで拓（ひら）かれていた彼らの道は、モンゴルという大岩に塞がれた。その岩は、別の者にとっては渓谷を渡る橋であった。

すれ違いざまに、こう言葉をかけられた。

「お前は天に愛されているのだな」

滑稽な言葉だった。李復圭は気づかれぬようにくすりと笑った。

それは、自分がその前半生を通して、彼らに対して思っていたことだった。

さて新天地での生活は、その言葉を裏付けるように、およそ祖先の誰と比べても豊かなものであった。

モンゴルの政府は天文台員に免税特権さえも与え、その立場を優遇していた。他方、在野に天文学のあることを許さず、臨安にあった天文学書や観測器具はすべて回収し、天文学者や占星術師はすべて国家が抱えるという政策をとった。天文台の定員に余る学者たちは、工部の官吏として水利工事などに従事することとなった。元の天文に対する、いささか偏狭なまでの執着が窺える。

だからこそ、彼は「蝕の予報は多いほどよい」という知性を欠いた態度に甘んじねばならぬことに、憤りを感じずにはおれなかった。

毎年、冬至の日に提出される暦を作成するにあたり、

「太陽と白道の位置に一六度もの差がございます。流石(さすが)にこれは蝕なしとしても、よいのではありませんか」

などと提案することもあったが、

「そのようなことが、あってはならぬ」

「南方から来たばかりの貴君は、いまだ我らの学理を理解しておらぬようだな」

という先達たちの言葉により、例年通りに蝕が追加されることになった。

その晩、李復圭がやや荒い手付きで漏刻(ろうこく)の調整をしていると、

「不服か」

と、劉和が頭上から話しかけた。答えあぐねて黙っていると、彼は言葉を続けた。

「己も若い頃は、そう思っていたものだ。では、こう考えてみよ。もし我々の暦術によって、日蝕が完全に予測できたとしよう。それは皇帝に対し、礼を欠くと思わぬか」

「予報を外して皇帝の徳を称えることが臣下の礼であると、そう仰せられるのですか」

李復圭が食い下がると、劉和は深い声で笑い、

「いや、そうではない。正確な予測ができぬことが、だ」

と、謎めいた言葉を残して、暗い廊下へと消えた。後は自分で考えよ、と言っているようだった。

日はとっぷりと暮れた。路上で馬乳酒を飲んで騒ぐモンゴル兵たちの声も、もう止んでいた。漏刻の水の流れる音だけが、やけにくっきりと部屋に響く。数人の天文台員が交代で仮眠をとるため、部屋には彼ひとりきりである。李復圭は劉和の謎掛けを考えながら、その水の流れをじっと見ていた。

自分が天に愛され、天命によってこの職務を与えられたのであれば、あの不合理に思える日蝕予報にも、何かの意味があるはずであり、あらねばならぬ。占星術の経歴を持つ彼は、ごく自然にそのように考えていた。

中国の天文台では、漏刻とよばれる水時計を用いて時刻を測定する。水槽の中の水が、管を通って隣の水槽へと流れるまでに、星々がどれだけ動いたのかを記録する。

時刻を測定する器具といっても、その水の動きは必ずしも一定ではない。わずかな波紋や水滴の跳ね方は常に異なり、一度として同じ姿を見せない。

水は、高きから低きに流れる。その大局的な動きは、太陽が東から西へ向かうのと同様に、確定した物理である。だが、ひとつひとつの水滴や水流の細やかな挙動は、決して人の業(わざ)で予測できるものではない。こうした予測不可能な領域が、皇帝の徳を反映して動くことで、善政の年には農地に慈雨を、悪政の年には洪水や旱魃をもたらす、と考えられる。

では、これと同じような不確定性が、天体の運動にも存在せねばならぬのではないか。

李復圭の頭の中で、何かが爆(は)ぜるような音がした。

そういうことか、と彼は思わず手を叩いた。

もし日蝕が算術によって完全に予測可能ならば、天体と連動するはずの皇帝の施策は、自分たち天文官の算術で導出できることになる。すなわち、皇帝が、算術的な規則によって動く自動機械だと主張するにほかならないではないか。それは確かに、劉和の言うように、著しく礼を欠く行為である。

しかし、天体の運動に人間の測り得ぬ不確定性があるのならば、それは皇帝の、あるいは天の意思を示す余地となる。

書を記す木簡に幅があるように、天体の運動にも、天の意思や皇帝の施策を記すための、一定の幅が確保されているはずである。ならばその領域は、一介の天文官にとっては、予測できぬことこそが正解なのだ。

李復圭は自身の結論に満足し、漏刻を見ながら天測を続けた。水音のほかには、鼠（ねずみ）の声しか聞こえぬような夜だった。

■

モンゴルの領土は、漢人が古来「西域」と呼んだ土地をゆうに越え、遥か西方へと続いていた。

地上のこれほど広大な領域が、ひとつの体制のもとに統一されたことは、人の世がはじまって以来のことだった。地上がそれほど広いことさえも、ほとんどの者は知らずにいた。

この広い世界のもとでは、臨安の城壁を一歩も出ずに星を観ていた李復圭には、想像もつかぬようなことがいくつも起きた。

例年のごとく予報された日蝕が例年のごとく外れ、「善政により」と常例の発表がなされ、それから一月も過ぎようという頃、

「予報通りの日蝕が見られた」

との報が、帝国の西方から駅伝を通して届けられたことがあった。

天文官たちは、この報告をどう処理したものか、と困惑した。

天文学的に言えば、これは月が地上の近くにあることによって生ずる、観測地点ごとの視差の問題である。このような現象が起きることは唐代の暦術ですでに論じられており、国土が広大となったことで規模が増したにすぎぬ。

しかし「皇帝クビライの善政によって日蝕を免れた」というのは既に上奏されたことであり、確定事項である。それを今さら、間違いであったとは言えぬ。

西方はモンゴル帝国の一部といえど、クビライの支配領域ではない別の国である。よってクビライの統治とは無関係である、と取り繕うこともできる。とはいえそこを統治しているのは彼の甥である。それを被支配者たる漢人が公然と侮辱するような発言は、やはり憚られる。

慎重な討議が重ねられた末、結局、

「西域のことは回教徒たちの領分であり、我ら漢人天文台は関知しない」

として、いわば黙殺することにした。

大都には、李復圭らの勤める漢人天文台のほかに、西域の回教徒たちで構成される回回天文台が連立していた。独自の天測で独自の暦を作成し、宮廷にも提出していたが、それは断食月などの彼ら独自の宗教儀式に使うもので、漢人たちは特に関心を払っていなかった。両者の天

文学も、そもそも観測の座標系から別物であるため、融通できる知見がほとんどなかった。

李復圭はそんな中で、個人的好奇心から、回回天文台に勤める西域人に頼んで、彼らの暦術について説明してもらったことがある。横書きのアラビア語で書かれた文書は李復圭にはまったく理解不能であったが、天文台員の一部は、中国語やモンゴル語を話すことができた。

まず驚いたのは、回教徒の暦には閏月が存在しない、ということだった。

月の満ち欠けは、ほぼ二九日と半日で一巡する。一二巡すれば三五四日になる。これは太陽の一巡による一年の日数に一一日ほど足りぬ。このため漢人の暦では、三年に一度ほど閏月を入れて調整する。ところが回教徒たちは、そのような調整をまったく行わないのである。これでは、毎年一一日ずつ、季節がずれていってしまう。

「そのような暦では、いつ種を蒔くのかがわからぬのではないか」

と尋ねた。農業を生業とする漢人はもちろん、遊牧民であるモンゴル人にとっても季節は重要事項である。彼らは秋が終わる頃に、冬を越せぬ羊を絞めて食する。

ところが、質問を受けた回教徒は、やや癖のある中国語でこう答えた。

「一年が一二ヶ月であるというのは、神がお決めになったことです。変更はできません。それに我々の国は砂漠で、通商で生計を立てています。種蒔きは行いません」

そのような民がこの世に存在することが、にわかには信じられなかった。

大都の回教徒たちは、商業の民であるゆえか経済に明るく、宮廷では主に財務を担当していた。彼らは酒を一切飲まず、豚肉を食さず、一日五度にわたって聖地メッカに向かって祈りを捧げるという、厳しい戒律を忠実に守って生きているのだ。

そして、回教徒の優れた天文術は、聖地への方位を正確に算出するという、ごく実務的な理由で発達したものだった。彼らにとっての天体の運動は、地上における己の位置を知るための里程標であり、天の意思表示のための木簡などではない。世界の動向と人間の運命は、すべて神の予定(カダル)によって、あらかじめ決められている。計測の誤差は、いずれ解決せねばならぬ技術的な問題であった。

この妥協のなさゆえに、日月蝕の予測に関して言えば、実は、回教徒の暦のほうが優れているのではないか。ということが、漢人天文台でも、まことしやかに囁かれていた。漢人らが究明を放棄して「多いほどよい」とした日蝕予報を、回教徒の暦は、かなり正確に言い当てているらしい。

眼前に置かれた読めぬアラビア語の暦を見ながら、

(日月蝕の予報は、どうなっているのか)

と尋ねようかとよほど考えたが、結局、彼は深入りを避けた。己が漏刻の水流を見ながら到達した答えに、この異邦人たちによって水を差されるのが怖かった。自分たちの文化にまったく相容れぬ価値観によって、天命に導かれてようやく辿り着いた自分の地位が破壊されるという不安が、天測を妨げる雲のように、李復圭の頭にうっすらとかかっていた。

■

李復圭が大都の天文官となって五年目の年、皇帝クビライの命により、新たな暦法が導入されることになった。

この話を聞いたとき、天文官たちはみな一様に、難色を示した。

授時暦（じゅじれき）と名付けられた新たな暦は、工部の役人たちが、西域人の技術供与をもとに作ったものであるらしい。その経歴が、まず彼らの鼻についた。

天文学の独占を図った元王朝は、大勢の天文学者を官吏として抱えていたため、天文台に所属せぬ者の中にも学識を持つものが多くいると聞いていた。だが、工部の職務は建築や水利で、あくまで人の世を取り仕切るものである。天界と人界を結ぶという矜持（きょうじ）のある天文台にとって、工部の役人が天文に口出しをするというのがおもしろくなかった。

技術を供与したのが西域人であるというのも、かねてより回教の思想を疎んでいた漢人たちの神経を逆撫でした。

何より天文官を動揺させたのは、皇帝の天文官たちに対する不審の感情が、これ以上ないほど明瞭に示されたことだった。

むろん、毎年のように日蝕予報を外しているのだから、不満を言える道理はない。彼らが長年磨いていたのは、天測や算法の技術というよりも、宮廷で生き抜くための処世術に近かった。しかし、いずれにせよ長年かけて培ってきたものを無碍に否定されたことは、天文官たちの奇妙に変形した自尊心を、乱暴に傷つける形となった。

そのような経緯もあり、天文台では新たに導入された暦法に対し、あからさまな雑言を吐く者が多かった。

「数字が美しくない」

というのが、そのひとつだった。天界の秩序を記述する暦には、易経や音楽に用いられる数比が導入されるべきである、という思想が、占星術と起源を一にする漢人の天文学にはあった。
「これを編纂した者は、よほど美学や調和を解さぬ、粗野な男に違いあるまい」
と、ある者は述べた。それは彼らが遊牧民の文化を誹謗する際に、よく使われる言葉だ。編纂者は漢人でありながらモンゴル的な文化に毒されているのだろう、という含意がそこにはあった。

授時暦の制定を主導したのは、郭守敬（かくしゅけい）という邢州（けいしゅう）の人である。

李復圭はその名に聞き覚えがあった。かつて劉和が「大都の建設は漢人技術者によって行われた」と話した際に、水利の担当として名が挙がった技術者だ。その事業を通してクビライの信頼を得たとのことだが、今回天文に関わるということで、そこに何か政治的なやりとりが行われたのだろう、と考えたのは彼のみではなかった。

「皇帝のお気に入りの技術者が、余計な出しゃばりをしたのだろう」
という空気が、口には出せずとも天文台の中に流れていた。

授時暦には郭守敬が考案したという新たな補間法も導入されており、とくに高齢の天文官には習得が困難であった。このため、暦算は李復圭ら若い天文官が中心となって進められた。年功序列的な性向の強い官吏たちにとって、序列を乱すような暦の性質は、やはり不満をもって受けとめられた。

ところが、授時暦はおそろしく正確だった。

日昇や日没、月蝕の起きる時刻と大きさ、角度に至るまで精密に予測しており、そのすべてが寸分違わず、まるで未来を見て書いたかのように現実と適合していた。

ここにきて、いよいよ自分たちは態度を改めねばならぬと、天文官たちは思い知った。

現皇帝の勅命で編纂され、その実力が誰の目にも明らかな暦法が、従来のように日蝕の予報を外すとあれば、いよいよ自分たちの立場が危うくなるだろう。逆に、この新暦によって正確な予報ができるようになれば、改暦という施策の正しさを実証したことになる。「善政により日蝕を免れた」などという詭弁を述べるよりも、遥かに皇帝を喜ばせるであろう。

つまり、今や日蝕は当てられるものであり、当てたほうがいいものなのである。

天文官たちは、新暦の最初の年のうちに、そのような結論に達した。

こうして「蝕の予報は多いほどよい」という慣習は消え去り、事前の反発とは裏腹に、実にあっさりと新秩序に適合した。

だが、李復圭の心中は穏やかではなかった。

かつて当たらぬ予報を出す天文台に憤りを覚えた身としては、正確な暦が手に入ったことは、歓迎すべき事態のはずだった。天文学者を重用する国家の期待に応えるだけの道具が、ようやく手に入ったのだ。

ところが今や、彼の脳内は、漏刻の水流を見て構築された自分なりの真理が、すでに確固たる信念として根を張っていた。あの晩に自分が見出した「天がその意思を地上に示すための余地がある」という概念は、いったい、どこへ行ってしまうのだ。

天体の動向は、皇帝の政策や社会の動向を反映する鏡のはずである。占星術の体系は、そのような前提のもとに構築されている。だが今、天体の動向は、暦法をもって導出することができる、自動機械に成り下がっている。

となれば、人間世界の変化は、天の意思などではなく、ただの数理による、自動的な結果にすぎないのではないか。

そうだとすれば、この世界はいったい、何のために存在するのだろう？

■

皇帝クビライは、授時暦が導入された十三年の後に崩御した。

この巨人さえ斃れればふたたび宋の末裔が王朝を興すだろう、と期待する者があったが、彼の存命中から続く小規模な反乱の音が、華南でわずかに響くのみであった。既に故人であった皇太子チンキムに代わり、孫のテムルへの権力継承が、つつがなく行われた。いまや帝国の南の境界は海に達し、地上の道が彼らの馬で満ちたように、海の道が彼らの船で満ちつつあった。

当分は、このモンゴルの世が続くのであろう。

若き新帝の顔を見て、宮廷の官吏たちは皆、そう思った。

このまま、あまねく世界がモンゴルの支配に下るのか。あるいは、これまで栄華を誇ったすべての帝国と同様に、やがて落日のときを迎えるのか。その時、自分たちの地位はいかようになるのであろうか。そうしたことを話す天文官たちの脇で、李復圭は算盤を弾き続けた。

劉和はすでに世を去り、彼自身も初老の域に差し掛かっていた。天文官としての地位も高位にあったが、暦術のすべての計算を自身で検算し、部下たちの値と照らし合わせていた。人の世の構造を、忘れぬようにするためだった。

臨安を出るときに、士大夫の息子にかけられた、

「お前は天に愛されているのだな」

という言葉が、ときおり脳裏に鮮明に蘇る。

やはり滑稽な言葉だ。あの時とは違う理由で、そう感じられた。

天に愛などはない。天は、ただ数理に基づいて動かされているのみである。それは既に、彼の手のなかで確固たる実感となっていた。この十三年、天文官たちの出す授時暦は一度も蝕の予報を外さなかった。新たな皇帝の治世がどのようになるのかも、いずれ数理によって、正確に算出されるのであろう。

あの男が栄達の道を失ったことにも、自分が仕官の道を得たことにも、意味は存在しない。ただ数理の結果として、人の世が動かされているのだ。

臨安で占星術師を生業としたのは、先祖代々の家業だからである。

大都に移り天文官となったのは、モンゴル人たちがそう決めたからである。

今、こうして天文台の観測器械を動かすのは、決められた手順に従ってのことである。

考えれば考えるほど、己の生きてきた道は、他の何かによって決められたことばかりである。太陽や月が自身の行く末を選べぬように、人は自分の生きる道を選ぶことができない。法則によって算出された軌道を辿るのみである。

彼はもはや、自分の指先の動きひとつひとつが、何者かの計算によってあらかじめ定められているという想念から、逃れることができなかった。

参考文献

『授時暦の道』（山田慶児／みすず書房）
『増補改訂　中国の天文暦法』（藪内清／平凡社）
『天文の世界史』（廣瀬匠／インターナショナル新書）
『クビライの挑戦　モンゴルによる世界史の大転回』（杉山正明／講談社学術文庫）
『チンギス・ハンとモンゴル帝国の歩み』（ジャック・ウェザーフォード／星川淳・横堀冨佐子訳／パンローリング）
『科挙　中国の試験地獄』（宮崎市定／中公新書）

阿房宮

郝景芳

及川茜 訳

1

阿達（アダー）は父母を亡くしてから、遺言どおり海に散骨することにした。

父ちゃん、母ちゃん、おれをひとりぼっちで捨てて行っちまうなんて。

彼は胸に抱えたお骨に向かって呟き続けた。夜はまだ明けておらず、空の金星は明るく、遠方に魚の腹のような白が現れた。彼は山東（さんとう）の海辺で漁船を借りたが、小さなエンジンが備わっていて、一本の綱を引くとドドドと音を立てて起動した。甲板には漁網がうずたかく積まれていた。彼は呟きながら涙を拭（ぬぐ）ったものの、本当に泣いているのではなく、顔をこすっているだけだが、それでも真情をこめた仕草のつもりだった。彼の涙は父母が息を引き取ったときに流れてしまって、もう残っていなかった。

父ちゃん、母ちゃん、おれの人生はもう十分ついてねえのによう。

ひとしきり涙を拭った頃、空は白みはじめた。人間の生死にかかわらず、海は海のままで、数千年このかた変わらない。彼は船上で日の出を眺めた。空はだいだい色に染まり、半分顔を覗かせた太陽は薄い金色で、目を射るような輝きはなかったが、それで彼の気持ちは落ち着いてきた。夜が明けると、白雲と朝もやに、青空は洗ったようだった。海水は墨の色で、泥土混じりだった。彼はとても心地よく、疲れを感じながらも、ただこうして静かに航行していたかった。どこに着くことになろうとも。

彼はゆっくりと眠りに就いた。

再び目覚めたとき、前方に小島の影を認めてはっとした。遠すぎて大きさははっきり見えない。ＧＰＳでは見つからなかったので、座標を検索して記憶し、戻って調べようと思った。彼は小島に船を向けた。島の四方は霧に覆われ、全貌は見えない。それでも島が小さく、地図に示せないほどなのは分かった。減速してエンジンを止め、慣性に従って島へと流れていった。十分に近づいてから錨を下ろし、水に飛びこむと、砂浜に沿って島に上がった。

島には砂浜と、小さな山と木々のほかには何もなかった。樹木は鬱蒼として魅惑的だったが、特に目を引くところはない。小山に沿って島を半周すると、ふと傍らの藪に岩が見え隠れしているのに気づいた。かき分けて近づいてみると、それは字のない碑で、その下には小径があった。

不思議に思い、小径に沿って一歩ずつ注意深く踏み出しながら、名状しがたい緊張を感じた。突き当たりには小さな扉があった。それは山の洞窟だが、きれいな丸い入口に、銅製の扉には丸釘が打ってある。

触ってみると扉は動いた。そっと扉を押して入ると、洞窟の中は真っ暗で何も見えない。入口から差しこむ光が届くのはせいぜい数メートルほどだったが、地面は平坦で、石材が敷かれているらしく、文字のような模様が刻まれていた。手で四方を探ってみたが、洞窟の広さは分からなかった。

「誰だ？」

突然、闇の中から声がした。

彼は肝を潰し、身震いしたが、本能的に問い返した。「誰だ？」

しばらく反応はなく、彼はほとんど幻聴かと疑った。

しかし続けて、また声がした。「奥」。その声はまた途切れ、十数秒経ってようやく続きが聞こえた。「へ」。そしてまた十数秒の後、「進め」。

彼は緊張し、怖気づいた。こんな場所にいるだけでも十分恐ろしいのに、こんな妙な声まで聞こえるのだから。だが逃げ出したくはなかった。彼は好奇心に突き動かされて奥に進んだ。自分の人生にはもう失うものはないのだから、危険が待ち受けていてもどうということはないと思った。

手が壁に触れ、探りながら奥に進んでいった。カーブを曲がり、また次のカーブを抜けたところで、不意に目の前が開けた。

「うわっ、どうなってんだ！」彼は後ずさりしながら声を上げた。

そこは巨大な石窟で、もう山の中心部まで来ているのかもしれなかった。ドーム型の天井は高く、頂上に開いた丸い穴から光が差し込んでいた。光の束に照らされ、幾体もの異なる人物像が目に入り、ぎょっとなった。素材からすると兵馬俑（へいばよう）のようだったが、ポーズも容貌も異なっていた。ちょうど彼の向かいにあるのは皇帝の衣をまとった男性像で、巨石の上に端座している。その傍らには、寄り添い合う男女がいれば、長いあごひげの老人や、若い書生もいた。どの塑像（そぞう）も生きているようだった。

彼は吸いこまれるように近づき、像の前で手を振ってみた。人間そっくりだ。とりわけ皇帝の衣をまとった人物に引きつけられ、丹念に観察した。像は陶製の兵馬俑とそっくりの色合いだったが、命あるもの特有のかすかな光沢があり、生き生きとした表情に、鋭い眉と細い目、四角いあご、顔つきは沈着で穏やかで、ふつう絵に描かれる姿とはまったく異なっていた。冠は着けていなかったが、陶土で作られた袍(ほう)は幾重もの厚い層をなし、高貴な身分だと見てとれた。その目ははるか遠くに向けられていた。

「さっきのは誰だ?」彼は穴の方に向かって呼びかけた。

2

目を上げてあたりを見回したが、大海原がはるかに広がるばかりで、船の姿も、標識になるものも見えなかった。

彼は仕方なくひとりでゆっくりとこいだ。虚無へと向かって。

父ちゃん、母ちゃん、なんておれはついてないんだ! 今度こそ空涙ではなかった。

海上には人っ子ひとりなく、陽光が海面を輝かせる中、彼は繰り返し櫂(かい)を操っていたが、長いこと進んでいないようだった。濃い藍色は果てしなく、神経を麻痺させた。彼はこぎ続けたが、どんなにこいでも岸には着けなかった。孤独で静かな大海原にあって、生命はひとりの人間の果てなく繰り返される営みに溶けこみ、生命自身に回帰したかのようだった。

彼は不老長寿を手にすることもできたのに、その機を逃してしまったのだ。洞窟の中で声が彼に告げた。眼前の像はみな不老の人間だと。彼らは歴史的人物で、ここにやってきたのは、ひとえに長寿を求めるゆえだった。肉体のある部分は木や石に化し、また別の部分は限りなく薄くなって、はるか上空を漂い、木石となった本体と微弱に連絡し、生命の流れる速度は以前の数十倍にもなった。それによって、ひとりの生命は数十倍にも延長される。ここには桃花源を尋ねる武陵の人もいれば、黄鶴に乗って去った仙人もおり、七歩の才を有し賦の中で縁を結んだ曹植と宓妃もいれば、卓越した学識の江南の才子唐伯虎もおり、はたまた嬴政こと始皇帝もいるが、それがまさに皇帝の袍をまとって座っている男だった。

「始皇帝?」彼は大声を出した。「死んだんじゃないのか?」

「死んだのを見た者はいない。海に出たのだ、三千人の童子を供にして」

「それは徐福じゃないのか?」

「それは伝説だ。嬴政が最初で、長いこと準備をして、たくさんの実験をした」

彼も永遠の命を手に入れられるところだったのだ。声の導きに従い、仙薬を一粒手に入れさえした。今もポケットに入っている。両親の遺骨を海に撒いたら、洞窟に戻って何の問題もなく神仙になれたのだ。なのにどうして想像できたろう、船でこぎ出すや、海賊に遭ってしまうとは。そもそも海賊なんていつの時代の話だ。だが海賊は物陰から不意に姿を現し、彼を自分たちの船に引きずりこんだ。金目のものを奪うと、彼をゴムボートに突き落とし、船を曳航して行ってしまった。

おれは一生こんな目に遭う運命なのか? 彼は泣いた。仙薬こそ持っていたが、どうしたらよいか分からなかった。

大海原は目の前に開け、広々と、反復し、静かで、際限がなかった。

彼はますます疲労に襲われ、陽の光の金色と青にめまいを覚えた。

永遠の命というのはこういう感覚なのだろうか。彼は考えた。永遠とは繰り返しで、どこまでも果てしない。

彼はまた眠りに就いた。

3

再び目覚めたとき、彼は漁船におり、もう大陸棚の近くまで来ていた。漁船は彼を海から拾いあげたが、岸に放り出した。彼は人に尋ねてようやく浙江省(せっこうしょう)まで来てしまったことを知った。北京(ペキン)から数千里の彼方だ。彼は一文なしで、携帯電話もなければ、身分証もなかった。身分証がなければ鉄道や飛行機の切符は買えないし、食べるものもなければ、どこかに泊まることもできない。

電話を借りたものの、友人の番号はひとつも思い出せなかった。覚えているのは父母の電話番号だけなのに、ふたりとも死んでしまった。彼は突然父母の死の悲しみに襲われた。携帯電話をおばさんに返すと、ひとり街角に座りこんで泣きだした。本当の涙だ。

ネットカフェに行こうとしたが、身分証がなかった。長距離列車にもぐりこもうと思いつき、人波に紛れて乗りこんだが、途中で検札があり降ろされた。また元の街に戻り、小さな旅館に泊まろうと思った。しかし「うちじゃもの乞いは泊めないよ、あっち行きな」と掃(は)き出されてしまった。最後に、レストランで残飯をもらい、まる一昼夜ぶりに食事にありついた。脂っこく辛かったが、道ばたに座ってかきこみ、手づかみで口に詰めこんでは、ラー油が顔につくと、舌でなめとった。最後のひと口に至ると、夢のような気分はビニール袋が空になると同時にかき消え、また悲しみがこみあげてきた。

夜になって公園に場所を見つけると身体を横たえた。夏で幸いだった。椅子の木は硬くて骨に当たって痛み、寝つけずに空を眺めていた。

おれってやつはどうしてこうついてないんだ、おとなしく暮らしてりゃよかったものを、こんなところに来て生きながら死んだような目に遭って。

彼は天地を呪い、自分がなんだってあんな洞窟なんぞにもぐりこんだのかと呪った。不老の薬を手にしてあとは楽々余生を楽しむばかりというところで横槍（よこやり）が入ったのだと思うと、また胸の内で海賊船の連中をひとりずつ罵った。父母が事故に遭った列車をまたひとしきり呪った。父母は重傷に区分されたせいで、雀の涙ほどの賠償金をもらっただけで、治療費を払うのがやっと、しかも結局助からず、身代を傾けることになってしまった。役人どものちくしょうめ、弱い者いじめをしやがって。彼は横たわったまま悪態をついた。

今は完全に天涯孤独の身の上だ。最後に残ったわずかな貯金も漁船を借りるのに使ってしまった。

彼の服はまだなんとか見られたものだったが、靴は海水に浸かった上に一日中歩いて穴が開いてしまっていた。髪の毛も身体もべたべたして、全身が痒（かゆ）く、自分が悪臭を発しているのを感じた。彼は星空を仰ぎ見て、人生の哲理に思いをめぐらした。星々だけが彼を避けなかった。

彼は道理を悟った。金だけが真実だ。

朝になって目を覚ますと、仕事を探そうと決めた。廃品回収所を通りかかり、入って行って尋ねた。新聞と雑誌は五百グラムで〇・九元、段ボールは〇・七元、ペットボトルは一本〇・一元、プルトップの空き缶も同じ。生活への希望が燃えあがった。彼はあちこちの住宅街を回り、公園の芝生でペットボトルを拾い、パソコン専門店の集まったビルの裏手で捨てられた段ボールを集めた。数日するうちに、たらふく食事ができることに気づいた。

「三十五元だってば」廃品回収業者と交渉することも覚えた。「計算できるだろう。十五元に七元を足して二十四元、こっちの紙束は二十一キロ、十三斤だから一キロ〇・七元で十一元、合わせてちょうど三十五元だろうが。あんまり見くびってもらっちゃ困るよ。おれも毎日手堅くやってるんだ、次もまた売りにくるからさ」

日に日に気温が下がり、公園で寝るのも肌寒くなってきた頃、彼はもっと金になる仕事を探そうと考えた。何にしてもいくらかの金を稼いで、家を借りて冬を越せるようにしなければ。

その日、廃品回収所のそばの小路でマージャンを眺めていたところ、ふとチャンスを耳にした。「人間ってのはなあ、運命にかかってる」廃品回収業者が仲間に言った。「張柱子が先週ひとつ瓶を拾って、口は割れてたが胴の部分は無事だってんで、人に見てもらったら、どうなったと思う、清代ものだぜ、二千元以上で売れたとさ」

彼はそっと近づいて尋ねた。「骨董品の目利きができるやつは知ってるか?」

話していた男は振り返って彼の顔を見た。「知ってるさ、みんな陳のでぶに見てもらう、代々の商売で、目は確かだ」

「じゃあ分かるかな」彼は声を低めて尋ねた。「唐代のものならいくらの値がつく?」

「ちぇっ、それは相当なもんだろ、何万元かにはなるはずだ」

「じゃあ秦代なら?」

男は口を尖らせて首を振った。「おいおい、そこまでは知らねえよ。戦国時代の拓本を見つけて大もうけしたやつがいるけどな」

そこで彼は陳のでぶのところに案内してくれと頼んだ。

「なんだ？　なんか持ってんのか？」男は彼を上から下までなめ回すように見た。「墓暴きか？」

彼は慌てて首を振り、あざ笑って言った。「そんな技量があったら、こんな仕事してるかよ？　家にいつのだか分からん古物があるから、見てほしいと思ってさ」

そこで彼は人生最大の哲学的な選択をした。始皇帝さんよ、どうか勘弁なすって。

4

再び海に出ようと、阿達は高級なモーターボートに乗りこんだ。

長いことこんな待遇を受けていなかったので、内心嬉しくてたまらず、缶ビールを開けると、窓辺に腰かけて海を眺めた。海は優しく揺すぶり、波濤（はとう）は激情をみなぎらせて彼を取り巻いていた。得意げに足を組めば、髪が風になぶられて後ろになびき、八十年代の映画スターのようで気分がよかった。

陳のでぶは陳旺（ちんおう）という名前で、この商売を十年以上やっており、三十七、八歳で、まさに働き盛りだった。太った男はたいてい柔和なものだが、陳旺は垂れ目で、笑うと糸のようになり、よけいに穏やかに見えた。ただ小さな目は品定めするときに鋭い光を放ち、電気ドリルのような怜悧（れいり）さを備えていた。原籍は北方で、背は高くなく、髪を剃りあげていた。

陳旺は操舵室で方角を探り、阿達はひとり休憩室で気ままに過ごしていた。だいぶ経って、陳旺がやってきた。

「座標は間違いないか？」

「おれの記憶力に問題はないはずだ。ただ夢だったかどうかは分からん」

「何……何だって？」陳旺はそれを聞いて慌てた。「今頃になってそんなことを言い出すなんて、どういうつもりだ？」

「はは、何でもないよ、冗談だ」彼は言った。実は自分では経験したことが真実だと疑っていなかった。彼のポケットの中には相変わらずあの不老の仙薬が入っている。この丸薬については陳旺に話していなかったが、彼にとってはあの記憶と唯一つながりのあるものだった。

不老長寿についても話していなかった。ただ、徐福が昔海に出るときに持っていった宝物が、ある小島で見つかったと言っただけだった。彼の話しぶりには筋が通って、洞窟の構造や、中にあった器物を選んで描いてみせた上、「徐」という字も見えたと言った。

「それは本当か？」陳旺はそれを聞いて乗り気になった。「すげえことだぞ、でたらめは勘弁してくれよ」

「連れて行ってやるよ」彼は言った。

陳旺は彼とあれこれ喋っていたが、海面の光がガラス窓を通してその眉のあたりに反射していた。陳旺は阿達に出身や経歴を尋ね、彼はさしさわりのない範囲で答えた。子供の頃にはそれなりの学校に通い、大学にも行ったが、就職に失敗したのは不景気の年だったせいで、それから転々とするうちに運命のいたずらでこのありさまになってしまった。両親は無念の死を遂げ、世の中でまともな人間はみな馬鹿にされるのだから、いずれ出世したら両親のためにろくでなしの役人どもに目にもの見せてやる。陳旺も自分について語った。先祖は墓暴きで、父の世代ではまだ続けている者もひとりふたりはいたが、きつい上に危険で、その子の代になるとほとんど手を出さなかった。彼はせどりを専門にしていて、実家を離れたのも安全のためだった。

突然、阿達は窓の外に小島の影を見出した。慌てて大声を上げ、窓の外を指した。

小島は目の前に姿を現していた。

島は前回と特に変わったところはなく、砂浜、樹木、山と岩ばかりだった。鬱蒼と茂っていて、遠目には何ということもない無人島のようだ。彼の漁船はすでになく、流されてしまったか曳航されたようだ。彼は前回の道をたどって洞窟を探した。字のない碑は記憶していたより奥まったところにあり、幾度も行き来して、危うく見逃すところだった。最後にふと行き当ったのは、ぼた餅がまた空から降ってきたようなものだった。

小さな扉を押し開けると、彼は声がまた聞こえるのではないかと気になり、どう説明したものかと考えた。幸い物音ひとつしなかった。闇の中を狭く長い通路を抜け、石壁を探りながら進んだ。彼は誰かに闇の中から見られているような気がした。

「着いたぞ」明るく開けた洞窟に着き、彼はあたりを指して陳旺に言った。

陳旺の目は飛び出しそうなほど見開かれていた。彼は古い墓を見たことがあるのだ。その表情からすると、あたりの設計や、地面の紋様と台座の設計には深い意味が秘められているらしく、ひと目見るごとに低く賛嘆の声を上げた。阿達の視線は彼を追い続けた。彼は人物像の前で上から下までとっくりと見ては、ほとんど目玉が像にくっついてしまいそうだった。長いことかけて、ようやく傍らの器物に目を移した。大きなものは動かさず、小型のものは手にしてはまた下ろした。

「九割方古物だな」陳旺は最後に言った。

「じゃあぐずぐずすることはない、運ぶぞ」阿達は言った。

5

再び北京の家に帰り着いたとき、彼はもう二回分の人生を送ったような気がした。扉を開け、久方ぶりの厚く塵の積もったソファーとサイドボードを目にすると、骨の髄からの懐かしさがこみあげ、亡き両親の記憶が胸を去来した。一緒に撮った壁の写真が目に飛びこんだ。便所の脇に立てかけられたモップは母が出かける前に置いた角度のままだった。両親が入院して看病に行かなければならなくなってから、彼はこの家では寝泊まりせず、掃除もしていなかった。雑巾(ぞうきん)ですらこの上なく親しく感じられた。

運送屋に箱を客間の中央に置かせた。古い建物でエレベーターはなく、運送屋は疲れ果ててぐったりしていたので、彼は慌てて水と煙草を勧めた。これは陳旺が彼のために探してくれたトラック運転手と作業員で、浙江省から道々ほこりだらけになって北京まで運転してくれた。彼は繰り返し礼を述べ、運転手に心付けを渡し、階下まで見送って手を振った。

彼らが立ち去り、あたりに誰もいなくなると、阿達はやっと扉を閉め、カッターで段ボールを切り、層をなすスポンジのくずの中から、始皇帝の像を取り出し、テレビを床に下ろして、始皇帝をきちんとサイドボードの中央に据えた。像をためつすがめつしたが、肌の色は最初に見たときのようにしっとりしてつややかではなく、がさがさして、風雨に晒(さら)されたように見えた。

彼はリュックから途中の道で買ったコーラの缶を取り出し、プルタブを開け、サイドボードの始皇帝の脇に寄りかかり、半分尻を乗せた。ごくごくと飲んでげっぷをすると、胸がすっきりした。

「皇帝さんよ」彼は振り返って像に話しかけた。「本当にあんたには申し訳ないと思うが、おれだってわざとあんたを連れてきたんじゃないし、ほかに方法はなかっただろ?」

あのとき陳旺はどうしても始皇帝を運ぶと言って聞かなかった。ひと目でこれが洞窟の中でいちばん価値があると見抜いたのだ。阿達はやめろと言ったが、陳旺に理由を聞かれると、答えに窮した。最後には聞き入れざるを得なかったものの、自分が道案内をしたのだから始皇帝を持って帰ると言い、一対の男女の像を陳旺に譲った。陳旺はそれが曹植と宓妃だとは知らず、男はさっそうたる姿で、女はあたりを払う輝きを放っているので、少し考えたが満足して同意した。そのほかの小さな器物はふたりでそれぞれ数点ずつ選び、箱と鼎(かなえ)は二点だけを運んだ。いずれにせよモーターボートで運べる量は限られている。重すぎるとガソリンが足りなくなる。船に乗りこむとき、陳旺は名残惜しげに振り返った。

彼はごくごくと残りのコーラを飲み干すと、長々とため息をついた。「皇帝さんよ、人の世の運命というのは本当に分かんねえもんだよな? あんたは二千年も気ままに遊んで暮らしてたのが、こうやっておれに連れ出されたんだからなあ。皮肉なもんだろ? おれが悪かったのは分かってるさ。欲張りすぎたんだ。洞窟の中の宝物は、もともとひとつだっておれのもんなんかじゃねえ。でもな、おれのあのときの気持ちが分かるか? あんたは皇帝で、小さい頃から腹が減れば食べ物があり、喉が渇けば飲み物が出てきたんだから、絶対分かりっこねえ。おれは一日中いくつも公園を走り回って、足も折れそうで、一日中空き瓶拾いに励んだ末にやっと八元ぽっち手に入れたんだ。ぶっかけ飯を食うにも足りやしねえ。死んじまおうかって気にもなったんだ。もしあんたがおれだったらどうする? あんたは英雄だ、英雄ってのはうまくチャンスをつかむもんだろう？　分かってるさ、結局のところはおれが強欲だったんだ。でもちょっとくらい欲張ったって構わねえだろ」

　彼は洞窟から運び出した品々を二十数万元で売った。すべて陳旺が仲介した。もっと高くさばけるかもしれないとは分かっていたが、つてがなく、陳旺に頼ることになったので、文句は言わなかった。その金で焦眉の急をしのぎ、北京の家に帰ることができたし、滞納していた住宅ローンも返済できた。

　彼はひとしきり喋った。応えはない。

「おい、聞いてるのか？　ご立腹か？」彼はまたしばらく待った。

　少し慌てはじめた。

「皇帝さんよ、死んじまったのか？」

やはり声はしない。

やばいぞ、彼は思った。始皇帝を死なせちまった。

彼は顔面蒼白になり、二千年の不老長寿がこんなにあっけなく死んでしまうなんて、何てもろいのかと思った。後ろめたい気持ちになった。彼は始皇帝の顔をためつすがめつして、像の前で跳んだり跳ねたりし、なだめたりすかしたりしたが、始皇帝はひとことも発しなかった。

彼は洞窟の壁に水が滴っていたことを思い出し、水が足りないせいかと心配して、家にあった水槽の水を像にかけてみたが、やはり反応しなかった。

　彼はしばらくじたばたしていたが、ふと理解した。贋物（にせもの）なのか？　彼は思いめぐらした。洞窟の中でどこから来たとも知れない声を耳にしたが、誰だか知れたものではないし、始皇帝も何も言わなかった。なんだって信じたりしたんだろう。ちくしょう、騙された。まったく馬鹿すぎる。

　怒りがむらむらと湧きあがってきた。もともと始皇帝に不老の丸薬の服用法を聞いてみて、人生をさんざん楽しんだところで服用しようというつもりだった。しかし今となってはただ丸薬を床に叩きつけ、粉々に踏みにじってやりたいということしか頭になかった。空き缶を握りつぶすと、缶はカラカラと音を立てた。彼はいらいらして、外に散歩に出た。敷地の中で近所の老人が将棋を指していたが、どいつもこいつも楽しそうで、誰も死だの不老長寿だのに気を煩わせたりしていないようだった。彼は見ているうちに腹が立ち、外に出た。銀行に行って調べると、住宅ローンは六十万元残っており、例の二十万元を返済に当てても、利息を加えて四十万元以上足りない。彼はますます腹を立て、通りの真ん中に立って手を腰に当て、いら立ちを抑えかねていた。

　夜になって家に帰り、また始皇帝に話しかけてみたが、やはり反応はなかった。

6

「ほら、これが西安だ」

　彼は前方を指さし、振り返ってバックシートの始皇帝に言った。

　塑像の表情は以前と変わらず、視線は遠くに向けられ、声ひとつ立てなかった。

　彼は始皇帝の像に話しかけるのに慣れてしまった。どっちにしてもふだんから誰も彼に話しかけはしない。始皇帝は借りてきたトラックのバックシートに鎮座ましまして、狭い空間にぎりぎりいっぱい、頭はほとんどルーフにぶつかりそうだった。始皇帝の面持ちは荘厳だったが、すぐ横にあるのはサッカーのスター選手のポスターが貼られた窓だった。振り返って見ると、滑稽でならなかった。彼は見ながら声を上げて笑った。自分の人生はやばすぎると思った。トラックで始皇帝を連れて帰ってやるなんて。

「ほら、広告にも阿房宮（あぼうきゅう）ってあるだろ、昔のあんたの宮殿だ」彼はもう腹を立てていなかった。それどころか口笛を吹きはじめた。道路を下り、農村の外れの未舗装の道を走らせると、車を停め、人のいない場所を狙って、始皇帝を車から下ろした。土を掘って適当に不均一になるよう像になすりつけ、なめらかで新しくきめ細かい顔を隠しながら、口笛を吹き続けた。

それから、市街地に戻り、約束の場所に来ると、相手に電話をかけた。「現金でくれ」と言った。

7

羊肉泡饃（ヤンロウパオモー）〔小麦粉で作ったパンのような「饃（モー）」を細かくちぎり、羊肉のスープに入れてふやかす陝西省（せんせいしょう）の名物料理〕の食堂から出てくると、彼はゲップをして、鼻唄まじりに歩いた。「死んでも愛したいぜ、ふんふんふんふーん」

たらふく舌鼓（したつづみ）を打ったあと、グラスに二杯ほど引っかけて、顔には赤みがさし、足は踏むところを知らず、「人生 得意 須（すべから）く歓を尽くすべし」〔李白（りはく）「将進酒」〕の境地に浸り、ふらふらとホテルに戻った。午後に品物を渡して金を受け取ると、心の中には瑞雲（ずいうん）がかかったようだった。エレベーターには乗らず、千鳥足で一歩ずつ階段を上がった。三階に着き、階段から出ると、始皇帝が部屋の前に鎮座しているのが目に入った。

畜生！ たちまち酔いが半分ほど醒めた。

見間違いかと思い、目を閉じて首を振ってからもう一度見ようとした。ところが目を開く前に、すねを蹴飛ばされ、ふらついてすっ転んだところを、背中にまた蹴りを入れられた。目を見開いて顔を上げようとしたが、何か見えるどころか、拳骨が雨あられと浴びせられ、胸といわず腹といわずパンチを食らい、手で防ごうとしたところを頭にしたたか食らわされ、床にぶつけて目から星が出た。拳骨の雨がやむと、脳震盪(のうしんとう)を起こしたのか立ちあがることができなかった。

誰かが彼を引きずり起こした。二人の若者が両脇から彼の腕をつかみ、言った。「ドアを開けろ、金を出せ!」

彼がポケットからキーを出して開けると、二人は二の句を継ぐ間もあらばこそ、彼を床に放り出し、中に入って家捜しした。金の箱がまだテーブルの上で手つかずなのを見て、調べると小脇に抱えあげ、満足げだった。

「若造が、騙そうたってそうはいかねえぞ!」先に立った男がまたしゃがみこみ、指で彼を突いた。「電話じゃもっともらしいこと言いやがって、何が専門家のお墨付きだ、畜生! こんな新品で堂々としやがって、嘘をつくにしてもちったあ頭を使えよ。うちのボスは何よりなめられるのがお嫌いなんだ、これまでずっとおれたちが持って帰ってから鑑定して、れっきとした品だと確かめてから金を払ってたのが、今回はお前に直接金をやったんだぞ、どれだけ便宜を図ってやったと思ってるんだ? こざかしい真似をしやがって。逃げればそれで済むとでも思ってんのか? GPSの時代に寝言も休み休み言え! 言っておくが、うちはハイテクなんだぞ! ボスがこの頭を調べたら、陶製でもなんでもありゃしない、何だか知らんが新しい材料じゃねえか。何が阿房宮から掘り出しただ、わざわざおれたちのところに恥をさらしに来たってか？　身の程知らずもいいとこだよ、ちぇっ！」

二人は彼の顔をひっぱたくと、始皇帝を突き倒し、ガシャーンと派手な音がしたのを聞いて、ようやく満足して下りていった。

彼はしばらく痛みに苦しんでいたが、ようやく身体を起こした。体中どこを揉んでも痛みが走る。さっきの二人がろくな死に方をしないようになどと呪詛の言葉を吐きちらしていたが、次いで自分の不運を呪い、最後に怒りを始皇帝にぶつけた。塑像を起こして蹴飛ばしたが、爪先を痛めてさらに怒りを募らせ、たたき壊してしまいたくてならなかった。しかし結局ためらっているうちに思い切りがつかなくなり、塑像を部屋に引きずりこんだ。ティッシュで眉の上の血を拭き、鏡に向かってわめきちらしていた。

「水」

不意を突かれて手にしたティッシュが落ちた。「うるせえ！」彼は振り返って始皇帝を見た。「あんたの声か？　あんたなのか？　おどかさないでくれよ、肝が小さいんだから。あんた死んでなかったのか？　死んだのか？」

「水」声は繰り返した。

彼は慌てて始皇帝をバスルームに運び、長いこと使われた形跡のない汚れたバスタブに置くと、蛇口をひねり、ザアザアと水を流したが、あまり溜めすぎるのも心配で、台座の下部を超えないうちに止めた。

「よろしい」声が言った。

「皇帝さん、あんたには参ったよ」彼は便器に腰かけ、絶望的な目で始皇帝を見た。「結局死んでなかったんだなあ。じゃあ北京ではおれをからかってたんですね？　どういうつもりなんですか？　腹を立てておれをこんな目に遭わせなきゃ気が済まなかったんでしょう？　でもここに来るまであんただってひどい目に遭ったじゃないですか。売られるって知ってて、どうして声ひとつ立てなかったんです？　泥まで塗りたくられた上、結局落ち着かなかったじゃないですか。皇帝さん、もうおれをからかうのはやめてくださいよ」

「よろしい」声がまた言った。

「じゃああんたこれはいったいどういうことなんです？　説明してくださいよ？」

始皇帝は十数秒に一字の超スローモーな言葉で阿達と対話をはじめた。洞窟のあの声のようだった。始皇帝の声はさらに低く彼方から聞こえてくるようで、言葉はより簡潔で必要十分だった。始皇帝が現代の言葉を話すことについては、彼は怪しまなかった。洞窟の声も現代の言葉だった。洞窟の声の説明によれば、彼らは世界のきわめて広い範囲を見ることができ、さらにはるか長い歳月を経て、あらゆる言語の変遷を耳にしていた。彼は洞窟の声が誰だか分からなかったが、徐福本人だろうと考えた。

始皇帝は簡潔に彼らの存在の形態について説明した。樹木のように、水で生きるのだ。世界でもっともまばらな樹のように、もっとも細くて小さな葉を持ち、小さすぎて肉眼でははっきり見えない。それがどんな状態だか彼には想像もつかなかった。きわめて薄く、ほとんど空気のようで、はるか彼方に舞ってゆくこともできるが、かき消えることも分解されることもなく、本体とあるかないかのかすかなつながりを保ち、本体の提供するエネルギー源によって生きる。本体の外側の層は石化した表層で、生命を持たない岩石のようなものだ。内側の層は植物のような靭皮(じんぴ)組織で、水によって成長し、水を離れることもできるが、あまり長くは離れていられない。通常最大でも半月で、彼が指折り数えてみれば、小島を離れてから今日まで、ちょうど十五日ほどだった。

「おや」彼はそう聞いて声を上げて笑った。「ということはきっと我慢できなくなって、ようやく口を開いて低姿勢になったんだろ？　どんな深謀遠慮があるのかと思えばさ。早く言いなよ、言ってくれれば水をかけてやったのにさ。何をもったいぶってたんだ？　北京でどれだけあやしても口を開かなかったのに、千里はるばるここまで来て、さんざんな目に遭って、最後には結局口を開かなきゃならなくなったじゃないか」

「別に」始皇帝は言った。

「まだ突っ張ってら」彼は笑って続けた。「もういいよ、その辺にしときな。これからは何でもおれに頼むしかないんだ、さっさと頭を低くして参りましたと言うんだな、そしてこの傷について詫びを入れろよ、さもなきゃ、ふん、水なんかやらんからな」

「三日に一度でいい」始皇帝は言った。

「おいおい、突っ張るね」彼は便器から立ちあがり、座っている始皇帝の前に居丈高に近づくと、笑って言った。「見どころがあるじゃないか。気に入った」腰を曲げて始皇帝を見据えると、「始皇帝が偉いとでも思ってんのか？　まだ皇帝のつもりかよ？　ぬけぬけとした口をききやがって。できるもんなら今すぐ立ってみろ！　まったく空気の読めないやつだ、こうなったら頭を低くするしかないだろうに。でなきゃ何でおれが水なんかやるんだ？　おれに何の得がある？」

「助けてやる」

「助ける？　助けるってどうすんだ？」

「ほしいものは？」

「金だが持ってんのか?」

「阿房宮の復元に、計画を募集している、助けてやろう」

「計画を募集してる?　どういうことだ?」

彼はパソコンを開き、ネットで検索した。果たしてそのとおりだった。最近阿房宮の遺跡公園建設計画が立てられ、遺跡の保存と新しい博物館の建設について世界中にデザイン案を募集していた。一等の賞金は百万元、二等は五十万元、三等は二十万元だ。

おや、これは悪くないぞ、と彼は考えた。始皇帝の原案なら、百パーセントオリジナルの立派なもんじゃないか、受賞間違いなしだ。

「分かった、そんならはっきり説明してくれよ」彼は始皇帝に言った。「人を煙に巻くような比喩とかの意味も頼むぜ」

「たやすいことだ」

「よし、じゃあそれで決まりだ」

「これからは三日ごとに水をくれ」始皇帝は言った。

「入賞したらな」彼は答えた。

夜、彼はベッドに横たわり、この日の波瀾のあれこれを考えていた。ひととおり考えると、浮世の事々の無常を感じるばかりだった。始皇帝ほどの抜群の知力と遠大な計略に、不老長寿の力を持ちながら、こんな取るに足らん人物の囚われの身となって、鼻息をうかがっては水をもらって生きるはめになるんだから。彼は始皇帝も数日もすれば強情を張るのをやめるだろうと思った。またコンペについて考えてみた。始皇帝がこのコンペについて知っていたとは意外だった。だが考えてみれば当然のことだ。彼らの言うように、ひとり空中を漂っていて、アメリカだって見えるのなら、すぐ下で何が起きているか見えないわけがあるか？　そう考えると、彼はまた皮肉なものだと感じた。天下を見尽くすことができるのに、人に水をもらって生きなければならないとは、こんな不老長寿はいったいどうなんだか。

8

彼のデザインはコンペの締切まであと五日というところで提出された。一か月で結果が出るという話だったので、北京に戻って授賞式にまた来る手間を省くつもりで、彼はここで待つことにした。どっちにしても西安は初めてだ、観光気分でいればいい。

始皇帝の設計は案の定すばらしかった。荘重で堂々としている上、どこもかしこも天文地理と吻合していた。堂には水路が設けられ、ガラスで覆われ、形状は銀河のようでもあり、渭水とも重なり、天地が呼応し合うさまを表していた。正殿と横の殿とは完全な対称ではなく、空の星と重なっていた。彼にはどのみち理解できなかったが、始皇帝がひとこと言えば彼はそれを覚え、奎宿〔とかきぼし。アンドロメダ星座および魚座にかかる十六星からなる星宿〕だの、参宿〔からすきぼし。オリオン座中央部の三つの星とその周辺の星を指す〕だの、畢月烏〔二十八宿の神々の一。牡牛（おうし）座の顔部分の七星を指す畢宿（あめふりぼし）を司る〕だの、猫を模して虎を描くように書きつけたのだった。最後の図面は彼にも描けず、おおよそのところを覚え、ネットで建築学科の学生を探して描いてもらった。学生たちも特に尋ねることはなく、どのみち似たような案件をたくさん請け負っているのだから、金さえもらえれば言うことはなかった。

西安を遊び回る日々は逍遥として快適だった。北京の二十万元はローンの返済に充てていなかったので、手元にあって自由に使えた。どうせすぐに百万元が手に入るのだから、先の金は使ってしまっても構わないと思った。大雁塔に行き、華清池に行き、退屈したら省立博物館に行き、文物局の担当者を訪ねて、コンペの結果はいつ発表されるのかと尋ねた。道ばたで偽の名刺を刷り、外資系の小さい事務所から来たのだと告げた。期待するところがあれば心も浮き立ち、帰ってきて始皇帝に水をやるのもずっと丁寧になった。

「なあ、聞きたいんだが」彼は水をやりながら喋った。「あんたの頃の技術はやばいくらいすげえのがいっぱいあったらしいじゃないか、誰が発明したんだ?」

「世には異人がいるものだ、常理で対してはならない」

「誰のことだ?」

「わしが異人だ」

「ちぇっ、よく言うよ」彼は言った。「これだけ聞きたいんだが、宇宙人が来たんじゃないのか?」

「なぜそう考える?」

「みんな言ってるよ、阿房宮の近くで出土した瓦当〔軒瓦の先端の装飾が施された部分〕は直径一メートル近くある。おれたちの小さい頃に家の屋根についてた瓦当はせいぜい十センチだった。そんなでかい瓦当を誰のために作ったんだ? それから、十二金人を作ったのも、「長人」が長安に来たから、それを模してこしらえたんだって言うやつもいる。しかもあんたの街の規格は天文に基づいていて、咸陽宮と阿房宮と渭水がちょうど星宿図を構成しているし、咸陽宮から山東の琅邪の行宮まで、真東への直線とぴったり重なるが、どうやったんだ? まだあるぞ、鋳剣の技術も、メッキの方法は今の人間にもどうやったのか分からない。こんな技術はすべて誰もよその人間が手伝ったんじゃないってのか? 誰が信じるかよ。不老長寿ひとつ取っても、こんなすげえ技術を、まさかひとりで開発したっていうのか？」

始皇帝はしばし沈黙した。「世に異族の者がいた」

「何の族だ？」彼は興味津々に、「宇宙人だろ？」

「言えぬ」

「どうしてだ？」

「誓約ゆえ」

「ちぇっ」彼は慌てて言った。「もう何年昔の話だよ。いつの時代の暦のつもりだ。その人たちはもうとっくにいなくなってるんだろう？　人に話したって誰も知るわけないよ。大丈夫だ、おれだけに話してくれ。絶対誰にも言わないから。おれは天涯孤独の身で、話す相手だっていないじゃないいか？　若い者に歴史を説き聞かせてやると思えば構わないだろう？」

「誓約は誓約」

「大丈夫だよ、何を気にしてるんだ」彼はあきらめきれず、「二千年も経ったんだ、約束だってとっくに時効だ」

始皇帝はフンと声を上げて軽蔑をあらわにした。「誓約をなにゆえ時によって違（たが）えられよう？」

「この頑固者！」彼は不満げに呟いた。

彼はいつか聞き出してやろうと思っていたが、まさか始皇帝が死ぬまで一字も口にしないとは思ってもみなかった。この世に本当に千年の誓いがあるとは思いもかけなかった。

この件は彼の心にかかって気になってならなかったが、いつになっても聞き出せず、少々うんざりしてきた。ときには、ほかの情報を仕入れて、別のことを尋ねてみた。

「あんたの阿房宮は当時そもそも建造されなかったって言われてるが？」

「基礎は築いた」

「そうだ、そう言われてる」彼は少し考えて言った。「じゃあ『史記』にはどうして阿房宮は果てしなく巨大で、項羽が三か月火をかけても焼き尽くせなかったとあるんだ？」

「あの書には創作が多い」

「じゃああんたはどうして完成させなかったんだ？」

「末世の徴が現れた」

「え？　末世の徴って何だ？」

　始皇帝はしばし口をつぐんでから言った。「成すところがあり、建築を商業に優先した。工期を急ぎ、巨額を費やし、資金を回収できず、徴用工は怨みを抱いて逃亡した。金銀を失い、人心を失った」

「へっ、よく分かってるじゃないか」彼は笑った。「後世にそう言われてるだけかと思ってた」

「凡人に何が分かる」始皇帝は鼻も引っかけず、「そなたは帝王の心を備えぬ」

「へっ、あんたときたら」彼は腹を立て、抗弁した。「ご大層なもんだよ。おれを馬鹿にする資格があるとでも思ってんのか？　あんたに能があったら、たった二代で王朝が滅亡したりはしなかっただろうに。帝王の心だって？　化け物がよく言うよ。合わせて二十数年、これより短い王朝があるか？　自分が今どこにいるかもちったあ考えろよ。風呂場だぞ、玉座じゃなく！」

　ようやく一か月が過ぎた。コンペの結果が発表されたが、彼のデザインは三等しか取れず、大いに失望させられた。百万元もらえるつもりだったのが二十万元に縮んでしまったのだ。だが尋ねてみると、一等は該当なしということだったので、いくらか慰められた。彼は賞をもったら帰るつもりだったが、始皇帝はもう少し待つようにと言った。なぜかと尋ねても、答えはなかった。そこで、彼はしばらく逗留し、金を持って手持ち無沙汰に過ごしていた。

9

また数日が過ぎ、阿房宮博物館の建設計画が正式に発表された。彼は見に行って、あっけにとられた。明らかに、計画は自分が提出した原案どおりなのに、最終的な設計図に記されたのは、他人の名前だった。

彼は唖然（あぜん）として、慌てて近くの人をつかまえ、あれは誰かと尋ねた。二、三人に尋ねたがいなされるばかりで、その人を知らないなんてあり得ないことのようだった。四人目の髪の薄くなった実直そうな老人だけが、彼を脇に連れて行って、小声でからくりを説明してくれた。

「まったく、あんたは若くて、初めてコンペに参加したんだろうから、本当のところを教えてやろう」老人は手を振り、「こういうコンペにはもうあまり参加しなさんな、最高賞は該当者なしに決まってて、二等と三等のデザインが組織委員会に使われるんだ。あんたはあれが誰か知らないのかね？　そんなはずないだろう、古代建築を学んだのに彼の名前を知らないなんて。地元の有名人だよ、古代建築界でも名が通ってる。省政府では業績づくりで、書けるところには仲間うちの名前を書くんだ。これはあんたの力ではどうにもならないことだ。あんたが参加したコンペはコンセプトを競うもので、つまりアイディアだ。設計図はまったく別の新しい創造だということができる。ここでは著作権保護の意識はどうしようもなく弱いからな、裁判を起こしても何もいいことはないよ」

「じゃあこれであきらめろって?」彼は憤りを覚えた。「新阿房宮にはおれの名前を書くべきでしょう?」

老人は笑った。「あんたも子供じゃないのに、なんだってそんなに呑みこみが悪いのかね。設計者の名前が書いてあるビルなんか今の世にあるかね? どれも寄付者の名前だろう? 敷居だの土台だのを寄付すれば、名前は刻んでもらえるが、アイディアを寄付したところで何にもならんさ」

老人は彼の幼稚さに対する励ましをこめ、誠実な仕草で彼の肩を叩いた。彼はその場に長いこと立ちつくした。

ホテルに戻り、起こったことをすべて始皇帝に話した。一緒に憤慨してくれることを期待していた。それが何と、始皇帝はまったく驚いた様子もなく、とうに予想していたかのようだった。同情しないどころか、どうでもよさそうだった。

阿達は不満だった。「おい、何て言いぐさだよ、これまでおれはいちおう義理を果たしてきたじゃないか? 毎日功労があっただろう? おれの味方もしないで、権力になびきやがって」

「そなたに?」始皇帝は言った。「何の功労が?」

「毎日水をやってるのは功労じゃないのか?」

「善を為すに以て名を求め、悪を為すに以て利を逐う」

「おいおい、そんな言い方はないだろうが。あんたには良心ってものがないのか?」

彼は癇癪を起こした。だが吐き出してしまうと、腹に力が入らない気がした。確かに名利を求めて始皇帝を手元に置いたのだし、今の不満も名声を得られなかったことだ。でもどういうわけだか、こんな風に言ってしまうと自分のことではないみたいだった。そんな言い方は気に入らなかったが、考えてみると反論のしようがなかった。反駁(はんばく)できないと思うほど、内心の怒りは募り、このところ熱心に細々と働いてきたのがすべて怒りの炎へと化したようだった。始皇帝は彼の怒りを目の当たりにしながら、ひとことも慰めようとしなかった。彼はますます腹を立てた。

「分かったよ。そんなら」彼はついに言った。「感謝の気持ちがないんならそれでもいいさ。ずいぶん無駄に働いたもんだ。ならとことんまでやってやるさ。いくらかでも名前が挙がればいい、さんざっぱら苦労して気に入ってもらえないよりましだね」

彼は始皇帝を新阿房宮博物館に寄贈した。

10

始皇帝を阿房宮に届けた日、彼はスタッフが始皇帝を車から下ろし、小さい台車で遺跡保護区の臨時オフィスに運ぶのを見て、急にどことなく落胆を感じた。彼は車の中にしばらく座っていた。視界からすべての人の姿が消えてしまうまで。振り返ってバックシートを見ると、空っぽで、サッカー選手のポスターが西安に来たばかりの頃と同じように揺れていた。

夜、彼はホテルに帰り、初めて手持ち無沙汰になった。水やりの任務もなければ、話し相手もいない。彼はテレビを点(つ)け、退屈してチャンネルを変えたが、ホテルのテレビは中央テレビとほんのいくつかの地方チャンネルしかなく、どれもテレビショッピング番組だった。彼は窓を開け、気分を変えようと思ったが、よけいにいらいらするばかりだった。トイレに行くとき、バスタブの中が空っぽなのが妙に目についた。

翌日、彼は後悔しはじめた。始皇帝というやつは話し方こそどうも傲慢で、鼻についたが、それ以外に別に悪いところもなかった。寄贈してしまってもどうということはないが、もしずっと誰も水をやらなければ、半月後には死んでしまうだろう。たったひとことのためじゃないか、むざむざ死なせてしまうほどのことか？　彼は良心の呵責を感じはじめた。何と言っても約束したことではあった。今では金はあるし、それなりの名声も手にした、そこで始皇帝を放り出すのは、少々まずいのではないか。

彼はそう考えると、また車で阿房宮に戻った。昼間は人がたくさん行き来しており、じりじりしながら夜を待った。保護区の端の低い金属フェンスを乗り越え、臨時オフィスの窓を見つけた。一つずつ覗いてみて、六個目の窓の中にようやく始皇帝の姿を見つけた。それは物置で、工具と一時的にそこに置かれた物品が整然と並んでいた。彼は窓を叩き、始皇帝に合図をしつつ、こじ開けようと試みたが、窓には錠が下りていなかった。遺跡保護区の臨時オフィスは、辺鄙な場所にあり、特に金目のものもなかったので、防犯対策もさほど厳しくはなかった。彼は細い棒で窓をこじ開けた。

「へへっ、懐かしいだろう?」彼は窓から部屋に這いこみ、始皇帝にわざとふざけて言った。

「昨日は誰も水をくれなかっただろう?　辛かっただろう?　何をわざわざ好き好んで、そんなに意地を張りなさんなって、そうすれば何でも望みのままなのに」

だが始皇帝はまったく歓迎するそぶりを見せなかった。

「何しに来た?」始皇帝は冷たく尋ねた。

「あんたが渇き死にするんじゃないかと思って、あと二回は水をやるつもりで来たんだよ」彼は言った。「約束だしな、この二回はあんたの借りだよ」

始皇帝は言った。「窮地にあって人を害する心を有し、順境にあってむしろ同情の心を持つ。よろしい」

「何だって?」はっきり聞き取ることはできたものの、意味がよくつかめなかった。

始皇帝は彼に反問した。「そなたが来たのは、わしを憐(あわ)れんでか?」

どうしてか彼は顔を赤らめた。「それだけでもない。約束でもあったからさ、三等でも賞はもらえたんだから、やっぱり約束を果たさなきゃ」

始皇帝は批評するように言った。「約束を心得ているとは、よろしい」

彼はまたいら立ちを感じた。「今日はどうしたんだ? 変てこなことばっかり言って。水をやらなくてもいいのか? いいんならもう帰るよ」

始皇帝はそのとき驚くべき言葉を発した。

「手伝ってくれても構わぬ」

彼は驚いて身震いした。「何だって?」

始皇帝はすべてを見通しているかのように言った。「考えてもみよ、このところそなたは何をしていた?」

「おれが何をしたかって?」

彼は緊張を覚え、始皇帝の言葉の意味をはかりかねた。しかし少し考えてみると、急に何かがおかしいとうっすら勘づいた。最初はただぼんやりとした困惑を感じただけだったが、ふとある言葉が彼の頭にひらめき、突如として頭いっぱいの懸念に変じた。それはごく普通の言葉だったが、いやに奇妙に思われた。

　彼は始皇帝を阿房宮に送り届けた。

　この言葉を心の中で繰り返すうち、何か見えないものが胸を直撃したような気がした。彼ははっとした。

「まさか、これは全部わざとだったのか?」彼は始皇帝に尋ねた。

　始皇帝は笑みを浮かべて彼を見ているようだった。「そなたはどう思う?」

「あんたは一歩ずつ計画して、おれに千里はるばる小島から北京に連れてこさせ、それから西安に送らせ、最後にはここに着いた。そういうことか?　あんたの最終的な目的は阿房宮に帰ることだったんだな?」

「すべてそなた自身が決めたことだ」

「それにしても妙だな。どういうことなんだ、いったいどうやって?　陰謀か?」

「陰謀ではない」始皇帝は言った。「少々予言ができるだけだ」

　彼は警戒した。「どうやって?」

「常識に基づいて予言する」始皇帝は彼の内心を見透かしたように、「たとえば今、そなたが秦陵に行きたがっていることは分かる」

「秦陵だって?」

　彼はびくっとしたが、それは彼が今考えていたことでも何でもなかった。この予言は間違いだ。それでも彼はどういうわけか緊張を感じた。

「秦陵に連れて行ってくれたら、宝物を見せてやろう」始皇帝は言った。

　彼はまたびくっとした。宝物?　秦陵の宝物?　そうだ、その言葉が発せられるや、彼は確かに秦陵に行きたい気持ちがこらえられなくなった。
「だが約束せねばならぬ、永遠に人に告げてはならぬと」
「お安い御用だ」彼は承知した。

11

翌日の夜、彼は約束どおり阿房宮にやってきた。三輪車を探してきて、始皇帝を窓から運び出し、舗装の粗いでこぼこ道を押した。彼はどこに向かっているのか知らなかった。始皇帝は説明しなかった。グーグルマップで調べていたが、阿房宮から秦陵までは西安の街を端から端まで横断しなければならないし、六十キロ以上あるのに、始皇帝は車の必要はないと言った。

夜中に荒涼とした遺跡を進みながら、粛然とした気分になった。彼らがいる区域は阿房宮の遺跡で、巨大な土台だけが残され、縦は一キロ、横は半キロ、高さ六、七メートルで、雑草が生い茂り、荒涼としてもの寂しかった。遺跡博物館はこの唯一残された真実の証拠を取り巻いていた。彼が遺跡のこの区域を歩くのは初めてだった。新しく建設された阿房宮公園を散策したことがあったが、この遺跡の外側で、塀によって隔てられ、新しく整然としていて、昼間は人が絶えず、喧(やかま)しかった。その阿房宮を歩いても、まったく心は動かされず、帝国といっても大規模な芝居のようにしか感じられなかった。だが今は、この巨大な遺跡の傍らにあって、彼は不意に身を揺るがすような感覚を受けた。帝国は本物で、こういう荒削りだがしっかりしたものが、しっかりと千年の風砂を覆っている。

始皇帝は彼に南に向かうよう指示し、遺跡の南側に来た。小さな高台が見えた。土台の南西の角にあって、高さはおよそ十数メートル、衛士がだだっ広い土台を見下ろしているようだった。彼らは土台の真南に着いた。片側は土台で、反対側には広々とした空き地が見え、広場のようだった。

「中央に土の梁（はり）がある。梁を掘れ、内側一メートルへ」始皇帝は言った。

彼はそこで用意してきたシャベルを手に、土台の正面にある目立たない土の梁を掘り、穴を開けると、中へ掘り進んだ。しばらくして、シャベルが硬い表面にぶつかった。それは磁力を備えているらしく、触れた途端にシャベルは引っ張られ、力を入れて引き離さなければならなかった。硬い表面の外側の土を脇によけると、垂直の平らな壁が現れたが、やはり黄土色で、周囲と区別がつかなかった。彼は丹念に土を払ったが、表面には人工の鑿（のみ）の跡があるようだった。

「来い、腕のものを外してくれ」始皇帝はまた言った。

彼は三輪車のそばに行き、腰をかがめると、始皇帝の腕に、袖口に隠れて佩玉（はいぎょく）のようなものがあるのを見出した。ぴったり肌について、色も材質も像と変わるところなく、注意深く見なければ気づくはずもなかった。彼は手を伸ばして触ってみたが、単純な仕組みでくっついていて、そっと動かしてみると取り外せた。

「水符を扉に嵌（は）めよ」始皇帝は言った。

手にしたものを見ると、波が如意の形を作っていた。彼は黄土の壁のところに戻り、壁面にくぼみがあるのに気づいた。ちょっと見た限りではごく普通の穴のようだったが、水符を嵌めようとすると、近づけただけで強い力で引っ張られ、ほとんど彼の手を引くようにしてくっついた。水符が嵌まると、ぴったりとして隙間はなかった。

それから、たくさんの映画で見たように、下に続く通路が現れた。壁面が下降したばかりか、周囲の地面もくぼんだ。彼は内心驚いたが、それ以上考えることはなかった。彼は水符を外し、始皇帝を背負い、懐中電灯を点けると、通路に足を踏み入れた。通路はずっと北に向かい、土台の中に延びていて、斜めに土台の地下へと続いていた。相当に長い階段で、まっすぐに数百メートル下に向かい、土台のちょうど真下へと続いていた。

階段の突き当たりは小さな平台で、平台には光があり、明らかにもう一本の通路に続いていた。平台に出ると、前方にトンネルがあり、トンネルの中には銅車があり、銅車は木製のレールに載っていた。

彼は始皇帝を銅車の後ろに乗せたが、驚くほどちょうどよく、始皇帝の像はすっぽりと嵌まり、生きた人間が心地よくソファーに座っているようだった。彼は御者の位置に腰かけた。銅車には横木があり、手すりにすることができたが、轅（ながえ）はなく、馬をつけることはできなかった。銅車の車輪は木のレールのくぼみにはまっていて、列車のようだった。

「これからどうするんだ?」

「水符を車の前に嵌めよ」

目を落とすと、車の最前部に同じ形のくぼみがあり、水符を嵌め込むと、錠が外れたようにガチャリと音がした。それから、ゆっくりと、車輪が回りはじめた。車は前進をはじめ、速くはなかったが、安定して止まることなく、木のレールの接続部では規則的にわずかに揺れた。トンネルの両側の壁には数メートルごとに青白いランプが置かれていた。

「うわあ」彼は言った。「この水符ってのはずいぶん先進的だな、エンジンなしで運転できるんだから」

始皇帝は軽蔑したように鼻で笑った。「下り坂だ」

「そうか」彼はきまり悪げに笑った。「ずっと下りじゃないだろう?」

「平地と下り坂が交代する」

「なんだ、そういうことか」彼は笑ったが、少し考えてまた尋ねた。「でも、それなら帰り道はどうするんだ?」

始皇帝はしばし沈黙した。

ややあって、始皇帝は言った。「車輪とレールはメッキで磁力を帯びていて、帰りにはレールの磁力が交互に変化し、前方では引力が、後方では反発力が働き、車輪を前進させる」

「そんなに高度なのか!」彼は仰天した。「それも異人が伝えたのか?」

「そうだ」

「何日か前に、南陽(なんよう)で秦代の木のレールが千年も腐らずに見つかったって聞いたけど、それもこういうのなんだな? あんたが作った道路は実際は馬車の鉄道網なんだって言われてるが、そうなのか?」

「敷設は終わっていない」

「ってことはあったんだな? すげえじゃねえか」彼は舌を巻いた。「本当にすげえ」好奇心がむくむくと頭をもたげ、「なあ、その連中はどんな人だったんだ? ここまで来たら、おれを信じてくれたっていいだろう?」

始皇帝はいつものように答えなかった。だがこのときは、その口ぶりはこれまでと異なり、妙に厳粛だった。

「わしは年少のうちに即位したが、若い頃に異人に遇(あ)い、天下を論じ、たくさんの珍しい物を見せてもらった」始皇帝は、「それからというもの、自分が常人と異なることを成し遂げねばならないと知ったのだ」言葉を切り、「父君はもともと異人という名ではなかったが、異人に遇ったゆえ、異人と改名した〔始皇帝の父・荘襄王は名を異人といった〕」

「そうか。それから？」

「それからわしは自分の帝国を築いた」

「それから？」

「それで終わりだ」

「え、終わりなのか？」彼はいぶかった。「物語をするにももう少し熱を入れてくれよ。やっと喋る気になってくれたと思って、耳の穴をかっぽじって聞いていれば、それで終わりだって？　何も言わないのと同じじゃねえか。帝国を築いて、それからどうしたんだ？　異人はどこに行った？　それから何だってあんな何もない小島に移ったんだ？　それくらい話してくれよ」

「東海に行ったのは」始皇帝は言った。「長寿が必要だったからだ」

「ああ、そうだ、それを聞きたかったんだ」阿達は言った。「皇帝の位を放り出して、長寿を願ってどうするんだ？　うまいものがあるでもなし、女もいない、動くこともできないのに、何が望みだったんだ？」

「そなたには分からぬ、帝王の心を有さなければ」

「はは、またかよ」彼は車の前部に座って気分よく、言葉も気軽になった。「帝王の心だって？　じゃあ聞くが、帝王の心を持ったやつは何を望む？」

始皇帝はしかし粛然として、「帝国を見守ることだ」

彼はぷっと吹き出した。「偉大なこった！　さすが帝王の心をお持ちだ。だが考えたことはあるのか、不老長生を求めてあれこれ騒いだあげく、国の基礎まで失ったじゃないか。あんたが去ってから、大秦帝国の領土は失われちまったのに、どうなんだ？」

「わしは大秦の人間ではないのに、その領土を気にしてどうする？」

阿達はびくっとした。始皇帝の言葉は驚くべきものだった。「どういうことだ？」彼は口走ったが、考え直して理解した。「あんたはつまり、呂……」始皇帝が言っているのは先の宰相呂不韋（りょふい）のことだと想像したのだ。呂不韋と太后（たいこう）はいったいどういう関係だったのか、続きを聞きたくてたまらなかったが、始皇帝の口ぶりが厳粛なので尋ねる勇気がなく、代わりに、「じゃあいいや。嬴（えい）家の人間じゃないにしたって、あんたが創始した帝国じゃないか。それを守らないで、島に移ったりしてどういうつもりだ？　見守るって言ったが、帝国は亡びたのに何を見守るんだ？」

「帝国がいつ亡びた？」

彼はぎょっとした。「どういうことだ？　秦は二代にして滅亡し、あんたの息子は殺されたのに、亡んでないって？」

「帝王には子孫はなく、子のごとき民がいるだけだ」始皇帝は言った。その答えは落ち着いていた。「まさか知らぬのか、なぜ帝王は『孤』や『寡人』と自称するかを？」

彼は毒気を抜かれた。「唯我独尊ってことじゃないのか？」

「孤とは孤だ。帝王はその一人だけを治めるので、『孤』と称する。それ以外は万人みな等しく、子孫たりとも例外ではない」

「どういう意味だ？」

「帝王にとっては、帝国のみが重要だ。帝国を継ぐ者は、子孫であろうがなかろうが、構わない」

「まさか……」彼には少しずつ分かってきた。「まさかあんたは後世をすべて……あんたの帝国だと思ってるのか？」

「そうだ」

阿達は口をあんぐりと開け、あっけにとられたまま口もきけずにいた。この答えは彼の常識を超えていた。「それは……いくら何でも甘すぎるだろう」

「何がおかしい？」

彼はとっさにどこがおかしいか答えられなかったが、ただ奇妙に感じられた。少し考えて言った。「漢（かん）や唐のような漢人の王朝ならともかく、元（げん）や清なんか、みんな異民族じゃないか、どうしてあんたの帝国なんだ？」

「帝国のあるところ、民族を分かってどうする？」

「じゃあ何を分かつんだ？　子孫を分けず、民族も分けないのに、どうしてあんたの帝国だって言えるんだ？」

「千年の秦制は、ずっと続いている」

「はん、よく言うよ」阿達は言った。「おれは歴史が得意じゃないが、それでも高校では習ってる。秦朝は暴政のために人心を得られず、後の世ではみな秦のまつりごとには反対したのに、どうして受け継がれたことになるんだ？」

始皇帝は問い返した。「帝国が最も忌（い）むのは何か分かるか？」

「さあ、内乱とか？」

「帝国が忌むべきことはいくつかある——富める者の財を奪い、貧しい者の命を奪い、読書人の言を奪い、隣人の信を奪うことだ。わしは貴族を移転させ、人夫と工人を苦しめ、儒者を生き埋めにし、近所の妻どうしを互いに密告させた。それによって国力は増強され、四海のうちに匹敵する勢力はなくなったが、四つの忌むべきところをすべて犯したので、わずか十年しか維持できなかったのだ。そなたが後の世の帝王なら、どうするかな?」

「それは……できるだけそうならないようにするかな」

「そうだ、それが帝王の頭上に吊された唯一の剣だ。もしその脅威がなければ、帝王は何をしてもよいことになる」

「あんたはわざと後世の戒めとしたってことか?」

「わしは世人のためにしたのではない、自分の帝国が永遠に続くようにと思ってのことだ」

阿達はぎょっとなり、何と言ったらよいか分からなくなった。「でも……その代償は高くつきすぎたろうに、どれだけの人を殺したんだ」

「死ぬも生きるも、人の世はそういうものだ、珍しいことではない」

「でもあんた自身は死なないで、人を死なせたんだ」

「わしも死ぬ。そのときが来れば、自然に死ぬ」

阿達は長いこと黙りこくり、考えがまとまらずにいた。「実は」彼は言った。「おれの先生は授業でいつもこう言ってた。もしあんたが帝位を胡亥(こがい)ではなく扶蘇(ふそ)に譲っていたなら、もしかすると秦朝が倒れても崩壊には至らなかったかもしれないと。扶蘇は立派な人だったんだろう」

「無意味なことだ」始皇帝は言った。「大勢が決したら、挽回の力はない。扶蘇にも対処は不可能だった。長城のふもとで畑を耕して生を全うさせたのが、わしにできるせいぜいのところだった」

始皇帝の声はトンネルの中で深く厚みを持ち、かすかにこだましていた。阿達はそれを聞きながら呆然としていた。始皇帝はあまりにたくさんのことを語り、彼が考えたことのない問題がたくさんありすぎた。彼は歴史の往時について考えたが、考えは前方のトンネルのように、真っ暗で端が見えなかった。始皇帝の最初の言葉を思い返した。いくつかの言葉はどうも違う意味を持つようだ。銅車はまだ調子を乱すことなく走り続けていた。青白い灯(あか)りが足下のレールを照らし、遠くに延びて闇の中の二つの玉となった。彼はかすかに水の流れる音を耳にした。岩壁に滴る音ではなく、ごうごうと流れる深い川の音だった。

「ここはどこだ?」彼は始皇帝に尋ねた。

「渭水の下だ」

そういうことか。まったく賢い設計だ。入口は阿房宮の土台の下にあり、偶然見つかることは絶対にないし、トンネルはずっと地下深く掘られ、しかも渭水に沿っているので、うっかり断ち切られてしまうこともない。ただ出口がどこになるのかは分からなかった。

彼らはまた黙ったまま長いこと走行したが、車はどうやらカーブに沿って進んでいるようで、水音は次第に静まっていった。

彼の目は前方に向けられた。レールの行き止まりが見えたが、小さな平台で、乗車したときの平台とよく似ていた。何より驚かされたのは平台の後ろに巨大な水車があることだった。水車は滝に打たれ、半分は滝の中にあり、半分は外に姿を現していた。近づくとはっきり見えたが、水車は少なくとも三十メートルの高さがあり、滝の流れによって回転していた。あたりはどうやら岩山の中らしく、泥土や野草、岩石が流れの両側にうっすらと見えていた。滝の水流は十分で、流れは速くなかったが、安定していた。水車には羽根ではなく、人が乗れる露台が一か所設けられていた。水車の回転に従い、露台はゆっくりと上昇してきた。高みにはもうひとつの小さな平台があった。

彼は車を下り、始皇帝を担ぎ下ろすと、平台に立たせ、水車の小さい露台が目の前に来たところで乗りこみ、上の平台に下りた。平台はとても長い階段に続いており、階段はゆっくりと上に延び、果てが見えなかった。

彼は始皇帝を担いで階段を上り、懐中電灯で足下を照らした。どれだけ歩いたのか分からなかった。数十メートルに過ぎなかったかもしれないし、数百メートルだったかもしれない。彼と始皇帝はもう口をきかなかった。まもなく訪れる運命に恐れをなし、直感的に沈黙を守っていたのかもしれない。彼はもう冗談を飛ばす気になれず、内心の緊張がそれ以外の感覚を圧していた。足下の階段は長く、始皇帝は背中で重かったが、その瞬間、彼は階段がもっと長ければよいと思った。果てがどんな場所だか想像がつくような気がしたが、考えたくなかった。

12

突き当たりの扉は頭上の石板だった。彼が水符を嵌めこむと、石板はゆっくりと開いた。彼は歩いて行き、頭上に開いた穴から這い出した。

足下を踏みしめると、あたりを見回した。真っ暗で何も見えない。懐中電灯で出てきた穴を照らすと、不意にそれが巨大な石棺(せきかん)であることに気づいた。石棺の蓋が開き、蓋に彫られた龍と瑞雲が見えた。蓋には水符の形状のくぼみがあり、出入りのスイッチらしかった。ここで彼は理解した。今通って来た場所は始皇帝の石棺だ。始皇帝が生きていると知っている者はいない。石棺の中が通路になっていると知る者はないからだ。この上なく安全な通路だ。彼は始皇帝を傍らに下ろした。

「これがあんたの陵墓なのか」彼は始皇帝に尋ねた。

「そうだ」始皇帝は長いこと黙っていたせいで、声の調子がやや強張（こわば）っていた。

「本で見たからくりや山石、車馬、水銀の川は、全部この周りにあるのか？」

「それは外側の室にある。からくりはすべて侵入を防ぐためだ。目にするときは死ぬときだ」

彼はやや失望を感じた。たくさんの精巧な器物を見られると思っていたのだ。

それで次はどうするのかと尋ねた。始皇帝は答えず、ため息をひとつついた。

「どうしたんだ？」彼は尋ねた。

始皇帝は何も言わなかった。

「おい、どうしたっていうんだ？」彼は緊張して、始皇帝の肩を叩いた。

「千里の道を行っても、最後には帰らねばならぬ」始皇帝は言った。

「なんだ、やっぱり懐かしくなったんだな」彼は笑った。「感傷的になってどうする、故郷に錦を飾るってもんだろ、不老長寿でさ」

「魂が故郷に帰るだけだ」始皇帝は言った。

「どういうことだ？」彼は始皇帝の口調に気圧された。「聞きたかったんだが、どうして帰ってきたんだ？」

始皇帝は普段の口調に戻って、「秦陵が開かれるだろうから」

「発掘か？　観光か？　そんなにすぐじゃないだろう？　今はまだ計画の段階だって聞いたが」

「遅かれ早かれ来る、早く準備しておかねばならぬ」

「どんな準備だ？」

「帝国が亡びた以上、将来に備えねばならぬ」

「帝国が……何だって？」

「帝国が亡びて長い、もう百年になる」始皇帝は言った。阿達は始皇帝の言葉が悲しい調子になるのを感じたが、ますますわけが分からなくなってきた。「秦から清まで、二千年あまりだったが、万事転覆の定めだ。今の人間には、誰にも帝国の根柢は分からない。新たに国を興し、まつりごとを他の者に伝えねばならぬ」息をついたが、阿達が口を挟む間もなく、「聞くが、わしがなぜ焚書坑儒（ふんしょこうじゅ）をしたか分かるか？」

　阿達は不意を打たれた。「後世のために反面教師になったんじゃないのか？」彼は探るように尋ねた。

「そうではない」始皇帝は言った。「彼らの言葉が、帝王を誤った方向に導くからだ。彼らは帝国を善人の上に築くことを望んでいるが、帝国は常人の上に築かれねばならない」

「常人……？」

「お前のような人間だ」

「おれだって？」彼は飛びあがって、「おれに何の関係があるんだ？」

「どうやってお前にわしを秦陵に連れて来させたか分かるか？」始皇帝はまたしても質問に答えず、逆に問いかけた。「事を成したければ、常人の性（さが）に順（したが）わねばならない。それが成功の理（ことわり）

だ」始皇帝の声は不思議なほど平静だった。「ここまで来られたのも、帝国が長く存在し続けたのも、それゆえだ」

「どういう意味だ?」

「そなたにはいつか分かる」始皇帝はもう説明しようとせず、言葉を切ると、さらにゆっくりと告げた。「あの読書人たちは、国を誤らせたが、まったく役に立たなかったわけではない。結局は昔なじみだ、逝ったところで遠くには行かん。魂が消え去ってから、懐かしく思うこともある。さあ、わしを棺の蓋に載せてくれ」

彼は始皇帝がどうして急にこんな奇妙なことを言い出すのか分からなかった。次の言葉を待ったが、始皇帝は何も言わなかった。見ると、石棺の蓋の中央に、空いた場所があり、細い線で囲まれたような形で、カードスロットのようだった。彼は水符を石棺のくぼみに置き、石棺を閉じた。それから始皇帝を注意深く棺の蓋の中央に載せた。台座と石棺の中央のくぼみは完璧に合わさった。

それを終えて、彼は始皇帝に次はどうするのかと尋ねたが、始皇帝は答えなかった。そして、石室は完全な闇と静寂に包まれた。

それから、突然、石棺の蓋の隙間が光りはじめ、光は隙間に沿って伸び、下に進んでゆき、床で四つの方向にそれぞれ美しい紋様を描き、さらに下に向かった。彼はそのときようやく自分が立っているのが小さな台で、四方に下に降りる階段があるのに気づいた。光の筋はすぐに一番下にたどり着き、四方八方に広がり、すぐに面積を拡大し、細かく密な絨毯(じゅうたん)のような光の海に変じた。彼はその海の宏大な面積に仰天した。果ての見えない巨大な広間で、彼が立っている台はその中のごく小さな四角錐の島だった。

柱が突然輝き、そして屋根が続いた。彼は黒い立柱を取り巻く彫刻の龍を目にした。凜然として抜きん出た姿だった。秦朝はなお黒く、この色が人に与える感覚は後に好まれた赤とはまったく異なっていた。それから近くの両側の壁だ。阿達を縮みあがらせたのは、壁の両側に十数体の巨大な人物像が立ち並んでいたことで、どれも高さは十数メートルあり、仕草も顔つきも生き生きとして獰猛（どうもう）で、目鼻は小さく目立たなかったものの、表情は豊かに変化していた。彫像はくすんだ金色で、着物の彫刻は精密だった。光線が輝くにつれ、彫像の周囲には幻影が生まれたが、どれも彫像自身の姿で、魂が身体の外に漂い出たかのようだった。

そのとき、彼の背後から始皇帝の低い声が聞こえた。「わしはもともと常人だったが、異人に出会ったがゆえに常ならざることを成し遂げた。もともと不思議なことでもない、ほかの人間にもできることだ。異人に遇うのは通常の境遇ではない。そなたはこの経験を得たのだからしっかり生かすがよい。どれだけ理解できるかはそなた次第だ。ここまで送ってもらったが、わしが送ってやるのもここまでだ。どれだけはるかな道でも、尽きるときが来る」

始皇帝の声はますます低くなり、最後の言葉はぼんやりとしていた。阿達は息を呑んで耳を澄ませていた。彼は目にした。石室の高いドーム型の天井の下にゆっくりとある姿が現れ、高みからふわふわと下りてくると、次第に凝集して形を取り、輪郭と色味が現れ、ますます小さくなり、廟堂ほどの巨大なうっすらした姿はやがて固まって人間の姿になった。人の姿は漂っており、消えたり現れたりしていたが、壁の両側の彫刻の前にある幻影とあたかも空を隔てて呼応しているようだった。

広間の屋根が不意に明るくなり、暗闇に慣れた阿達は金色の光に一瞬目がくらみ、目を覆った。屋根から光が投げかけられたらしく、広間の中央の空中に平原と高山の幻影が投影された。

「山河は常に移ろうが、勢のみはとこしえに残る！」

始皇帝の最後の言葉は、重厚で雨夜のくぐもった雷鳴のようだった。あたりの彫像の幻影は壁を離れ、山岳の上に漂ってゆき、始皇帝の姿も稲妻のように前に飛んだが、ある場所に着くとまた引き返した。阿達は明るい灯火の中ではっと気づいた。彫像の幻影がまとっているのは明らかに上着とズボンで、秦代の長袍ではなく、顔の比率も奇妙で異様だった。幻影はついに出会うことはなく、うなる風のように過ぎ去った。中央の平原と高山は変化をはじめ、人の姿と都市が虫けらのように湧いてくると、隊商と軍隊が平原を転がっていった。阿達は声を耳にしたが、始皇帝の声ではなく、落ち着いて少しも感情の伴わない声で、典籍のような文句を読みあげていた。その言葉はきわめて簡潔で、古めかしくはあったが、阿達にもだいたい聞き取れた。声はまず民の勢いが水のように落ちることを説き、それから統治の道理を語りはじめた。大半が簡明で要を得ていたが、阿達のよく知った言い方とはかなりの開きがあった。阿達はいぶかりながら聞き、あっけにとられた。突然、一陣の風のような気流が彼の背後から溢れ出し、彼はもんどり打って転び、起きあがったときには、足下には金の冠と宝剣の幻影があった。彼は思わず手を伸ばしたが、手は空をつかむばかりだった。

　そのとき、広間の地面の灯火が点(とも)り、空中の山河と平原がかき消え、ぎょっとする光景が広がった。広間の正面に、読書人の姿をした陶俑(とうよう)が無数に立ち並んでいた。彼は息を呑み、読書人を象(かたど)った兵馬俑もあるのかと思った。両側の立柱が光を放ち、斜めに凝集した光が、読書人の陶俑に当たり、人影が突然浮きあがった。彼は再び唖然として目を見張った。どの陶俑からも人の姿が浮かびあがり、生き生きとして鮮明だった。人影はゆったりとして袖の広い袍をまとい、空中に浮き、天地を仰ぎ、勢いよく言葉を列ねたが、まるで法廷で激しく弁論しているようだった。四方からさらに多くの声が上がり、彼には意味の分からない言葉が交わされた。

「天下の財を収め……危難に、豪族は救わず……」

「横征暴斂（おうせいぼうれん）、民を役に発す……百姓その苦に堪えず……」

「禁ぜらる所の言論甚だ多く、忠臣をして敢て進言せしめず……」

広間には次々に灯りが点り、あたり一面輝く金色に包まれ、立柱は一対また一対と、光芒（こうぼう）を放ち、一列また一列と華やかな色彩の衣をまとった兵馬俑を照らした。彼は映像がそれらの色彩から来るのだろうと考えた。彼はまったく度肝を抜かれてしまい、長いこと言葉を忘れていた。光はまだ伸び続けており、広間は少しずつその全貌をあらわにしつつあった。文人の姿の兵馬俑の後ろには武官がおり、高揚し戦衣を身につけ、鎧兜（よろいかぶと）に剣を手にし、映像は空中で互いに拳を振るい蹴りを繰り出した。そのまた後ろには、大量の普通の兵士の兵馬俑があり、出土した墓穴で目にするのと同じだったが、ただ彩色がほどこされており、空中の映像はそろって跪拝（きはい）し、山をもどよもす声を上げていた。万歳、万歳、万々歳。

彼はこのすべてを俯瞰（ふかん）しながら、驚愕の念にうたれていた。初めて帝王の威儀と恐懼（きょうく）を感じた。

彼は聞き、記憶しているうちに、読書人の像は次第に薄暗くなっていった。

最後に、読書人たちの姿が消え、光が次第に暗くなってゆき、両側の立柱のみが明るく残ると、彼はようやくゆっくりと我に返った。

「なんてこった、やばすぎだろ」阿達はまだ映像の中から抜け出しきれず、もごもごと始皇帝に話しかけた。「あんたのいう帝王ってのがどういうことかは分かった気がする」

始皇帝は応えなかった。

「小島から帰ってきたのは、もう一度それを楽しみたかったからか?」彼は尋ねた。

答えはない。

「あんたが生き埋めにした読書人をみな映像にしたのか?」

答えはない。

彼はまたしばらく待ったが、やはり何の声もしなかった。

彼はあることに思い当たり、恐怖を感じはじめた。話しかけたり尋ねたりしたが、何を言おうと、始皇帝は静かに口をつぐんでいた。彼は慌てふためき、渾身の力をこめて何とかしようとした。ちょうど最初の日に始皇帝を家に運んできたときのようだったが、あのときより狼狽して焦っていた。薄々結果を勘づいていたが、考えたくなかった。最初に騙されたときのように、また始皇帝の手に乗ったのであればいいと思った。しかしどれだけ話しかけても、どれだけ誠実に心を開いても、何の答えも得ることはなかった。

彼は闇の中にへたりこみ、最後に無理やり自分に認めさせた。始皇帝は死んだ、自分の陵墓で死んだんだ。

彼は叫び声を上げた。

13

阿房宮の土台の小さな扉から出てきたとき、空は明るくなっており、赤く染まっていた。さっきまでの栄耀(えいよう)と驚愕はすべて消え失せ、彼の心には悲しみと恐れが満ちていた。去るときに水符を嵌めた手は震え、棺の蓋は二度と開かないのではないかと思った。

彼はぼんやりとして、腕時計に目をやった。明け方の四時五十分だ。夜半に入り、二時間ほど中にいて、また二時間かけて戻ってきた。時計は狂っていないはずだ。この季節、何があってもこの時間に夜が明けるはずはない。彼はまた目を上げてじっくりと見たところ、空は明るくなっているのではなく、光は両側の地面、土台と広場に発しており、地面の光が空を赤く染めあげているのだった。

彼は慌てて傍らの高台に駆け寄り、西北の斜面の階段を駆けあがった。土台と広場全体を俯瞰すると、突然すべてがはっきり見えた。ちょうど高台から光の束が放たれ、土台と広場にそれぞれ壮大な映像が投影された。確かにくっきりと、宮殿と楼閣で、土台には広大な堂があり、形状は彼が描いたデザイン画にそっくりで、ただ尺度は彼が描いたものよりはるかに大きかった。それは人のための殿堂ではなく、その存在自体が、ある種の高等な生命であった。彼の背後の広場には高低の不揃いな楼閣が並び、回廊が広場の両側に対称に延び、小さな楼とあずまやが回廊に沿って入り乱れるように配され、中央は庭園で、樹影が舞い、回廊の反りかえったひさしと引き立て合っていた。険しい山々のように連なる建築群は、重なり合い、入り組んで魅惑的で、人を忘我の境地に引き込んだ。こちら側は完全に人間が暮らす大きさで、反対側の巨大な前殿と夜空の下ではるかに向かい合っている。うっすらと、両側の楼閣の中に人影が動いているのが見えた。体格差が十倍ほどある人影がそれぞれ両側の宮殿を出入りしている。彼らはときにははるかに呼び交わし、ときには肩を並べて立った。

映像はぼんやりとして、消えてしまった。宮殿の映像は千軍万馬の駆けめぐる戦場に取って代わられ、鬨(とき)の声と悲鳴が音もなく曠野(こうや)を貫き、帝王の姿は現れたかと思うとまた消えた。それから農作業をする人々が明け方に野良に出て日暮れに帰り、規則正しく鍬(くわ)を担ぐ暮らしの中で生まれては死んでいった。それからまた猛(たけ)り狂う虐殺に、華やかな邸宅、貧困に身を縮めるさま、貪欲ゆえに失われる世界が現れた。彼は立ったまま眺めるうちに時間を忘れ、歳月は永遠の命の通路に踏み入ったようだった。

彼はついに阿房宮の真の姿を目にした。それは幻影の宮殿だった。

夜が明け、映像は消え失せたが、それは帝国の最後の残像であった。

エピローグ1

阿達は北京に戻り、自分の卑小で不運な人生を再開した。配達員の仕事を見つけ、毎日夜明けから暮れ方まで、原付であちこちの地区に荷物を届けた。住宅ローンはあと二十万元残っている。

ある日、彼は突然街なかに陳旺の姿を見かけた。立派なこしらえで、見るからに社長の風采だった。彼はベンツから下りてきたが、髪をてかてかさせ、周囲の人物と譲り合いながらレストランに入っていった。阿達はすぐに追いかけ、回転ドアをくぐったが、両側からドアマンに押しとどめられた。

「ご予約のお客さまですか?」ドアマンは尋ねた。

彼はエレベーターに向かう陳旺を指さした。「陳旺に会いたい」

「陳社長に御用ですか」ドアマンは言った。

「陳社長じゃない、陳旺だ!」

「ええ、陳社長は牡丹(ぼたん)の間にいらっしゃいます」

彼は牡丹の間に駆けつけ、陳旺の袖をつかむと、相手の反応も待たず興奮して矢継ぎ早に質問をぶつけた。なんで北京に来たんだ? どうやってもうけた? たった一、二年でどうして社長になったんだ? また洞窟に行って、残りの物を全部盗み出して売ったんじゃないのか? ほかの人物像をどこにやった? 答えろ、答えてくれよ。

陳旺は気まずそうに彼を廊下に連れ出すと、あれから洞窟の物を持ち出したことは絶対にないと誓った。

「こっちこそあんたに聞きたかった」陳旺は言った。「確かにあの島には行ったんだが、二度とあの洞窟は見つからなかった。どうなってるんだ？　あんたにはまだ場所が分かるか？」

彼は自分もあれから行っていないと言い、陳旺にどうやってもうけたのかと聞いた。

「おれにも分からんよ」陳旺は笑った。「でもあんたのおかげさね。あの対になった彫刻を持って帰ってから、不思議なくらい運がついてさ、どんな神様のご加護か知らんがね」

阿達は後に陳旺の家に行ってみたが、曹植と宓妃は壁際に置かれ、テレビ台のそばの大理石の池に入れてあった。池自体は俗っぽくいいかげんな作りで、大理石の回転する球まで設置されていたが、彫像が置かれるとずいぶん上品に見えた。

エピローグ2

阿達は後にいくらか金を貯め、二回あの島に行ってみたが、島こそ見つかったもののあの洞窟は二度と探し出せなかった。テレビでは阿房宮博物館が建設されたというニュースが流れていたが、始皇帝のデザインそのままだった。

彼は時折ベッドの上でこうしたすべてに思いをめぐらせ、何もかも定められていたのだと思うようになった。最初に小島に行ったときから、洞窟はわざと口を開いて彼が入るのを待っていたのだ。ふだんは洞窟は隠されているのだ。それで理屈は通る。でなければあんなに簡単に見つかる洞窟が、どうして二千年も人に知られずにいたのだろう。そう考えると、急にこれまでのすべてが滑稽に思われた。

なんでおれだったのかな、と彼は考えた。

じっくりとあの言葉を考えてみる。常人の性に順う。

彼はその言葉を考え、また自分について考えた。次第に、より多くの言葉が浮かんできたが、意味があるようでもあり、でたらめなようでもあった。善を為すに以て名を求め、悪を為すに以て利を逐う。窮地にあって人を害する心を有し、順境にあってむしろ同情の心を持つ。きわめて特殊な状況に至れば、干渉する。四つの忌むべきことをすべて犯した。異人に遭遇するのは誰もが経験できることではない。帝国はすでに亡び、人には為すところがあらねばならない。こうした言葉は次第に彼の心に曖昧な輪郭を結び、彼は粛然たる気持ちになった。自分の人生全体が変わってしまったようだった。

始皇帝は死を選んだのだ。彼は考えた。ただおれに何を言いたかったんだろう、おれに何をさせたかったんだろう。

世界はやはり利欲に満ちているが、目的を持った人間には、世界は別の顔を見せる。

彼は秦陵の秘密の通路について人に話しはしなかった。始皇帝の誓いに対する選択と堅持を理解するようになっていた。

エピローグ３

最初に手にした不老長寿の丹薬を彼はずっと身につけていた。あちこちの土地に行き、埃や脂にまみれていた。どう見ても汚ない普通の丸薬だ。飲むとどうなるのか試してみようと考えもしたが、そんなに簡単なわけはないと思い直した。きっと他の技術と組み合わせなければならないはずだ。それから一方では飲むと危険なのではないかとも思った。だからといって捨ててしまうのは惜しかった。

最後に彼は犬に食わせることにした。飲めば不老長寿を得られるのなら、年をとらない犬を飼うのも悪くない。細かく刻んで犬の餌に混ぜて食べさせたところ、犬は昏睡状態に陥り、いまだに目覚めない。死んだわけでもなく、呼吸はしているものの、どれだけ呼んでも目覚めなかった。彼は考えた。あのときもし丹薬をすぐに飲んでいたら、今でも眠っていたのだろうか。

それから、後に阿達は本当に天地を改革するほどの大事を成し遂げ、巨大な事業を成功させ、百千万もの人生を変え、大人物となった。晩年にはしばしば自分の人生を変えたあの旅を回想した。ある晩、眠りに就いて、夢を見た。夢の中でまた夢を見た。目覚めたとき、彼は海上にいて、おんぼろ漁船に乗り、両親の遺骨を抱いて、散骨に行くところだった。

阿房宮 Epang Palace from DEPTH OF LONLINESS 孤独深処
by 郝景芳 Hao Jingfang
First published in China by Beijing Jiu-Zhi-Tian-Da Culture Media Co.
Limited in 2016.
Copyright ©2016 by Hao Jingfang
Published by arrangement with the author via Andrew Nurnberg
Associates Co. Ltd., London through Tuttle-Mori Agency, Inc., Tokyo

移民の味

王谷晶

大きなボウルの中に熱い湯を注ぎ、少しの塩を入れ、菜箸で掻き混ぜ溶かす。この工程が好きだ。湯の中に溶けた塩が透明の靄を描き、消えていく。一瞬だけの、色の無い蜃気楼。

こういうのを「刹那」と言うのだと、昔誰かに教わった。あっという間に終わるもの。消えていくもの。私の仕事も刹那。口に入れれば消えてしまう。どんな手間ひまをかけても、どんな思いを込めても、逗まらず消化され去っていく。そういうものを毎日作っている。

攪拌機の中にはすでに薄力粉と強力粉を入れてある。そこに湯を流し入れ、スイッチを押す。虎が低く唸るような音と共に金属棒が回転し、水を吸ったきめ細かな粉はあっという間にぽろぽろした小さな塊になる。さらに掻き混ぜ続けると、幾百、幾千の白い鼠の群れが鉢の中でやみくもに走り回っているような景色が見えてくる。粉に水が行き渡り全体がある程度纏まってきたら、次は捏ねと伸ばしだ。これも機械でやる。

湯の熱気と一緒に、小麦の香りが狭い厨房に満ちる。微かな、枯れた植物の香り。この時点では食欲をそそるような匂いではまったくない。私が集め、私が触れ、私が調理することで、食材が食べ物に変化する。料理は、生身の人間が使える唯一の魔法だ。私が生まれて初めて見た魔法使いは、父さんだった。

皮作りにはだいぶ自信がついてきた。でも、父さんは私の作った皮を見るたび太い眉(まゆ)の間に皺(しわ)を寄せる。厨房に一人で立たせてもらえるようになって五年。皮については一度も褒(ほ)められたことがない。でも他に選択肢は無いのだ。時代が変わった。大勢の客に同じ料理を毎日出すには、機械を導入するしかなかった。

店を始めたとき、父さんが一番こだわったのは皮だったらしい。貧しい移民がやっとの思いで構えた小さな店で、ひたすら頑固(がんこ)に、故郷と同じ味を出すことを追い求めた。この国の言葉を覚え、まるで違う習慣から常識まで全て受け入れたけれど、それだけは譲らなかった。当然容易なことではなかったが、父さんはやり遂げ、やり続けた。生まれ故郷の味を異国で作り続けた。脳卒中で倒れて、利き手と発話が不自由になるまでは。

皮のための機械を買うまで、何度も言い争いをした。父さんは今までと同じ皮が使えないのなら店を畳めとまで言った。確かに長年客に出してきた皮を変えるのはリスクだ。でも私は押し通した。どのみち今までのやり方はもう限界に来ていたから。味が変わったと言われたら、変えたと言えばいい。不味(まず)くなければ客はついてくる。結局は味が全てだ。美味(うま)ければ、許される。

機械を厨房に入れ、店主の座を正式に私に譲ると決めたその日から、父さんは一切厨房に入らなくなった。それでも、こうしてここに立っていると気配を感じる。まな板、ボウル、包丁、手ぬぐいに至るまで、ここにある物全てに父さんが染み込んでいるような気がする。

捏ねと伸ばしが終わった生地を作業台の上に広げ、今度は金属の型を使ってくり抜いていく。手のひらに収まるくらいの白い正円が、あっという間に百枚、五百枚、千枚と出来上がる。こうして粉と水と塩が、皮になる。二代目『林家餃子』の皮だ。

うちのメニューは餃子だけ。酒も茶も出さない。だから注文も聞かない。客が席に着くと同時に焼き始める。焼くための鉄鍋も父さんが故郷から持ってきた。四角い鍋一つに餃子が八個入る。それが一人前。たっぷりの油と熱湯で焼きあげれば、中はマグマのように熱く、外は薄氷のようにぱりぱりした最高の焼き餃子になる。

朝の七時から夜の九時まで、ひたすら餃子を売り続ける。焼きと接客は母さんと妹たちに任せられるが、皮と肉餡の仕込みだけは私が毎朝絶対にやらなければならない。休み無く。父さんがそうしていたように。店は忙しい。朝は地元の人たち、昼と夜は観光客もひっきりなしにやってくる。午後からは店の外にもテーブルと椅子を出す。この忙しさのおかげで妹たちを学校に通わせることができたし、父さんも療養に専念できている。餃子を作り続けることで、私たち一家が暮らすことができる。創業からずっと、ほとんど他人は雇わずに家族だけで経営し続けてきた。だから毎日の仕事の流れが全員の身体に刻み込まれている。肉餡の仕込みが終わるころには、母さんが厨房に下りてくる。妹たちは店の前を掃除する。

「リン、今日は仕込みが終わったら休みにしなさい」

隣に立って一緒に皮に餡を包みながら、母さんが言った。

「どうして?」

「休みは必要でしょう。金曜日よ」

「そうだよ。夕方から書き入れ時だよ。途中で餃子が切れたらどうするの」

「いいから出掛けてらっしゃい。買い物にでも行ってきたら」

「買いたいものなんて無いよ」

「何言ってるの、年頃の娘が……」

そう言って溜息を吐きながら、母さんはとんでもない速さで餃子を包み続けている。この作業で母さんに勝てる人は、たぶん街中探したっていない。私もそれきり黙って餃子を包む。

　母さんの言いたいことは分かっている。新しい服や化粧品で着飾って、街で男を探してこいというのだ。林家餃子の存続のために。父さんは同じ故郷から来た移民の中から探せと言うし、母さんはこの国のお金持ちと結婚しろと言う。妹二人はまだ子どもで、私は二十三歳。結婚相手を探すのに今を逃したらもう先は無いと、母さんはここ数年事あるごとに繰り返す。

　正直、よく分からない。私にとって男の人というのは二種類しかない。うちで餃子を食べる男か食べない男かだ。他の種類を足せと急に言われても、頭が追いつかない。

　それでも仕込みと厨房の掃除を済ませてから、母さんの言う通り休みをもらうことにした。服を着替えて外に出る。買い物なんかしないけど、行きたい場所はある。

　表の通りはいつものように、朝食を食べたり持ち帰りで買いに来たりする人でにぎやかだ。瓦屋根の背の低い建物が軒を連ね、錆びたり欠けたりしている古めかしいクリーニング屋や床屋の看板が並ぶ。どこかからひび割れたラジオの音が聞こえる。ここは昔ながらの下町。でも、本物ではない。

　私が生まれるよりもずっと前、この街は世界一発展した都市だったらしい。最先端のファッションとハイテクノロジーと昔ながらの伝統が入り混じった大都市。世界中の美味が味わえる美食の街。都会にいながら豊かな四季を味わえる街。学校でもそんな風に習った。今もこの通りを一歩出れば空を割くようなビルがにょきにょきとたくさん生えているし、この辺りも以前は流行のクラブやカフェで埋め尽くされた繁華街だったのだという。それが国の方針で「古き良き時代を残そう」ということになり、ここに大昔の人々の暮らしが再現された。いわば、一種の歴史テーマパーク。商店もA・I・やドロイドや全自動調理器を使わない業者のみ営業を許可するということになり、『林家餃子』が移民としては異例の入居を許された。店に立つときの白衣と白い帽子という服装も、昔の料理人の格好を調べて新しく作ったものだ。他の店、雑貨屋のおかみさんや魚屋の大将も、この通りで働いているときは昔風の化粧や服装をしている。

「イースト・シアターまで」

道路際に停めてある自動ボードに乗り、手すりを摑んで端末に告げると「OK」の返事と共に走り出す。今日は天気がいいから走るのが気持ちいい。ボードに乗るのは大好きだ。私が子どもの頃からあったけれど、父さんや母さんの子ども時代はまだ車輪の二つ付いた自転車を人が漕いで移動していたそうだ。しかも公共の乗り物ではなく、お金を出して買っていたという。画像を見たことがあるけど、あんな不安定そうな乗り物をA・I・もなしに大量に走らせていたとか、自殺行為としか思えない。疲れそうだし危なそうだし、実際事故も多かったらしい。

ボードは音もなく軽やかに走り、目的地に到着する。まだ朝の早い時間だから、シアターは混んでいない。入場して一人用の個室ブースに行き、ライブシートに座ってビジョンマスクを着ける。途端に、私の視界は全て満天の星空になる。そこにゆっくりと浮かびあがるイースト・シアターのロゴ。自動的に予告編集が流れ出す。

『最初のレースから半世紀。ますます進化を続けるメガヒットシリーズから目が離せない！伝説の男ドミニクが五つの惑星に残した謎を解き明かすのは誰だ？　ライブシートでキミもミッションに参加せよ！〈ワイルド・スピード／ウルトラスペース〉シアター限定、シリーズ五十周年記念特別編、好評配信中！』

次々と流れる予告を観ながらシートに身体を沈める。柔らかいマイクロマシンのクッションが全身を包み込み、私の体温と同じ温度になる。マスクは家にもあるけれど、シアターの物のほうがずっと高機能だし、何よりこのシートがないと映画を観た気にならない。空を飛んだり、海に潜ったり、戦ったり、全部本物みたいに皮膚から感じさせてくれる。

予告とCMが終わって、やっと選択画面が出る。新作、私の趣味に合わせたおすすめ、そしてこのシアターで他の観客が何を観ているかが動くポスターで表示されている。朝は老人が多いからクラシック映画がいくつもピックアップされている。『最後のジェダイ』『ジョン・ウィック』『ラ・ラ・ランド』とか。古い映画にもちょっと興味はあるけれど、シート対応していない作品がほとんどなのでやはりつまらなく感じる。昔はマスクすら無く、決まった時間に離れた場所に置かれた一つの四角いスクリーンを知らない人たちと一緒に観ていたという。それでみんな満足して代金を支払っていたなんて、正直信じられない。そんなの、映画を体験したと言えるのだろうか。私は普通じゃできないことをさせてくれる映画が好きだ。ファンタジーでもアクションでも、現実にはありえない話がいい。このシートに座ってマスクを着けている間は、世界一のスパイとか宇宙船の艦長とか、ありえない人間になってありえない人生をおくることができる。それがわざわざシアターまで来る一番の理由。

おすすめのタグを見ていくと、ドレスとスーツを着た二人が一台のボードのようなものに乗って走っているポスターが現れた。説明が流れる。

『あの不朽の名作から百年……フルカラー&ライブシート対応リマスターで甦る、世紀の恋。〈ローマの休日〉配信中！』

なんだ、古い恋愛映画か。飛ばして次のを見ようとして、ふと手が止まる。

家では妹の付き合いで何本か観たけれど、今までシアターで恋愛映画を選んだことは一度もない。でも、ここで観たら私にも分かるようになるのかもしれない。餃子を食べたり食べなかったりする以外の男のことが。百年以上も観続けられている作品なら、きっと誰もが納得するような、正統派な恋愛の話なんだろう。

少し迷って、再生を選ぶ。すぐに大仰（おおぎょう）な音楽と共に外国の景色が映し出され、俳優や監督の名前が次々と現れる。この景色も百年以上前のものだと思うと、不思議な気分だ。やがてポスターにも居た主演女優が現れた。

その瞬間、息が止まった。光の塊のようなものが、白いドレスを纏って目の前にやって来る。輝く宝石を身につけて……きらきらし過ぎて、目が痛い。宝石だけでなく、その女優の目も肌も髪も、何もかもが発光していた。花と石鹸を合わせたような香りがふわっと漂い、視界が猫みたいに大きな瞳でいっぱいになって、私は思わず停止を押していた。

心臓が大きく鳴っていた。私はびっくりしていた。ホラー映画やサスペンスを観たときより。でも、何にびっくりしたのか分からない。

深呼吸して、映画の詳しい説明を読む。主演オードリー・ヘップバーン、グレゴリー・ペック。この二人がイタリアのローマで出会って恋愛をする話みたいだ。あの女優と、彼女よりずいぶん年上に見える中年男の恋愛を体験できるのか。なんだか急に、悪い油を摂（と）ったときのような嫌な気分になって、私は『ローマの休日』をマスクからリジェクトして、『ワイルド・スピード』の新作を再生した。

シアターを出ると、まだ昼前だった。身体と頭に宇宙空間を光速で駆け抜けた感覚がまだ残っている。自分の手足で歩くのがもどかしい。映画を観たあとはいつもこの感じになる。シアターの外壁にはいくつものポスターが現れては消え、間にクーポンコードを表示して観客を誘っている。立ち止まってしばらくそれを眺める。今まであまり気にしていなかったけれど、恋愛映画もたくさん上映されている。だいたいは主人公のどちらかの視点を選べるようになっているけれど、最初から男性向け、女性向けに作られている映画もある。

ポスターに一歩近づくと、私の顔とＩＤが認証されて、画面がおすすめ作品に切り替わる。

「恋愛映画……」

そう言うと、二十本以上のポスターが一度にサジェストされた。『ときめき下校時間』『オフィスで八時から』『ラブ・コンペティション』……学生同士、上司と部下、仕事のライバルなどなど、どんな相手とどんな恋愛をするのか、タイトルでだいたい分かるようになっている。『恋の味付け』という料理人と客の話もあった。けど、料理人のほうが男だ。逆のやつは無い。

「何か面白いやつ、ある?」

急に後ろから声がした。振り向くと、知らない女が立っていた。

「あっ、この俳優好き。かっこいいよね。これ観るの?」

鼻にかかった癖のある発音。私と同じ年頃で、長い髪を二本のおさげにしていて、袖が無くて裾の長い紺色のワンピースを着ている。じっと顔を見たけど、やっぱり知らない女だった。

「こんなにでっかいシアターが出来たなんて、知らなかった。いつからあるの」

女は私が答えて当然、という風にこっちの顔を覗き込んでくる。

「四年……前くらい」

「へー。ところで、あたし、リサ」

女はまるでアメリカのドラマみたいに片手を差し出してきた。手首にきらりと金色のバングルが光っている。私でも知っている、有名ブランドの高級ウェアラブル端末。つやつやして、傷一つ、火傷痕一つない腕。

「……リン」

握り返さずそれだけ言うと、女はやはりドラマじみた仕草で肩をすくめ、手をひっこめた。

「リン？　外国の子？　観光客ってかっこじゃないね。留学生？」

「住んでる。ここに」

「そうなんだ。あたしは留学から戻ってきたばっかりなの。このへん、ぜんぜん変わっちゃってててびっくりした」

私は黙って、横目で女を睨んだ。余所者扱いされるのは何回やられても嫌な気分だ。私はこの街で生まれて、育って、一度もここから出たことがない。家族以外としゃべるときはこの国の言葉を完璧に話すし、読むことも書くことも当然できるし、こうして頭の中で考え事をするときだって、使うのはこの国の言語だ。けれど「どこかから移ってきた人間」と言われ続けている。そして私は、それを否定できない。生きるために移民の道を選んだ両親を否定するような気がしてしまうから。つまり、こういうときに私がやれることは、黙って睨む。それだけ。

「ねえ、このへん詳しい？　ランチにいい店知らない？　朝から走り回っててお腹ぺこぺこなんだ。がっつり系のやつがいいな」

「私はガイドじゃない」

そう言うと、女は化粧っけのない目をぱちぱちさせた。

「メイドやアシスタントでもない。そうだったとしても、あんたに雇われた覚えはない」

地元の金持ち連中は、これだから嫌いだ。移民は下働きとして扱うのが当然だと思ってる。

安い賃金の雇われ仕事しかしないと思いこんでる。私は違う。伝統ある林家餃子の店主だ。自分の家と店を持つ主人だ。召使いじゃない。絶対に。

「待ってよ、そんなつもりで言ったんじゃ……」

私はもう一度女のぽかんとした顔を睨み、その場からさっさと離れた。

ボードに乗り、行く場所も決められないまま街の中をうろつく。見慣れた街。変わったところも、変わらないところも、ずっと見てきている。父さんと母さんから毎日のように「祖国」の話は聞くけれど、私はそこに行ったことが一度もない。生まれた場所が故郷ならば、私にとってのそれは、ここしかない。けれどここを、故郷と呼んではいけない。両親が悲しむから。見たことがなくても、海を隔てた遠い国を懐かしまないといけない。周りの人と違う新年を祝わないといけない。結婚するときには、母さんが大事に持ってきた民族衣装の花嫁衣装を着ることになるだろう。私も妹たちも。

ボードが「目的地を更新してください」と言うので、はっとして適当な行き先を告げる。防犯のため、無目的な徘徊行為はできないようになっている。この街は安全だ。今まで暮らしていて怖い思いをしたこともない。交番もあちこちにあるし、いつでも一人で出掛けられる。母さんは、たまにこっそり、故郷は女にとってあまり安全な街じゃなかったとこぼす。もちろん父さんのいない所で。最後には決まって「ここは安心して女の子を育てられるから、私は幸運」と言う。

父さんから聞く故郷と、母さんから聞く故郷は、微妙に違っている。父さんの語るその国は、いつも誇りに溢(あふ)れて輝いている。『林家餃子』は本当は私で四代目で、祖国では別の名で老舗として営まれていた。中華料理の聖地と言われた歴史ある由緒正しい街で、父さんの父さん、そしてさらにその父さん、つまり私の祖父と曾祖父は何度も料理コンテストに優勝したり、メディアに取り上げられたりしたらしい。うちの餃子は歴史を背負っている、と父さんは言う。皮を変えたくなかったのもそのためだ。私は歴史を壊した、不肖の四代目なのだ。

中華料理の聖地。どんな街だったんだろう。どんな人たちがどんな料理を作って、食べていたのか。父さんも母さんもその街で生まれて育った。父さんは素晴らしい街だったと言い、母さんはのんびりした街だったと言う。二人の口から故郷の悪口を聞いたことがない。生きるために離れなければならなかった国なのに。

結局たいして時間も潰せず、近所の商店で食料品を少し買い、正午を回ってすぐの忙しい時間帯に店に戻った。黙って白い服と帽子に着替え、厨房に入って焼き方に入る。皿を洗う母さんが何か言いたげな顔をしていたが、無視した。

学校から帰ってきた妹たちと父さんに夕食を作り、店を閉め、掃除をし、お風呂に入る。店の二階と三階が私たちの家だ。二階のリビングで、母さんが風呂上がりの父さんの背中をマッサージしている。父さんが倒れてから、二人はほとんど喧嘩をしなくなった。理由は分からない。

「母さんは、どうして父さんと結婚したの」

「急に何よ」

「気になったから」

「父さんの店で私が働き始めて、長く勤めてるうちに、なんとなくね」

「なんとなくでするものなの、結婚って」

父さんは黙ってマッサージに合わせて揺れている。私もいつか、誰かとなんとなく結婚し、その相手が脳卒中で倒れたらこんな風に背中をさすってあげるんだろうか。私が倒れたときはどうするんだろう。相手の男は、私の背中を揉んでくれるんだろうか。母さんみたいに子どもを何人も産むとしたら、その間餃子は誰が仕込めばいいんだろう。私の結婚相手にうちの餃子の作り方を教えればいいんだろうか。そしたら、それでも、私は店主でいられる？　その男が林家餃子の主になってしまうんじゃないだろうか。

考えれば考えるほど、結婚というのはたいして楽しくなさそうな気がしてくる。でも父さんも母さんも、私が当然結婚するものと思ってる。

「……ちょっと下行ってくる」

まだ湿っている髪をタオルで巻いて、厨房に降り明かりをつける。

水を量（はか）って小さい鍋で沸かす。ボウルに強力粉のみを百グラム入れる。丈夫なステンレスの菜箸を出し、沸いた熱湯を粉に回し入れ、すぐさま箸で強く強く掻き混ぜる。絡みつき、ねばり、重たくなる。腕に力を入れて、まんべんなく湯が粉に行き渡るように、素早く、激しく、混ぜる。やがて粉がもったりとまとまってくる。ここまでは攪拌機でやるのとほぼ変わらない。菜箸に付いた粉をこそげおとし、両手でボウルの中の塊をぎゅっと摑む。粉っぽくてもろもろ、ぼそぼそしているが、強く摑むと一塊になる程度の水気。ボウルの肌に付いた粉も丁寧にこそげて纏め、捏ねを始める。足を踏ん張り、腕ではなく下っ腹に力を入れて、リズムを崩さず捏ね続ける。毎日浴びる熱い油と湯で赤茶色い火傷痕の斑点がびっしり付いている腕で、捏ね続ける。

五分も続けると、全体がしっとりとし表面が滑らかになってくる。さらに五分ほど捏ねると、本当に、ある一瞬で感触が変わる。それまで芯があるような硬さだった粉の塊が、ふっと突然柔らかくなり、表面に艶（つや）が生まれ、その瞬間「生地」になる。これは何度やっても不思議だ。本当に魔法使いになった気分になる。生地ができたら、丁寧に丸い形に整え湯に浸し固く絞った布巾（ふきん）を掛けて休ませ、その間に餡を作る。

いつも店で出している餡は、豚肉と黄韮（にら）と葱（ねぎ）と大蒜（にんにく）と生姜（しょうが）と白菜を使っている。でも今日は、店用ではなく家族用の冷蔵庫から鶏肉と、昼間買っておいた海老を出す。海老は生のまま殻をむき、背わたを取り、冷水で一度洗って水気を切り、粗く刻んで黄酒（ホアンチュウ）をまぶす。それから黄韮を細かく刻み、鶏肉も包丁で叩いて混ぜ合わせる。海老に片栗粉を少々ふりかけ軽く揉みこみ、鶏肉と黄韮と合わせ、塩胡椒をしてさらに混ぜ合わせる。今度はこの餡を休ませ味を馴染ませている間に、皮を仕上げる。作業台に打ち粉をして、生地を棒状に伸ばし、一本を半分、二本を半分、四本になったら五等分し二十個に分ける。まず手のひらで挟んで丸め、軽く潰し、台に置いて一番短い麵棒で内側から外側へと伸ばしていく。真ん中は厚く、外側は薄く。でも薄くしすぎないように。一枚一枚手で伸ばし、そうして二十枚の餃子の皮が出来る。鍋に水を入れ火にかけ、それから手早く餡を包む。鶏肉と海老の餡は豚肉の餡よりも水気があってゆるい。皮からはみ出して汚くならないように気をつけて、ひだは付けずに包む。朝に触れる皮とは感触がまったく違う。厚みが違う。大きさが違う。重さが違う。伸びが違う。全て包み終わると、ちょうど湯が沸騰する。

包み終えた餃子を湯の表面を滑らすようにしてまずは十個鍋に入れ、茹（ゆ）でる。茹で過ぎは厳禁。皮がぼわぼわしただらしない食感になってしまう。一度沈んだ餃子が躍りながら浮いてきたら、あまり間を置かず網杓子ですくって丼に入れる。

「何作ってるの」

上の妹のレンがパジャマ姿でやってきた。

「黒酢と醤油出して」

レンの前に茹で餃子を十個入れた丼を置くと、手慣れた仕草でたっぷりの黒酢と少しの醤油を回しかけ、レンゲを使ってふうふうと食べ始める。もう十個を茹で、レンの隣で立ったまま食べる。

「どう」

「あっつい」

「うまいかまずいか訊いてる」

「美味しいよ。あっさりしててぷりぷりで。店で出すの」

「出せるわけないでしょ」

「じゃなんで作ったの」

湯気に顔を埋めて、私は黙って水餃子を齧る。もっちりとした皮に歯を立てると、新鮮な韮の香りを纏った鶏肉のスープと海老の淡い味わいが溢れ出てくる。最近人気の、隣の区にあるランチがメインの中華料理店のメニューの、コピー。だいたい再現できている。食べに行ったとき、客は地元の人ばかりだった。今の客にはこういうあっさりした味がうけている。脂っこいものが食べたい人は、メキシコ料理や韓国料理を選ぶ。うちの店の客は同郷の人たちが多い。昔を懐かしむため、棄てた故郷と刹那もう一度繋がるため、うちの餃子を食べに来ている。

「メニュー増やせばいいのに。こういうのとか、麵とか、甘いものも出してさ。ずっと同じ餃子だけ作ってるの、お姉ちゃんも飽きない？」

他人事みたいに簡単に言う。レンは手伝いはするけれど、もし私に何かあってもこの店を継ぐつもりなんかまったく無い。アクセサリーのデザイナーになりたいらしい。

私の目の前には、気がついたら餃子があった。厨房の隅で育てられ、餃子を作る父さんとそれを手伝う母さんの姿だけ見て大きくなった。私の行く先に餃子以外のものがあるなんて、考えたこともない。仕事以外のことがしたかったら、シアターへ行けばいい。何にでもなれるし何でもやれる。あそこなら。その日の気分で。何の責任も負わず。

レンが最近、私を憐れむような目で見ているのも気づいている。でももしアクセサリーのデザイナーになったら、私が餃子を作るように、レンはアクセサリーをデザインすることになる。扱うものが違うだけ。仕事なんてみんな同じだ。それをまだこの子は分かっていない。

次の日の夜、店を閉めてから買い出しに出掛けた。店で使う肉や野菜は毎朝配達してもらえるけれど、家族の食べるものや消耗品は在庫を一番把握している私が担当する。家を出てから端末を開くと、いつも行くスーパーからお買い得品の情報と、それから区の広報が送られてきていた。赤くぴかぴか点滅した「必ず読んでください」という表示が出ている。

『春の区民まつり　東六区至高のグルメ選手権　出場店舗募集中！　東六区で一番うまい〝屋台メシ〟はどれだ？　あなたのお店の自慢の一品で区民まつりを盛り上げましょう！』

毎年春と秋にやる区民まつりの案内だった。今までも屋台を出したことはあったけれど、選手権なんてやるのは初めてだ。審査員に食べさせ一位の店を決めるらしい。

「あっ」

視界の隅に、金色の何かが光った。

「やっば、また会えちゃった」

顔を上げると、目の前に昨日のシアターの女がいた。白いゴミ袋を被ったみたいな変なワンピースと、紫のハイソックスに真っ白い靴を履いている。

「昨日さ、ごめんね」

悪びれる風もなく、ばかみたいににこにこして、女は馴れ馴れしく近づいてきた。ワンピースも靴も汚れひとつなく、こんな変な格好なのに周りの景色から浮いていない。髪型は昨日と同じだった。口がオレンジ色の口紅でてかてか光っている。

「……何か用」

「うん。また会えちゃったから、これはもう友達になるしかなくない？」

「意味が分からない」

「面白いこと好き？」

「意味が分からない」

「あんた、すごいクールだね。アートスクールの連中みたい」

知らない誰かに似ていると言われて、さらにむっとした。

「あたし、十年もここを離れてたの。だからもう知らない街みたいな感じがする。あんたがずっとここで暮らしてるんなら、友達になっていろいろ教えてほしかったの。そんだけ」

変だけどおそらく高価なワンピースの裾が、夜風に揺れる。

「他を当たって」

「どうして。あたしのことそんなに嫌い？」

「どうでもいい。好きではない」

「うける。ハッキリ言い過ぎ。あたしは友達になりたいな。あんたとつるんだら、なんか面白そう」

そう言うと女はいきなり踊りを踊るようにバングルをつけた腕を頭の上でゆらゆらさせ、それから私を素早く指差した。手の中の端末が震える。

「連絡先送った。承認して」

「嫌だ。どいて」

端末を服のポケットに突っ込んで、女を避けて歩きだす。

「明日の夜！　イースト・パークに来なよ！　面白いもの見せてやるから！」

叫び声も無視する。金持ちのお嬢様に付き合ってる暇なんかない。私は仕事を持ってて、責任者で、忙しいのだから。


買い物を終えて家に帰ると、二階のリビングでみんながぼんやりとテレビや端末を見ていた。食事は済ませたみたいだ。父さんはまた母さんに背中をさすってもらっている。

ポケットから自分の端末を出す。『コネクト要請：ＬＩＳＡ．Ｆ　承認しますか？』ハイとイイエのメッセージをしばらく見つめてから、どちらも選ばずメッセージを消す。その下に、開きっぱなしだった祭りの告知が出ていた。

「選手権に出る」

「なに？　急に何の話よ」

母さんが手を止めずに言う。端末をテレビの方に振って、告知を表示させる。

「この選手権に出る。東六区でうちが一番の店だって証明する」

「やめときなさいそんな、よそ様と争うようなこと」

「どうして？　祖国ではうちの店はたくさん優勝してたんでしょう。この国で優勝したら、もっと……客が来るかも」

「今の客入りでも手一杯でしょ。うちはいつもの味を守り続けていけばいいの。そんなものに出なくたって常連さんも観光客もたくさん来てくれるんだから」

「私は出る。今の店主は私だから。私が決めたんだから、出る」

「ちょっと、お父さん、何とか言ってやってくださいよ」

背中をぐいぐい押され、父さんはじろりと私を見上げた。

「かれるのか」

かすれて不明瞭な声に、みんなが耳をすませる。

「かれる、のか」

勝てるのか。

「……勝てる」

「なら、かれ」

妹たちと母さんが顔を見合わせた。


次の日の朝、私は目覚ましより早く起きた。目を開いた瞬間から、頭がしんと冴えている。身支度をして厨房に下り、いつも通り仕込みを始め、攪拌機の中を見つめる。

勝てるのか。

その言葉が頭の中をずっとぐるぐると回転していたことに気がついた。他にどんな店が選手権に出るのかもまだ分からない。二丁目の韓国料理店か。大通りのハラルレストランか。バス停の横のインド料理屋か。新しく出来たアイリッシュパブか。移民の店だけでもいくらでもライバルがいる。

この国の人間は、食べることが好きだ。生きるための食事だけでなく、娯楽の一つとして食がある。うまいもの、見た目がしゃれているもの、毎日食べられるもの、決まったときにしか食べられないもの、なんでも話題になる。流行りの店、ミシュランで星のついた店の店主はスターになる。

ふと、白い制服姿でポスターに写り、テレビにインタビューされる自分の姿が浮かんで、慌てて打ち消す。そうじゃない。そんなのになりたいんじゃない。ただ、ここで、私の代で変わってしまった餃子で賞を獲れば……そうすれば、それは本当に、本物の、我が家の。私の。私の……。

その日は昼間も夕方も合間を見て餃子を作り続けた。普段出している餃子そのままで勝てるのか。変える必要があるのか。この「祖国の味」で、この国で生まれ育った人たちを満足させられるのか。それを突き詰めたかった。

来た客を満足させることだけ、毎日変わらない味を出すことだけ考えていた日々の商売とはまるで違う。こめかみの辺りがぴりぴりした。ここで餃子を作っているだけじゃだめだ。もっと他の店を調べたり、地元の人間の意見も聞かないと。祭りに来るような、食べ歩くのが好きな人たち。

思い浮かぶ顔がなかった。友達もいなければ、同業者とも交流していない。餃子のことを相談できる相手は、この世に父さんと母さんしかいないのに気がついた。でも、これは私が決めたことだから、私だけでやらなきゃいけない。

頭の中に、金色のバングルがちらついた。


夜の公園に来るのは、初めてだった。イースト・パークは広い。市立美術館を中心にして、ランニングコースや子ども用の運動公園が入っている。夜でもライトアップされ、もちろんセーフ・カメラも至るところに設置してあるので、一人でも安心して運動しに来れる。家族には走ってくると言って出掛けてきたから、私は運動着姿で公園のゲートを潜った。ようこそ、とゲートが挨拶し、端末に今月公園で行った運動量や消費カロリーが表示される。

日曜の夜だからか、人はほとんどいなかった。公園の真ん中を突っ切る一本道を小走りに進むと、中央の広場に先週まではなかった囲いが立てられ、工事中立入禁止の表示が光っている。その前に、あの女がいた。

「来たじゃん」

女は自分自身が入れそうなくらいばかでかいバッグを持っていた。夜なのにサングラスをして、真っ青な唇でにやりと笑う。

「あんたに呼ばれたからじゃない。こっちが用事がある」

「ふーん。いいけど、とりあえず遊ぼうよ」

そう言うと、女は立入禁止の表示の下のパネルを勝手に開き、バングルではない黒い端末をくっつけていじくりだした。

「何してる」

「中に入るんだよ」

「立入禁止だろ。読めないの？」

「やり方があんの。ほら開いた」

囲いの扉が、ピッという軽快な音と共に簡単に開いた。

「入ろうよ」

「断る」

「なんで？　怖いの？　中はいつもの公園だよ」

女はでかいバッグと一緒に扉の中に入っていってしまった。

どうしてか分からないけれど、私はその後についていった。


女の言う通り、囲いの中は普段と変わらない広場だった。あちこちに組み立て途中のステージや屋台の骨組みが置いてある。祭りの準備だ。

「見て見て、知ってる？　これ」

女はバッグを開け、中から機械みたいなものを取り出した。丸い大きな部品が二つ、自動ボードの手すりのような部品が一つ、あとは分からない、複雑な部品が絡み合っている。女がよいしょ、と言ってその機械を引っ張ると、それはあっという間に形を変えた。

「自転車……？」

「あ、知ってるんだ。これ、めっちゃ頑張って連れて帰ってきた、あたしの愛車」

足を上げて、女はその自転車にまたがった。

「後ろ、乗りなよ」

荷台のような場所を指差す。

「嫌だ」

「怖くないよ、楽しいよ」

「怖いんじゃない。違法だろ、そんなの。走らせてるのばれたら逮捕される」

「警察にびびってんの？」

かっと、頭が熱くなる。もし何か間違いをしてここから追放されたら、私は一度も見たことのない祖国に送り還される。そういうことを何一つ分かっていない。ここで生まれ育った連中は。

「大丈夫だよ。囲われてるから監視カメラには映らない」

「セーフ・カメラだろ」

「監視カメラだよ。だいじょうぶ、絶対に警官なんか来ないから」

そう言うと女は左右対称に生えている腕のような部品に足をかけ、物凄い勢いで走り出した。

「ひゅー！」

『ワイルド・スピード』の宇宙船よりも速く、目の前を女の残像が突っ切っていった。薄っぺらい二つの輪の上に乗っているだけなのに、ふらつきもせず広場中を走り回っている。おさげが旗のように風になびく。偏光サングラスがビルや街灯の明かりを吸ってオレンジや緑やピンクに次々と色を変えていく。私は口を開けてそれをただ見ていた。くるくるとせわしなく足を回転させ、手すりを握って右に左に、コースのない広場を縦横無尽に動き回る。竜の背中に乗るファンタジー映画の魔法使いのように。

「ね、乗りなよ」

広場を一周して、女は私の前に戻ってきた。あれだけ走り回ったのに息切れもせず、汗ひとつかいていない。心臓がぐらぐら鳴る。乗ってはいけない。これは罠かもしれない。乗ったら移民局に通報されるかもしれない。でも、気づいたら、私は女の後ろの荷台にまたがっていた。

「乗った？　しっかり摑まってなよ」

「ど、どこに」

「あたしの腹か肩。動かないでよ、バランス取ってね」

じゃ、行くよと言われて、慌てて女の腰に腕を回してしがみついた。

ぶわっ、と、全身が揺れた。映画館のシートのように。それよりずっと乱暴に。

「バランスバランス！　動かないで！」

げらげら笑いながら女が大声をあげる。舞い上がった女の髪が私の顔にかぶさる。全身がぐらぐら揺れて、風がばしばし頰に当たって、目が乾く。涙がぼろぼろ出る。囲いの外のビルの明かりがプラネタリウムのようにびゅんびゅん動く。公園の樹のにおい、夏の果物みたいな女の髪のにおい、私の汗のにおい、全て一瞬で入り混じり、一瞬で風に飛ばされ後ろに消えていく。

「うーるさいって！　静かにしなよお」

そう言われて、自分が叫び声をあげているのに気づいた。女の腰にしがみついて、甲高い悲鳴をあげていた。口を閉じても、喉から声がせり上がってくる。叫んでいないと荷台から落ちてしまいそうなのだ。

「ち、ちゃんとコース走れ！　自動運転にして！」

「そんなもんねーよ！　どこ行きたい？」

「もう止めろ!」

「やだね! めっちゃ楽しい! ねえ、どこ行きたい?」

風のせいで涙をこぼし続けながら、歪んだ視界に動いていない噴水が見えた。

「噴水! あそこの噴水まで行って止まれ!」

「オッケー!」

女が手すりをぐんと動かした。自転車は、まっすぐに噴水に向かっていく。女が動かした通り、進んでいく。私の言った場所に。コントロールしている。女が、この乗り物を。私を。ただの人間なのに。

約束通り、噴水の前で自転車は止まった。

「あんたから降りて」

言われる前に降りようとしたけれど、膝ががくがくして力が入らない。女は笑って、私の腕の下に肩を入れて支えてきた。

「うける。まじで乗ったことなかったんだ」

「違法だ、こんなの」

「何十年か前はそこらじゅうで走ってたんだよ。ほんのちょっと前」

噴水の縁に腰を下ろす。いつも噴き上げた水で文字や絵を描いているけれど、今は電源が落ちていて、ただの浅くて大きいプールになっている。

「面白いものって、こんなのか」

「面白かったっしょ」

「少しも」

「うそばっか」

へらへら笑って、女は私の顔を覗き込んだ。Tシャツとハーフパンツ。私と似たような格好だけど、何かが違う。背格好も同じくらいだけど、何かが違う。身につけているものの金額だけじゃない。この女と私、とても違う。膝の震えは止まったのに、心臓が大人しくならない。

「リン」

女が私を指差す。

「リサ」

自分を指差す。

「名前も似てる。そんなことある？　すごい偶然じゃない？」

「知らない」

「なろうよ、友達」

「嫌だ」

「キスしていい？」

何を言われたのか分からなかったから、すぐに答えられなかった。青い唇が近付いてきて、私の頬にひたりとくっついて、離れた。

「しちゃった」

私は女を突き飛ばし、胸ぐらを摑んだ。サングラスが吹っ飛んで、化粧をしていない、猫のように大きな目が目の前に迫った。

女は私の腕を摑んだ。

そして、ほとんど同時に顔を寄せて、唇を唇にねじこむように、押し付けあった。

女の口は冷えた水餃子のようだった。腕を摑む手も、触れている頬も冷たい。違う。私が熱いんだ。私の体温が、ばかみたいに上がっている。

冷たい舌に上唇を舐められて、我に返った。

「駄目だ」

「なにが?」

「違法だ、こんなの」

「まだそうだっけ?　めんどくさいな」

「なんてことを」

「あ、口紅付いちゃってる」

もう一度突き飛ばして、Tシャツの裾で激しく口をこすった。薄い黄色の生地が青で汚れる。

「イヤだった?」

「駄目だ、こんなの」

「それはいいからさ、あんたがイヤだったか、イヤじゃなかったか知りたい」

私は答えられなかった。女はにやっと笑うと、身をひるがえして自転車と一緒にどこかへ去っていった。

家に帰ってから、餃子のことを訊くのを忘れたことに気がついた。

もう余計なことを考えるのはやめようと思った。毎日餃子を作り、仕事が終われば近所の店や評判の店に出掛けて看板メニューやあれば餃子を食べ、研究し、分析し、再現し、うちの餃子に取り入れるべきかそうでないかを検討した。祭りまでもう日がなかった。

勝てるのか。

勝たないと。

うちの餃子に、私の餃子に、この街での勝利を与えないと。

昼間も夜も、街であの女に出くわすことはなくなった。私は自動ボードに乗るのをやめて、バスで移動するようになった。理由はない。余計なことは考えない。でも何かを口にするたび、夜になるたび、あの女の顔や声や仕草が目の前に現れる。マスクもシートもないのに。私はおかしくなってしまったの？


シャッターをおろし扉を施錠し、鍵を冷蔵庫の横のフックにかける。今日はいつもより二時間早く店じまいした。明日は祭りだ。母さんと妹たちはこの下町通りのおかみさんたちと一緒に、公園に設営の仕上げに行っている。私は今から仕込みだ。

調理台に手をついて、ふーっと溜息を吐く。肉も野菜も粉も、出来る限り最高のものを仕入れた。餡の配合も焼き方も何度も試行錯誤した。やれることはやった。絶対にうまい。うまい餃子になっている。

その時、奥の階段から物音がした。

「父さん？」

手すりと歩行補助機に摑まりながら、父さんが厨房に入ってきた。五年ぶりに。

「危ないよ、どうしたの。何か必要？」

父さんは自由な方の手で端末を素早く操作した。

『お前に見せたいものがある』

合成音声が端末から流れる。

『冷凍庫の一番上の奥に、白い箱がある。出してこい』

言われた通り冷凍庫を開けると、ずっしりと重い白い箱が確かに入っていた。

『開けろ。そっとだ』

蓋を開けると、四角い透明のパッケージが九個、きっちりと詰まっている。パッケージには『つつじ印　ぎょうざの皮　大判　20枚入』と書いてある。

「これって……」

『最後の皮だ。使わずに保存しておいた。こういう時が来ることもあると思ってな。少ないが、審査員に出すぶんの数はあるだろう。明日はこれを使え』

震える利き手の指先が、餃子の皮のパッケージにそっと触れる。

『つつじ食品さんも、もう無い。ほうぼう手を尽くして調べたが、もう日本から皮を輸入することはできない。この国にある正統な宇都宮餃子の皮は、これが最後だ』

私は息をのんだ。後ろにある攪拌機には、もう粉をいつも通りセットしてある。

『お前は誇りある宇都宮餃子の味を継ぐ立派な日本人だ。祖国を離れてもそれは変わらない。日本の魂を忘れないように、お前に餃子作りを教えてきたつもりだ。女しか生まれなかったときはどうするかと思ったが、お前も、いっぱしの職人の手になってきたな』

父さんは私の火傷でまだらの腕を見て、口を横に曲げた。笑っているのだと気づく。倒れる前でも、父さんの笑顔を見ることなんてほとんどなかった。

『あの美しい宇都宮餃子広場も、今はもう無い。だが俺の、俺の親父と爺さんの魂は今もあそこにある。餃子は、焼き餃子は、日本の、宇都宮の餃子が一番なんだ。たとえここが中国でも。

分かるか、リン』
父さんの痩せた指が、私の手の上に置かれた。
『リン、うちの餃子で勝て。国を出る夜、俺は餃子像に誓った。必ず、中国でもこの由緒ある宇都宮餃子で成功してみせると。けっして、ニンニクもろくに入れないふぬけた水餃子なんぞに負けはしないと。分かるか、リン。林家餃子の……『宇都宮りんりん』の味を護（まも）れるのは、この世でお前だけだ』
父さんの目から涙がこぼれ、凍った餃子の皮の上にぽとりと落ちた。

花、星、ハートマーク、歓迎（ようこそ）の文字。公園の噴水が次々と青空に水で模様を描いていく。家族連れやカップルや学生の集団で公園の中はいっぱいになっていて、屋台ブースには大勢の客が詰めかけている。母さんとレンと、下の妹のユウが慣れた手付きで餃子を焼いては売っている。今出しているのは、店の機械で作った皮だ。

屋台の裏で、私はじっと立ちすくんでいた。足元の冷蔵バッグには、審査員に出すため特別いい素材で作った肉餡と、いい粉で作った皮と、そして、父さんがくれた日本の餃子の皮が入っている。

「林家餃子、代表の人いますか。そろそろ始まりますよ」

並んでいる客の横から、祭りの実行委員のTシャツを着た人が顔を出した。

「分かりました」

私は冷蔵バッグを持ってその人についていく。ふと振り返ると、母さんとレンとユウが、親指を立てて笑っていた。父さんの姿は見当たらない。

噴水前のステージには、区長をはじめタレントや地元局のアナウンサーなどが審査員として座っていた。その一段下にコンロや調理道具が置かれた台が設営してある。司会ドロイドがステージに出て、その胸のスピーカーから大仰な音楽が流れだす。

「みなさーん！　ついに始まります、第一回東六区至高のグルメ選手権！　この区でいちばんおいしい屋台グルメを出すお店が、今日決まります！　それでは選手のみなさん、入場してくださーい！」

明るくよく通る声の司会ドロイドがスロープを下り、調理台の前に立つ。実行委員があそこまで進んでくださいと耳打ちする。

「あっ」

ぞろぞろと集まる料理人の中に、黒い詰(つ)め襟(えり)の上着と黒い前掛け、髪をきっちり結い上げ黒い帽子の中に入れた女がいた。あの女だった。息が止まる。

「あ……！」

女がこっちに気づいた。目をとんでもなく丸く見開いて、私を指差す。

「今回参加する東六区の美味しいお店のみなさんです！　まずはこちら、六区一の高級ホテル『龍東大酒店(ロンドンダアジウディエン)』令嬢にして海外でのシェフ修業を終えたばかりの若き才能、ミス・リサ・フォン！」

拍手が上がる。女は……リサ・フォンは、とってつけたような笑顔でギャラリーに手を振り、何度もお辞儀をする。

「ミス・リサは今日はどんなメニューで勝負しますか？」

「あー、お祭りのおめでたい日なので、この国の伝統にのっとって餃子を作ります。海老と筍（たけのこ）と香菜（シャンツァイ）の水餃子です」

「それは楽しみですね！　女性の選手はもう一名参加していますね。回憶（おもいで）市区の『林家餃子』から、店主のミス・リン・ハヤシ！　ミス・リンも今回は餃子で参加でしょうか？」

　頭が真っ白だった。視線をリサ・フォンから外せなかった。知っていた？　知らなかった？　水餃子だと？　この国の伝統にのっとった……？

「ミス・リン？」

「……餃子です。日式餃子です。鍋貼（焼き餃子）ですが、私はそれが最もおいしい餃子だと思っています。日本の餃子は世界一です。中国の伝統にも負けません。今日は、日式餃子で、優勝するためにここに来ました！」

　リサ・フォンから目を離さずにそう叫んだ。ギャラリーはざわざわし、苦笑のような声が聞こえた。

「思わぬところで中国と日本の餃子対決が始まってしまいましたね！　これは面白くなってきました！　みなさん、大注目ですよ！」

　私とリサ・フォンは互いから視線を外さなかった。他の参加者なんかもうどうでも良かった。私の餃子。我が家の餃子。日本の、宇都宮の餃子の全てがいま私の手にかかっている。

　拳を握りしめる。選手権の開始を告げるゴングが鳴り響いた。

　日が暮れてきた。人があまり来ない公園の隅のゴミ捨て場横のベンチで、私はビールと餃子を膝に乗せてぼんやり座っていた。祭り会場では優勝した韓国料理店が記念セールをやっていて、カルビ風味フライドチキンが飛ぶように売れている。それを眺めながら、ぬるいビールをひとくち飲んだ。

「おー、いた。お疲れ」

黒いコック服のリサ・フォンが、ビールと丼を片手にやってきて、隣に勝手に座った。

「チキンうまそうだったなー。後で買いに行こうよ」

頷く。

「それ、あんたの餃子？　食べていい？」

頷く。

「いただきまーす。……うん。うん。まあ、餃子。餃子だね」

微妙な顔をしているのを見て、私は思わず笑ってしまった。

「本当は、もっとうまい。今うちの屋台で出してるやつは、もっといい皮を使ってる」

「これはいい皮じゃないの？」

「古い皮なんだ」

「えー、なんでそんなの使ったの。間違えたの？」

「色々あるんだよ」

色々ある。選手権が終わったあと、父さんを探した。医者に止められているはずなのに、アイリッシュパブの屋台で黒ビールとフィッシュ&チップスを買い食いしていた。負けたと言ったら、そうかと返された。それで終わり。

「ていうかあれ本気？　日本の餃子は世界一って」

「知らない。ここから出たことないんだ。ほかの国の餃子なんて、食べたことない」

「うちのも食べなよ」

丼の中の、まだ温かい水餃子を差し出される。れんげに載った白く半透明のそれを、つるりと口に入れる。

「……うまい」

うまかった。普通にうまい。海老と筍と香菜の餃子。それ以上でも、以下でもない。

「餃子って、どんな材料で誰が作っても、まあまあ美味しく出来るよね。毎日の食事でぱぱっと作って食べるものだもん」

頷く。

「……これでうちの評判、落ちただろうな」

あれだけの事を言って、審査員の反応はさっきのリサより微妙だった。当たり前だ。五年も冷凍しておいた既製品の餃子の皮なんて、うまいはずがない。でも私は、それを使った。なんだか憑き物が落ちた気分だ。

「どうするの？」

「わからない。とりあえず店の名前を変えるかな。メニューも。水餃子も出して、あとハラル餃子とかヴィーガン餃子とか、麺とかデザートとか増やして。人も雇って、店の中ももっと小綺麗にして。地元の人にもたくさん来てほしいから」

なんでもやれる気がした。というか、元からなんでもやれるんだ。私は。なんで今まで、やれることをやらずにいたのだろう。

「あんた水餃子作れるの？」

「この程度なら」

丼を指差す。リサが笑う。

「あたしはしばらくホテルのレストランで働くかな。許される限り」

「許される……?」

「留学したのは、ただ家から追い出されたから。そんであっちで料理楽しいなーってなったから、そういう学校に通ってたの。最初からシェフ修業なんてしてたわけじゃない」

「どうして追い出されたりなんて」

「同級生の女の子とキスしてたのをパパに見つかったから」

横目で見つめられる。視線を逸らしてビールを飲む。

「ほんとにここじゃまだ違法?」

「……歓迎はされない」

「あたしの居たところではフツーだった。誰とでも結婚も離婚もできるし。こんなに監視カメラだらけじゃないし、どこでもＩＤ調べられないし、インターネットも使えるし自転車もバイクも自由に乗れた」

「ここだっていい国だろう」

私はなぜか少しむきになっていた。ここだっていい国だ。父さんと母さんがやっとの思いで逃げてきた国なんだから。いい国の、はずだ。

「覚えてる?　元いた国のこと」

「見たこともない。こっちで生まれたから」

「じゃあここがあんたの故郷じゃん」

「そんな簡単な話じゃない」

「あたしが行ってたのは、ママの生まれ故郷の国なんだ。着いたら、あーここもあたしの国って思ったな。そんでここもあたしの国。あんたもそうじゃない？　日本もここも、あんたの国。ひとつに決めなきゃいけないってことはないでしょ」

そう言うと、リサはまたいきなり私の頬に唇を押し付けてきた。

「また追い出されるよ」

「今度はあんたも連れてってしまおうかな」

「誰が行くか。野蛮な自転車の国なんか」

リサは笑った。そしてれんげで水餃子を掬い、私の口元に寄せた。さっきより冷めた水餃子は、さっきより少しまずくなっていた。でもそれはあの夜の唇の温度にそっくりで、私はまた体温を上げながら、夕日を浴びてきらきらと発光しているように見える、リサの大きな瞳を見つめた。

村長が死んだ

◈

閻連科

谷川毅 訳

李貴

おかしな冬で、どこもかしこもガチガチに寒かった。空はひどく低く、雲は一筋一筋、真綿で締めるように首にまとわりついた。冬の半分をじっと熟成発酵していた木の芽も、芽を出そうなどという考えは引っ込めて、樹皮の裏側に隠れて氷になっていた。李貴は早くに起き出して、門の前にしばらく佇み、雲の筋をわしづかみにすると口元でこすり合わせた。すると村の入口の方から、氷のように冷たい白く輝く叫び声が聞こえてきた。

「えらいことじゃ——死んでしもうた——」

「えらいことじゃ——死んでしもうた——」

女の声だった。李貴が遠くを見やると、村長の妻が尾根の上で大げさに騒ぎ立てていたので、ゆっくりと上に向かって歩いていった。

彼女のところまで行くと立ち止まってきいた。

「誰が死んだって？」

「あの人よ」

またきいた。「誰じゃ?」

またこたえた。「村長よ」

さらにきく。「ほんまに死んだんか?」

さらにこたえる。「もう硬うなっとる!」

李貴は、バカか、そんなに早う硬うなるわけないじゃろと言った。そしてすぐに村長の妻について村長の家に行った。行く途中、なんなんじゃ、この寒さはと言った。村長の妻は、寒うて死にそうじゃと言った。李貴の口の中の唾は凍っていた。水がめにもヒビが入っていた。村長の家は村から百メートル離れた尾根の上にあった。尾根の出世栄達の土の道に近いところに、先駆けて家を建て引っ越した。将来尾根に幹線道路が通ると聞いたからだ。幹線道路が通れば、村長の家の前は村の広場でにぎやかな場所になる。一昨年村長が家を建てる計画を立てたとき、李貴はロバの引く荷車で半月もの間煉瓦を運んだ。村長は言った。おまえの家の子供のために宅地を用意してやらんとな。しかし今、村長は死んだのだ。李貴は村長の家の中庭にしばらく立って、突然彼が死んで、彼の二階建ての家もずっと低くなったような気がすることに気づいた。赤煉瓦は霜に覆われ、鳩の糞が白い点々になっていた。

李貴はきいた。「新しい家は寒いんか?」

村長の妻は言った。「寒くないわよ。あの人の部屋は東の棟よ」

東の棟は思いのほかいい場所だった。壁は白く、部屋の真ん中には暖炉があって一晩中燃えていた。部屋の空気は赤々と美しかった。屋根の内側の壁の角には、蛇が一匹冬眠している。家の梁や屋根に蛇がとぐろを巻いていたら、必ず龍になって出世すると言う。それで村長の家には蛇が一匹いるのだ。布団は赤い花の色で、村長は赤い花の下で寝ていた。李貴が布団を払いのけて見ると、村長の顔色は青く紫がかっていて、長い間野菜を切ったあとの包丁のように痩せ細っていた。その顔はかつては丸く太って真っ赤に光り輝き、まん丸のお日様のようで、朝日のような色つやだった。しかし今やその太陽は沈み、顔は青白い包丁のようになってしまっていた。李貴は村長の鼻の前に手をあててちょっと確かめると、すぐに手を引っ込めて火にあてた。手が暖まると、今度はテーブルの上にあった村長の煙草を取り、じっくりと味わった。銘柄を見ると、外国の文字だったので、ケッ、道理で美味（うま）いわけじゃ、とブツブツつぶやいた。

村長の妻は入口でぼんやりしていて、人が来てくれたのでもうだいじょうぶといった感じで、李貴の顔を遠く眺めながら、独り言を言った。

「ねえ……死んだって言ったら、死んだのよ」

李貴は煙を吐き出しながら、

「ええ人生じゃったのう」

村長の妻は一歩前に出ると、

「李兄さん――あとのことは引き受けてもらわんと」

李貴は顔を上げて、

「死ぬ前に何て言うとった？」

村長の妻は椅子を暖炉のそばに引っ張ってきて、

「数日前、わしが死んで、あとのことをやってくれたもんには、しっかりお礼をしてやってくれと言うとったわ」

李貴は煙草の灰を弾（はじ）いて、

「いくらくれると？」

村長の妻はしばらく黙り込んで、

「二千元」

李貴はちょっと考えてから、膝を思いっ切り叩いて、

「わしと村長は一緒に泥だらけになって大きくなった仲じゃ、兄弟みたいなもんじゃ、わしにまかせてくれ」

村長の家から出ると、李貴は尾根を見上げ、歩きながら鼻歌を歌った。遠くの山々は霧で白く、近くの村は牛糞か馬糞みたいに黒々としていた。村には井戸水を汲み上げる滑車のヒンヤリと青白い音が響いている。ひとしきり歩いて、ちょっと暖炉の火で暖まり、また冬の寒さに抱きすくめられ、突然体中に受活(かいかん)が走った。骨がポキポキ音を立てた。尾根の上で思いっきり咳をして、また芝居の歌をひとくさり口ずさむと、太陽が飛び出し、村も通りも艶やかな赤に染まった。横丁に入ると、水汲みの村人たちに出くわしたので、彼らに向かって大声で言った。

「村長が死んだぞ」

その村人は立ち止まって、

「死んだ？」

「死んだんじゃ」

二人は立ったまましばらく見つめ合った。しばらく見つめ合ってから離れて行った。家に帰ると、李貴は庭の真中に立って、息子と嫁が住んでいる西の棟に向かい、大声で叫んだ。起きろ——起きるんじゃ——村長が死んだんじゃ、もう日は昇っとるぞ。西の棟に物音がするのが聞こえてから、彼は母屋に向かった。振り返ると、息子がパンツ一丁の裸足で飛び出してきていた。

「――父さん、何て言うた？」

「――嫁さんに早よ起きて、おやきを焼いてもらうんじゃ」

「――まだ粉を碾いとらんが」

「――借りてでもええけえ、おやきを食べるんじゃ」

「――村長が死んだって？」

「――早う嫁さんを叩き起こして、おやきを作らせるんじゃ！」

朝御飯が終わる頃には、村中の者が村長が死んだことを知っていた。カラスが木の上でカアカアと嬉しそうに鳴き、その鳴き声は波のように裏山や村のそばの谷間に流れていった。村の男も女も、年寄りも子供も、みんな村の入口の大樹の下に集まっていた。いったい、村のほとんどは李姓で、親族あるいは世代間の関係では、李貴が村長とは最も近い関係のようだった。昔、村長の前の奥さんの赤ちゃんが死んだときには、李貴が尾根の上まで担いでいって埋めてやった。村長は言った。李貴――二日ほど墓守をしてくれんか、小さくても命は命じゃ、埋めたばっかりで犬に掘り返させんといてくれ。そこで李貴は自分の子供を連れ、その小さな墓のそばで丸三日過ごした。また、李貴が墓掘りの達人であることはみんな知っていて、隣村で死人が出ると、李貴が墓掘りを仕切った。大工仕事の腕も確かで、一人で机や椅子、腰掛けやタンスを作ることができた。李貴は村ではいっぱしの人物だった。村人たちはそんな李貴を見ていた。李貴はみんなに向かって言いつけた。おまえは墓を掘れ。おまえは料理じゃ。おまえはかまどを作れ。おまえは大工を何人か探してきて棺桶を作らせるんじゃ。

しかし誰も立ったままピクリとも動かなかった。

李貴は叫んだ。

「人が死んだら、埋葬せにゃならんじゃろうが」

それでもやはり誰も動かない。

李貴はまた大声で叫んだ。

「人が死ぬのは灯りが消えるようなもんじゃ——おまえら灯りを消さんつもりか？」

それでようやくばらばらと散っていった。村は乱れ飛ぶ足音でいっぱいになった。男たちが次から次へと行ってしまうと、女たちが残され、大樹の下でぼんやり立っていた。李貴は彼女たちを睨み付けると、何ぼんやりしてる？　孝布〔葬儀のとき、身内の者が身に付ける白い布〕を買う奴は金を準備して買いに行くんじゃ、死に装束を作らにゃならん奴は裁縫道具を引っ張り出して、さっさと取りかかるんじゃ！と叫んだ。それでやっと、女たちも次から次へと立ち去っていった。

みんな行ってしまうと、李貴は一人のあまりぱっとしない女を呼び止めてきいた。

「おい——実家におったとき、飯屋をやったことはあるか？」

女は言った。「ええ」

「それじゃおまえが台所をしきるんじゃ」李貴は言った。「肉も魚も使い切るんじゃ——村長の家にはええ豚が何頭かおるけえ」

こうして、にわかに忙しくなった。

村の中も外も足音やほかの音でぎっしりだった。裏山からは墓掘りの、重く澱んだ鈍い音が伝わってくる。村の大工たちは棺桶作りに大忙し、軽く心地よい音がすっきり響き、ヒバリの囀りにそっくりだ。棺桶を安置する小屋は村長の家の門の前にしつらえられた。そこは空き地で、時に村長が鎮の車で送ってもらったときには、エンジンをゼイゼイいわせて上がってきた車がそこで少し休んでから帰って行った。死に装束を縫っている女たちは村長の家の新しい棟で、悲しみに沈んだ様子で黙々と針を走らせていたが、ふいに沈黙を破って話が飛び出す。村長の奥さん、再婚するつもりはないんじゃろうか。村長さんはどのぐらいお金を残したんじゃろう。さらには村長が死んだあと、次に誰が村長の椅子に座るかの議論になる。一番響いているのは、やはり遺体安置小屋の泣き叫ぶ声だった。村長は三人兄弟で、甥姪もたくさんいた。今の妻は再婚で、跡継ぎを残さなかったが、前妻は一男一女を残していた。子供たちは声を張り上げて、天地をどよもすほどに泣き叫び、しきたりの作法を行うときには、哀惜の雨が、村に、山に、世界中に、降り注いだ。弔問に訪れる人が、ひとしきり列を作った。ひっきょう村長は村長で、耙耬(はろう)山脈の下々やお偉方の面倒を見ていたのだ。村長は人物の中の大人物だった。李貴は大急ぎでお粥(かゆ)を作る。あちこちベタベタと粘り着くので、ブツブツ文句を言う。墓に飛んで行く。大工たちの棺桶作りに指示を出す。安置小屋の調度を手配する。さらに弔問に訪れた人や来賓をていねいにもてなす。

「あっけないことじゃの」

「あっけなかったのう」

「あっけのう死んでしまうもんなんじゃの」

「まあ、ええ思いをしたんじゃないかのう」

寒々としていたが、李貴の体にはずっと汗が粘り着いていた。大忙しの日も三日目、それぞれなんとか目鼻がつき、村長の妻は李貴に感謝して言った。あの人も生前あなたみたいないい弟分がいて良かったわ。李貴は笑って言った。奥さんもわかっとるじゃろ、村長は俺のことなんか、人とは思うとらんかったけえ。

「昔のことは持ち出さんといて」

「安置小屋へ行って泣いた方がええ」

「涙なんて、あの人が生きている間に涸れてしもうたわ」

「ほかの人に泣いてるところを見せんと」

そこで村長の妻は行った。紙を一山燃やし、泣き声は山河を揺らした。村長の妻が外で泣いているとき、村人たちはみんな言った。可哀相に、嫁いだばっかりで後家になるなんてねえ。村長の妻が外で泣いているとき、李貴はひとり村長の部屋の中を行ったり来たりしながら、あれこれ考えていた。生前彼が村長の家に来たとき、村長は決して彼を椅子に座らせなかった。彼はいつも村長の目の前の片隅にしゃがんで、まるで冷たい犬のようだった。村長はテーブルのそばの椅子に座って、煙草を吸いながら彼をチラッと見ると、飯は食ったかときき、彼が返事をする前に視線を他の方にやる。村長がいちばんよく座っていた椅子にはシルクのクッションが置いてあった。撫でてみるとそれはまるで女の腹のように柔らかかった。今その女の腹のような柔らかいクッションにしばらく座ると、ついでに村長が使っていた玉(ぎょく)の吸い口をポケットに入れた。また立ち上がって村長が使っていたマージャンパイをひとつかみつかむと箱の隙間に放り込んだ。最後にまた女の腹のようなクッションに座ると、村長の真似をして足を組み煙草を一本吸った。休息を味わっているそのときに、誰かが入ってきて言った。納棺しますが、棺の中には何を入れますか？　李貴はすぐに村長の妻、前妻の娘と息子を呼び寄せて言った。最後の親孝行じゃ、村長の好きなものはあんたらがいちばんよう知っとるはずじゃ。棺桶には何を入れたらええんかの？

娘は言った。「冬の綿入れを多めに。父さん、寒いのが嫌いじゃったけえ」

息子は何も言わず、テーブルの上のマージャンのセットを抱えると棺桶に納めに行った。

李貴はそのマージャンセットを見て、また箱の隙間を見た。それからまた、まだ残っていた村長の妻に言った。

「村長が生きとるとき、一番好きなものはなんじゃった？」

妻は言った。

「女じゃ」

それを言うちゃだめじゃ。李貴は言った。人は死んだら終わりじゃ、この俺が取り仕切っとるのに、奥さんがそんなこと言わんでもええじゃろ。彼は村長の妻に箱を開けさせ、村長のお気に入りを探させた。このとき、彼女は突然あることを思い出して言った。あの人は小さな箱を持っとって、その箱にはいつも鍵をかけとった、中に何が入っているかは知らんけど。李貴は彼女にその小箱を取り出させた。箱は塗装が剝げ落ち、暗い灰色が見えていて、まるで代々伝わる大事なもののようだった。お金を入れる箱じゃろうか？　彼女は言った。違うじゃろう。あの人ここ数年は街で商売しとって、お金には不自由しとらんかったし、こんな箱にへそくりする必要なんてなかったけえ。

どちらも興味津々でその箱を見ていた。

箱を開けたくても、鍵がどこにあるのか見つからない。服を探り、箱の隅々を調べた。ついにしびれを切らして、李貴が暖炉の火かき棒でこじ開けた。中からひとまとまりの赤い布が出てきた。開いて見ると、三十年前に生産大隊が村に変わったときの、大隊党支部の古い公印だった。さらに印鑑を入れる箱と赤い革表紙のノートがあった。ノートは文字でびっしり埋まっていて、一行一行が項目だった。村長が副村長になった一九六五年に始まり、国が放出した食糧[*1]の村人たちへの割り当ての数字がいっぱいに記されていた。李貴が一頁目の下を見ると、一九六五年のところには李貴三十五斤と書いてある。一九六六年のところには李貴四十斤、一九

六七年、李貴十七斤。最後の一頁は一九八一年で、
李慶、七十斤
李彬、八十斤
趙大海、百斤
柳三樹、九十斤
李貴、四十斤
李小樹、九十五斤
張妞、二百斤

李貴の視線は張妞の名前のところで動かなくなった。張妞は若い後家で、母子二人だった。あの頃、彼女の家の暮らし向きは悪くなかったが、なるほどこんなにたくさんの放出食糧をもらっていたというわけだった。李貴はなおも疑い、続けて頁を繰ると、張妞の旦那が棚田建設のときに崖の下に落ちて死んだ年、彼女が受け取った放出食糧は他の家よりも多かった。そこで李貴は口の端でちょっと笑った。都合のいいことに張妞も死んでしまった。首を吊ったのだった。彼女がどうして首を吊ったのかは誰も知らなかったが、年月が経ってしまい、あれこれ言ってもしかたがなくなっていた。それであれこれ言うこともせず、また箱を閉じた。村長の妻は箱をちょっと見て言った。捨てとくれ。何の役にも立たん。李貴は大声で言った。捨てるなんてとんでもない、棺桶に入れるんじゃ、これは村長のほんまの命じゃ!

外は寒くなかった。安置小屋のそばには火がおこしてあった。子供たちはみなその火にあたっていた。村長は棺桶の中に横たわり、その様子はベッドで寝ているときと変わらなかった。彼は九枚重ねの黒い死に装束を着せられ、顔には新しい白い布が被せられていた。副葬品で棺

桶はいっぱいだったが、さらに息子や娘が他のもの、村長の生前の愛用品、煙草、毛皮の敷布、マージャンパイ、上等の白酒（バイチウ）、『人民日報』や『農村基層幹部手帳』などを並べ立てていた。さらに音楽プレーヤーなど、細々とした、あれやこれやを入れるといっぱいになった。これ以上は入れることができなくなった。李貴は力一杯押し込んでから、あの大隊党支部の印章と、印鑑の箱を村長の左手に、赤い革表紙のノートを彼の右手に置いた。左手も右手も赤い色で、棺桶の中は赤い光で満ち、村長の青黒い顔も赤い光を放ちはじめた。

こうして村長の納棺は滞りなく終わった。

村長はまるまる三日間安置小屋で眠った。

子供たちは三日間霊を守った。

みんな疲れていた。最後の夜、見守りの順番を決めるとき、李貴は言った。わしが一晩付き添うけえ、みんな休んでくれ、いずれにしろ放出食糧を配分するとき、村長はうちのことを覚えとってくれたし、土地の割り当てのときも灌漑地を分けてくれたしの。このとき、すぐに村人たちが続けて言った。貴（き）おじさん――貴おじさん――おじさんが付き添うんじゃったら、わしらにも一晩見守らせてくれんか。それぞれが、何年の何月のことじゃったか、村長はこんなええことをしてくれた、あんなええことをしてくれたんじゃ、と言った。そして李貴と一緒に夜通し見守ろうと多くの男たちが進み出た。その夜、霊前では火をとりわけ大きく燃やした。村長が家を建てるときに使った木っ端の上質な薪が燃やし尽くされ、チリチリパチパチ音をさせ、年越しから元日にかけてのようだった。みんな火を囲み、棺桶の前のテーブルの線香が燃え尽きそうになると、すぐにお辞儀をして取り替えた。絶対に線香の火が絶えないようにした。その他の時間はポーカーに興じた。老酒（ラオチウ）を飲んだ。笑い話をした。天気の話をした。真夜中を過ぎ、若者たちはみんな寝てしまい、李貴一人だけがそこに座っていた。彼は村長の使っていた吸い口を取り出すと煙草を吸った。続けて三本吸うと、突然小便をしたくなり、ムシロで囲まれた安置小屋から出て外の様子を窺った。引き返して安置小屋をちょっと見た。みんな間違いなく眠っていて、いびきは天を震わせ響いていた。李貴はすぐに棺桶を載せていた腰掛けの上に上がり、自分の股間の一物を取り出すと、棺桶に向かって気持ちよく小便を撒き散らした。ムッとする臭いが立ちこめたとき、ふいに小便を村長の顔にかけたいと思った。しかし惜しいことにもう小便は全部出てしまっていて、一滴も残っていなかった。後悔しながらぶるっと体を震わせると、×××、あんたはほんまに幸せもんじゃと罵声を浴びせた。しかし腰掛けから下りると、うしろに大きな子供が立っていた。誰かと思えば後家の張妞の十七歳の息子で、薪のようにヒョロヒョロに痩せていて、顔には分厚い疑惑が凝り固まっていた。

彼はきいた。

「貴おじさん、こんなことしてだいじょうぶか?」

李貴は言った。

「小便してやれ、ええチャンスじゃ」

男の子は李貴に倣って、腰掛けの上に飛び乗ると、白い布を引っぺがして、村長の顔にジャバジャバと小便を浴びせかけた。下りてくると李貴と一緒に掛け布団を引っ張り上げ、その中に潜り込んで寝た。

翌日、李貴の手配のもと、村長はにぎやかに、光り輝いて埋葬された。

二人の女

村長の墓が盗掘された。

墓は裏山の日の当たる斜面にあった。日の当たる斜面には雪がなく、雑草がびっしり生えていた。土は黄褐色だった。墓のあるところは枯れ草のために薄い灰色になっていた。村長の新しい墓は赤土の丸い丘で、山に沈む落日のようだった。墓は暴かれ、山には墓土が散乱し、軟らかい土のいい香りでいっぱいだった。

泥棒は何も金目のものがなく、村長のあの大隊党支部の印章と、村の放出食糧分配をすべて記したノートを持っていった。村民委員会の幹部は鎮政府の幹部を連れて見に来た。鎮政府の幹部は言った。クソッタレが、なんちゅうへまな泥棒じゃ。

そう言うと帰って行った。

村人たちもみんな見に来た。

物も服もなくなっておらず、ただあの印章と赤い革表紙のノートがなくなっているのを見て、やはり言った。

「ほんまじゃ、なんちゅう間抜けな泥棒じゃ」

これはひとつの事件だった。鎮の幹部は見たあとも墓を埋めろとは言わなかったので、村長の墓はまるまる三日ほったらかされたままだった。村長の妻が鎮の幹部におうかがいをたてに行くと、幹部は言った。墓を埋めるのも言いつけないといけないのか？　墓を埋め戻さんと村長の死体は犬に食べられてしまうぞ。

村長の妻は墓を埋め戻しに行った。

一人でスコップと鍬を担ぎ、鋤の柄の先には小さな風呂敷包みを結びつけた。前妻の子供や娘にさえ、声はかけなかった。日の光が水のようにうっすらと尾根を湿らせていた。尾根は本当に静かで、たまにカラスか雀が飛ぶくらいで、村長の妻の足音だけが尾根の道に響いていた。夜は明けたばかりで、影が長く伸びていた。冬の風が顔に直に吹き付け、ヒリヒリ痛む。邪気を払うため、彼女は結婚式に着た赤い綿入れを着ていて、ゆっくりと転がっていく火の玉のようだった。墓地について四方を見て、ゆっくり墓の下へ下りていこうとしたが、彼女は突然後ずさると、恐れおののいて立ち尽くした。

なんと墓穴から誰か別の人間が這い出してきたのだ。女だった。同じように赤い綿入れを着ていた。少し痩せて顔は白く、きれいだった。村長の妻は一目見て、すぐに李貴の息子の嫁だと気がついた。彼女は慌てて這い上がってきたので、村長の妻が外にいるのが目に入らず、墓穴からよいしょと出てきて頭を上げ、あっけにとられたのだった。

村長の妻は冷たく鼻をフンと鳴らした。

李貴の息子の嫁は彼女をチラッと見ると、何も言わずに彼女の横をすり抜けて行ってしまった。

村長の妻は遠くなっていく李貴の息子の嫁を見つめ、視線を元に戻すと、急いで風呂敷を鋤の先の鉤にひっかけて、墓の中に差し入れると、ゆっくり壁に足をかけて飛び降りた。墓の中は暖かく、空気は白っぽくふわふわした感じだった。墓室は大きく、一軒の家のようだった。村長の棺桶は真中で、左側は彼の前妻で、その棺桶はすでに朽ち果てていた。黒い漆は黴びた灰色と土埃の灰色に変わっていた。右側は広く空いていた。言うまでもなく、そこは今ここにいる女のために残されたものだった。彼女はその自分の場所に立って、静かにしばらく佇み、恐れから何度かブルブル体を震わせ、薄明かりを頼りに見ると、村長の棺桶のふたが半開きになっていた。あきらかにさっきの女が動かしたのだった。

「あんたが言うとおりにしに来たけえね」村長の妻は棺桶に向かって言った。「こないだは、あんたの棺桶には金目の物は一切入れず、泥棒には無駄足を踏ませてやったじゃろ。今日はあたしがあんたがほしいって言うとったものを持って来てやったけえ。あんたのことを、どの女がいちばん真剣に考えとるか、わかってほしいもんじゃの。良心があるんならおとなしゅう寝とって、あたしを絶対驚かさんといてちょうだいね」そう言い終わると、彼女は力一杯棺桶の隙間をひらいて、光が中に届くようにした。中をざっと見ると、死に装束も、品物も全部そのままだった。あの印章と赤い革表紙のノートだけがなくなっていた。棺桶の中と向き合ってしばらくぼんやりしてから、あの風呂敷包みを開けはじめた。高級な新しい携帯電話と充電器を取り出すと、それを村長の手の上に置いた。また風呂敷の中の一枚の服を広げると、服の中には木の箱が包まれていた。箱を開けると、また何枚もの布にくるまれていた。その布を広げると、それは一寸の幅で指ほどの厚み、指尺一つ分の長さの暗い赤色の金の延べ棒だった。

彼女はその金の延べ棒を村長のもう一方の手に押し込んだ。

「これで全部じゃ」彼女は言った。「あんたはここでええ暮らしをすりゃええ、全部あんたが言うたようにしてあげたんじゃやけえ、あたし、もしええ人がおったら嫁にいくけえね。あたしのこと責めんとってよ」

話が終わって、彼女が棺桶のふたを閉めようと力を入れたとき、その手が固まった。視線は村長の顔のところに置かれていた。その顔には、安置小屋のときと同じように、四角い白い布が被せてあった。ただその白い布がすこしふくらんでいて、村長が舌を出して突っ張っているようだった。村長の妻はしばらく白い布を見つめていたが、副葬品の懐中電灯を探り出すと、白い布を剝いだ。それを見て、彼女は吃驚(びっくり)仰天した。

全身がブルブル震え冷や汗が出た。

村長の一物が切り取られ、萎(しお)れたダイコンのようなそれが、しっかりと村長の口の中に押し込まれていた。村長の口は一物でゆがみ、咬みきれない木の棒をくわえているようだった。

彼女は吐きそうになった。

何度か空咳をして、さっさと懐中電灯を棺桶の中に放り込むと、急いで棺桶のふたを閉め、ばたばたと墓の中から逃げ出し、墓の入口から這い出した。大きく息を吸い込み、墓の外の地面にしゃがんでゲーゲー吐いていると、か細い音が伝わってきた。

「あれに触った？」

顔を上げると、うしろに引き返してきた李貴の息子の嫁が立っていた。ちらっと見てきいた。

「何を？」

「口の中のあれ」

「触るわけないじゃろ。気持ち悪い！」

尾根は異様な静けさで蕭条(しょうじょう)としていた。谷の端のエンジュがいっぽん寂しく宙に枝を揺らし、か細い音は村長が墓の中で息をしているようだった。カラスが一羽枝で静かにうずくまり、動かない二人の女を見ていた。どちらも黙り込んでいた。一緒に息をついた。両方とも若くてきれいな顔だった。遠くの山は、光の中でくっきりと、輪郭を際立たせて聳(そび)え立っている。川は山の麓を豊かな水を湛(たた)えて静かに流れている。重苦しい空気がしばらく続いたあと、片方の女

がゆっくりその川を見ながら、

「あんたとあの人がほんまにそうじゃったなんて」

もう一人が、

「もっと早くに知っとったはずじゃ」

「そんな感じはしとったけど、信じとうなかったんじゃ」

「村長はあんたのことなんて最初っから好きじゃなかったんよ、若い娘じゃけえ、嫁にしたんよ」

「わかっとる」

「わかっとって嫁いだの？」

「村長じゃったからね」

もう一人は「あら」と言った。こっちがきいた。

「あんた、ほんまに彼があんたを好きじゃと思うとったの？」

「好きじゃないことはわかっとったよ。あの人は一時期あたしの白い肌と細い腰を貪(むさぼ)っただけじゃ」

「何を企んどったん？」

「宅地を割り当てて欲しかったし、山の斜面の果樹園を請け負わせてもらいたかったんじゃ」

「もう割り当ててもろうたし、請け負ったじゃないの」

「請け負ったわよ。じゃけど村長じゃけえ、こっちが追い返せるわけないじゃろ」

「あんたの旦那はこのことを知っとるの？」

「知っとる――あの人は男じゃないけえ、家ん中で物をひっくり返すだけじゃ」

その女は長いため息をついた。

「今度のことはありがたかったわ、死んでくれて」

もう一人が顔を上げて彼女を見た。

「後家を通すの?」

「あの人のために後家を通すなんぞ、そんなことができるんは淫売(いんばい)ぐらいじゃ。あたしにはもうとっくに相手がおるんじゃけえ」

太陽はてっぺんにさしかかっていた。山の斜面には温もりが敷かれていった。二人の女は墓の埋め戻しをはじめた。一人は鋤で土を掘り返し、一人がスコップで土を盛り、黄土の新鮮で生臭い匂いが金色に輝きながら山の斜面に舞い上がった。カラスは木の上から飛び立ち、羽をパタパタ羽ばたかせた。二人の女は顔を上げてちょっと見ると、汗を拭い、続けてひと掘りひとすくいと墓を埋めていった。埋め終わって、また土を盛ると、散らばっていた花輪や柳の枝を拾ってきて、並べて挿した。

最後に李貴の息子の嫁は手の土をパンパンとはたき、

「これであの人に申し訳がたったいうことじゃね」

村長の妻は彼女を見ながら、

「これってあの人のため?　それともあたしのため?」

「あんたのためよ」

村長の妻は少し考えてから、決心して言った。

「さっきあたし、あの人の棺桶の中に金の延べ棒を入れたけえ、あんたが家を建てるとき掘り出しゃええ」

二人の女は尾根の向こうの村に向かって歩き始めた。李貴の息子の嫁が言った。まったく、夫婦一日で百日の恩ね。彼は死んだのに、新しい携帯買うてやって、金の延べ棒まで置いてやるなんて。村長の妻は言った。全部彼に死ぬ前に言われとったことじゃけえ。あの人は死んだあと、きっと墓を暴きに来る者がおるとわかっとったの。先に何もない墓を暴かせて、貴重なものはそのあとに入れろって。李貴の息子の嫁は言った。で、ほんまに置きに行ったっちゅうわけ？　村長の妻は言った。彼が言ったの、置いてくれりゃ再婚してもええって。置かなかったら化けて出てあたしに纏わり付いて再婚させないって。

村の入口が近づいた。二人の女は二つの炎のようで、飛び跳ねながら別れ、村のそれぞれの方向へ赤い炎が行き、村長の妻は足を止めると声を張り上げて言った。

「――あの一物のこと、知っとるのはあんただけじゃけえ、ほしけりゃ持っていきんさい！」

殺人犯

ことは意外な方に転がった。

こういうことは耙耬の人間だからできることなのだが。

村長の墓が埋め戻されてまもなく、彼のいとこが戻ってきた。いとこはひとかどの人物で、洛陽で弁護士事務所を開いていて、村長が突然死んだと聞いて、村長の家にやってくると、彼が死んだ状況についてきいた。自然死だと言うと、すぐに帰って行った。しかし翌日、郷村警察から警官が二人やって来て、村長の家には行かず、村の家を一軒ずつまわり、村長の生前の様子や彼の女性関係がどうだったか、幹部と大衆の関係はどうだったか、恨みに思っている者はいないかきいていった。いうまでもなく、あきらかに村長の死に疑いを持っていた。こうして二日捜査したあと、突然、警官は村長の妻のところを訪ねると言った。

「棺桶を開けて死体を調べたいんだが」

彼女は吃驚して言った。「なんで？」

「万が一村長の死が正常なものでなかったら？」

それはだめじゃ、村長の妻は言った。あたしはあの人の妻じゃ、あたしは棺桶を開けることにゃ同意せんけえ。なぜかときいても、彼女はただ口をモグモグさせ黙っているだけだった。これで多少様子がわかったので、彼女を連れていって事情を聴く必要があることが少しはっきりした。時間はお昼時で、尾根は暗く重くじっとりしていて、霧が谷にねっとり纏わり付いていた。村中の人々が村長の家を取り囲み、村長の妻が連れて行かれまいと庭の木にしがみついて、あたしがどうして村長に危害を加えんといけんの、自分の旦那をどうかするなんてあるわけがないじゃろ、夜寝るときに一緒にベッドに入って、翌朝起きたらあの人は死んどったんじゃ、と言うのを見ていた。「あの人がなんで死んだかなんて、あたしにわかるわけないじゃろ――濡れ衣もええとこじゃ、なんであたしが村長を殺さんといけんのじゃ」。木にしがみついたまま、泣きながら叫び、まるで気がふれたみたいだった。そこで警官は、彼女にきいた。あんたが殺人犯でなかったとしても、棺桶を開けさせず、鎮の派出所にも行かず、木にしがみついているんじゃ、どうやってあんたが殺人犯じゃないって証明するんじゃ？　警官は力一杯彼女を引っ張ったが、引きはがせなかったので、彼女を蹴飛ばした。

その一蹴りで、ひとりの子供が群れの中から飛び出してきて、自分が村長を殺したと言った。彼が犯人！　村人たちはみなあっけにとられた。郷村警察の警官も唖然とした。子供は十八にもならず、小さな頭、赤い顔、青色の綿入れを着て、村人の群れの真中に立って、威風堂々とした鉄の杭のようだった。

「奥さんじゃない」子供は大声で言った。「俺が村長を殺したんじゃ!」

警官はどうしたらいいかわからなかった。村人の群れは静まりかえった。ただ人の群れが息をする、暗い灰色の枯れ草が落ちたような音が聞こえるだけだった。依然空気は冷たく、誰かが鼻をすする音が銃声のように庭にこだました。村長の妻がこの子供を見たとき、彼の顔は痛ましく黄ばみ、口はぽかんと開かれていた。カラスが人の群れの上を横切り、糞が警官の帽子の上に落ち、庭中村中に青く生臭いもったりした臭いが立ちこめた。

警官は帽子を拭きながら言った。まずこの子供を村民委員会に連れて行こう。

もう一人の警官が子供を連れて行った。

この子供は、後家の張妞の家の子で、十七歳と六カ月だった。後家は数年前に首を吊って死に、彼は今はたった一人で暮らしていた。警官に連れられて村民委員会に向かい、人の群れを過ぎ、村の通りを過ぎるとき、彼は誰も見ようとはせず、この世界に対して一顧だにしない感じだった。ただ村民委員会の門を入るとき振り返って、ついてきている村人たちを見た。

村人たちは言った。「思いも寄らんかった」

「あの子がこんなに大きくなって」

「後家のあの子がこんなにりっぱになっとるなんて」

村中が議論に沸き返った。

議論は冬の終わり春の初めの雨のようだった。言ってみれば、村人たちにはもう周知のことだった。あのとき、村長の初婚同士の妻が死んで、今の二番目の妻はまだ娶(めと)っていなかったので、一人ではじっとしていられず、後家と懇ろになったのだ。みんなてっきりこれでベッドは一つ、二人は一緒になって暮らしはじめると思っていた。後家も村長と結婚して一緒に暮らしたいと言っていた。しかしある日突然、村長はこの目の前の女を娶ったのだ。結婚式のその日の黄昏時に後家は首を吊った。あのとき彼女の家の子供はまだ小さく、母親の遺体を前にして泣くこともできず、ただ訳がわからないといった様子の目を大きく見開いているだけだった。あれから五年が過ぎた。子供は大きくなった。母親の代わりに恨みを晴らすことを知ったのだ。

村民委員会は三部屋の大きな建物だった。会議室の入口にはテーブルがひとつ置いてあった。年配の警官がテーブルの前に座った。後家の子供はテーブルから三メートルほど離れた椅子に座った。若い警官が子供の後ろに立った。村人たちはドアと窓を取り囲み、彼らのいる部屋の中の一問一答に耳を傾けた。

「名前は？」

「李小狗（りしょうく）」

「正式な名前は？」

「李小狗」

「幼名は？」

「それも李小狗じゃ」

「学校に行くようになってつけた名前は？」

「学校には行っとらん」

「いくつだ？」

「じき十八じゃ」

「おまえが村長を殺したのか？」

「俺があいつを殺した」

「どうしてだ？」

「わけなんかない」

「結局どうしてなんだ？」

こたえない。

「村長がそいつの母ちゃんを侮辱したんじゃ――」ドアの外で大声で誰かが叫んだ。「嫁にするっちゅうて、せんかったんじゃ」

子供は部屋の中から、外の人の群れを抉るように睨み付け、その叫んだ者も口をつぐんだ。そのことは警察もとっくに耳にしていたので、深くは追及せず、続けてどうやって村長を殺したのかきいた。子供は、「ＤＤＴ」を使ったと言った。彼は早くから村長を殺したいと考えていた。村長は結婚する前の日は、まだ彼の家に住んでいて、朝起きて出ていこうとしたときに、母親が行かせようとしなかったので、村長は母親を張り倒した。村長が行ってしまうと母親はその日のうちに首を吊った。あのときは小さかったが、今は大きくなった。村長が死ぬ数日前、村長は何人かの村人たちに、彼の家の冬の間ほったらかしにしていた畑を鋤き返させた。彼は一緒に行って村長が病気だと知り、夕方用事があって村長の家に行くと、村長は彼に、村の食堂に行き羊肉スープを作ってもらって運んでくるよう言いつけた。彼はそのスープの中にＤＤＴを入れたのだ。子供にＤＤＴの瓶はどこにあるかときいた。子供は自分の家の窓枠のところにあると言った。村の幹部一人と警官一人が急いで子供の家に行った。果たしてそこでＤＤＴの空の瓶を回収した。瓶をテーブルの角に置いて、引き続き尋問が行われた。

「人殺しは命で償うということは知っているか?」

「知っとる」子供は喉を詰まらせて言った。「あいつは村長で、俺は普通の庶民じゃ、両方死んだらあいつの損じゃ」

警官はそれ以上きくのをやめた。彼らはお互いにちょっと顔を合わせると、連れて行けと言って、腰から丸く、ひんやり光っている手錠を取り出した。手錠がぶつかる音は自転車のベルのようだった。子供はその手錠を見て、顔がほのかに黄ばみ、額にはうっすら汗をかいた。しかしやはり自ら進んで手を手錠に入れた。これを見て、村人たちも事の重大さに思い至った。人殺しは命で償わなくてはならないのだ。すぐに窓の外も戸口も静まりかえった。自然と警官のために一本の道が開かれた。しかしその道ができると、反対側から一人の男がやってきて、手錠と警官の間に立ちはだかると言った。おまえらこの子供に騙されとる。この子が言ったのは全部わしがこの子に話して聞かせてやったことじゃ。

警官がきいた。「おまえは誰だ?」

男は手を手錠に向けて、

「わしを連れて行きゃわかる」

「何がしたいんだ?」

「わしが村長のお碗にDDTを入れたんじゃ」

警官は彼の顔を見ていた。

彼は大声で、

「DDTの瓶は村長の家の正門の裏にまだある。信じんのじゃったら行って取ってくりゃええ」

警官はもうそれ以上何も言わず、二つの手錠の輪を、ひとつは男の手に、ひとつは子供の手にはめた。子供と男は一緒に連れて行かれた。村の年寄りから子供までみんな外に出て通りに立っていた。驚いた顔で子供と男を見ていた。村の通りも横町も細く、村人たちは両側に立ち、十里先まで見送るかのようだった。子供と男は肩を並べ、二人の足取りはしっかりしていて、村の通りを足音をズンズンと響かせて歩いていった。途中李貴の家の門を横切るとき、李貴が門の入口の石の上に立って、首を伸ばして男と子供を見ていた。その顔は明るく光り輝いていて、男に向かって大声で言った。

「安心して行くんじゃ、家には父さんがおるけえ——その子供の面倒をしっかりみてやるんじゃ!」

男は李貴に向かってうなずき、自分の家の門の前を通り過ぎた。村人たちはみんなついていき、彼の妻が家から出てきて彼を追いかけ服を渡そうとした。彼女が追いつく前に、村長の妻が村人たちと警官の行く手を阻み、手には鋤と鍬を持ち、垢抜けて美しい姿で、厳かに道の真中で遮った。

「二人を捕まえんでおくれ——棺桶を開けに行くけえ!」

警官はもうここの村人たちに邪魔されるのにうんざりしていたので、妻の持って来た鋤と鍬を受け取り、道端に捨てると、彼女も一緒に連れて行った。

選挙

村長が死んだら、すぐに新しい村長を選ばなくてはならなかった。

村長を選ぶ選挙は世界で最もうやうやしく厳粛なイベントで、鎮長自ら山を登って村までやってきて主催した。鎮長と死んだ村長の家が親戚関係にあることは誰も知らなかった。いや、親戚とは言えなかったかも知れない。村長は十歳ちょっとの娘を、吉と出るか凶と出るか、鎮長の男の子に嫁がせようとしたのだ。鎮長は地元の人間ではなく、家は遠く洛陽のあたりにあった。彼の家の子供は脳性麻痺で、ベッドに寝たきりで動くこともできず、嫁探しは至難の業だった。

村長は言った。「うちの娘をおたくの息子さんに嫁がせましょう」

鎮長は言った。「それはいいねえ」

これで決まったのだった。

鎮長はこれも吉と出るか凶と出るか、村長の家の娘のために何枚もきれいな服を買ってやったのだ。二人で酒も飲んだ。今、鎮長は村長の墓の前に立って、黙って煙草を吸っていた。煙草の煙が冷たい空気の中をゆっくり重々しく昇っていった。この日も太陽の出ていない一日で、山野は一面ぼんやり暗く灰色だった。村長の墓の土はあいかわらず新しかったが、ただ黄土の新鮮で生臭い匂いは薄まっていた。村長が死んで一月（ひとつき）余り、鎮長はその墓の前にしばらく立ってから、煙草を捨てるとつま先で踏みつけて、ポケットから手紙を取り出すと、読んでから言った。

「おまえとの約束を果たしに来てやったぞ」

事情は誰も知らなかった。村長の奥さん、李貴の息子と後家の子供は、郷村警察に連れて行かれたあと、数日して釈放されて戻って来た。

釈放されたのはこの手紙のおかげだった。

手紙にはこう書いてあった。張鎮長、あなたがこの手紙を読むときには私はもう死んでいるでしょう。私にはこの痛みが堪えられないのです。私は私が痛がっているときに誰かに笑われるのが恐いのです。誰かに笑われるくらいなら、自分で先に死んでしまった方がましです。私が自ら死んだら村人たちは飛び上がって驚いて、彼らを喜ばせなくてすむでしょう。ただ私が死んだら、あなたに二つのことをお願いしたいのです。一つは妻を再婚させないことです。どんな手を使っていただいても構いませんので、彼女を止めて下さい。私が手をつけた女を他の男には触らせたくないのです。二つ目はうちの長男は二十三になり、字も読めるので、彼に跡を継がせて村長にしていただきたいのです。そうすれば私が政府と共にやって来た一生も無駄ではなかったことになります。この二つのお願いをかなえて下されば、私は死んでも安心することができます。

鎮長は半月にわたって県の会議に出ていた。その内容は郷村に深く入り改革しようという呼びかけだった。半月後、今度は県政府の大きな車に乗って、南方へ十数日間視察に行った。それから家に帰ってみると、くだんの手紙が門の隙間に押し込んであって、埃まみれになっていた。手紙を開けて読んだあと慌てて電話をかけて確認すると、電話の最中に涙を流して大泣きし、人ってそんなに簡単に死んでしまうものなのかと言った。一月前、二人は県の病院の身体検査で肩を並べて座り、お互いあれこれいろいろな話をしたばかりだった。彼は黄土の大地のそばへ引っ越してそこに住んでいると言った。

そのとき村長は言った。「まずはうちの村に道を通して下さい」

そのとき鎮長は言った。「あの山は百年千年、牛車も馬車も走っとらんじゃないか」

続けて村長は言った。「先にうちに通して下さったら、村総出であなたの実家に洋館を建てて差し上げますが」

続けて鎮長は言った。「わしを監獄に入れたいのか?」

そう笑いながらしゃべっていたのに、死んでしまったのだ。墓から戻って鎮長は、村長はほんとうにすばらしかったと思った。鎮全体でも村長ほどすばらしい郷村幹部はいなかった。そう考えながら村の中へ入っていった。村の最長老は李家の二じいさんだった。二じいさんは七十五歳だったが、体は元気で、長幼の順序も高く、李貴だけでなく誰からも敬まわれていた。

鎮長は村の店で健康食品を何箱か買って、それを提げて二じいさんの家に行った。二じいさんは部屋の中で火にあたっていると、知らない人が来てその人は鎮長だと言うので、慌てて席を譲り、落とし卵を作った。鎮長は親しみやすい人で、二じいさんと膝を交えて長い閒話をして、最後に気持ちをこめて言った。

「私は本当にあなたに村長になっていただきたいのですが」

二じいさんは笑った。「ご冗談を」

鎮長は言った。「冗談ではありません。あなたの年齢がもう少し若ければもっと良かったのですが」

このとき、村長の家の長男が化学肥料を担いで部屋の中に入ってきて入口の横に立つと言った。お客さんかの。化学肥料を持って来てあげたけえ。今年は化学肥料が足らんのじゃ。ほかのもんに頼んだらいけん。買おうにも買えりゃせん。春になって小麦に肥料をやるのに足らんようじゃったら、わしがまたつてを頼って買うてきてあげるけえ。

二じいさんは奥へ化学肥料の代金を取りにいった。村長の息子はお金を地面に投げ捨てると言った。

「二じいさん――二じいさんはわしを孫とは思うてくれとらんのか！」

二じいさんはお金を拾うと部屋の中で茫然としていた。

村長の息子は出ていってしまった。

鎮長はきいた。「どこのお子さんですか？　あんなにいい子なんて」

二じいさんは言った。「村長の家の子じゃ。ご存じなかったですか？」

鎮長は言った。「あまりよくは。あんなに大きかったんですね」

そして続けて言った。「村長の選挙でこういう若者が選ばれるといいですなあ。若いし、進んで村の人のために働いてくれるだろうし」

「あの子ならほんまにぴったりじゃ、父さんの背中を見とるしのう」

「彼だったら選ばれるでしょうか？」

「選ばれる。わしゃ七十五で、うちの親戚関係だけでも村の半分以上じゃ、李家の若いもんでわしの言うことをきかんものはおらん」

鎮長は二じいさんの家で食事をして、二じいさんとたくさんの話をした。それからまた多くの他の家にも行った。村長の子供も化学肥料を背負ってたくさんの家を回った。鎮長は一軒一軒回って、民主について説明し、村人に神聖なる公民の一票を投票するように言った。選挙は月末の一日のまもなく南中の時刻に行われた。村人の十八歳以上がみんなやってきた。十八歳未満もやってきた。子供たちは会場中を走り回った。会場は村の真中の飯場〔村人が集まって食事をする場所〕にしつらえられた。平らな東の端に二台の机が置かれた。机の上には四つのお碗が置いてあった。それぞれのお碗には立候補者の名前が書いてあった。村人の群衆一人一人に落花生が一粒配られた。同意する立候補者のお碗にその落花生を入れるのだ。二じいさんが率先して落花生を村長の息子のお碗に入れた。人々の多くがそれに続いてそのお碗に入れた。村長の息子が順調に当選した。鎮長は村長の息子に話をするように頼んだ。村長の息子は会場に立ち、心から誠実に誓って、今年中に幹線道路を村の入口まで造ることを約束すると言った。人々は驚いて彼を見て、続いて雷鳴のような拍手が起こり、みな新しい村長は間違いないと感じた。

散会となり、今度はみんなで選挙のお碗の落花生を取り合った。

村と世界は落花生の香りでいっぱいになった。

鎮長は選挙に来た公民がいなくなるのを待って村長の家に行った。村長の奥さんは鎮長と顔なじみだった。顔を合わすとお互いに、人生とはわからないものだ、生きるも死ぬもわからないと言った。村長の奥さんの目の前で、鎮長は何度も涙を拭い、泣きながら言った。息子が村長に選ばれたんだ、これからはいい暮らしができる、これでもうおまえが後家だからといっておまえの家の前をウロウロする者もいなくなる。

村長の奥さんの顔にうっすら雲がかかった。すぐにそれは薄黄色の笑顔になった。笑ったあと、彼女は鎮長のためにおかずを何品か作り、お酒を半斤温めた。鎮長は新任の村長とかつての村長の家で食事をした。食事の最中、鎮長は新任の村長にコッソリ言った。「おまえの継母が再婚するかどうかはおまえに任せる。しっかり管理できないようなら、村長を続けられるなんて考えないことだ」。食事が終わって帰るとき、また村長の墓前に行って別れを告げ、鎮長はその墓の前でしばらく黙って立っていたが、あの手紙を取り出すと、マッチを擦って燃やしてしまった。

燃やしながら言った。

「みんなおまえの言ったとおりにしてやったぞ。一年か半年のうちに私はおまえの娘を嫁にもらう。彼女を大切にするから、そこで安心して目をつぶっていてくれ。こっちには私がいるから」

そう言い終わると墓から離れ、鎮に帰って行った。

墓の声を聞く

今年の夏、実家に帰ったときに、これらの話をきれぎれバラバラに知って、母親にそれ本当なのか? ときくと、母親は、全部ほんまのことよ、と言った。私が信じてないのではと思ったらしく、母親はまた言った。村のもんに知らんもんがおらんかきいてみぃ。本当だと証明するために、私のいとこが私を家から引っ張り出して、村の入口のところで幹線道路を建設中の山の尾根を遠く指さして言った。「見てみ——あれが村長の墓じゃ。村長が毎晩墓で会議を開いて訓話をたれとるんじゃったら、夜中に墓の声を聞きに行くがええ。おまえがもし信じんというんじゃったら、夜中に墓の声を聞きに行くがええ。うまくいきゃ、ほかにもいろんな話が聞けるで」

村長の墓はもう古くなっていたが、他の墓に比べると、まだ少し鮮やかな色をしていた。伸びた草は、他の墓の周りと同じように青々と繁っていた。もし古い花輪の竹ひごと輪っかがなければ、新しいか古いかはわからなかった。いとこは中背で、話すときには身振り手振りを交え、手真似をして、私の服の袖まで引っ張り、私をそそのかして村長の墓の前に行って詳しく見るように言った。夜村長が話をするときは自分の墓の上に座るから、日にちが経つにつれ、深い深い尻の跡ができとるんじゃ。

私は好奇心に駆られて、彼について見に行った。

果たして、その墓のてっぺんには深い深い尻の跡があった。私はちょっと笑って言った。羊飼いの子供が座っても尻の跡をつけることはできるよ。いとこは尖った石を手に取ると墓のてっぺんに置いて言った。明日の朝来てみぃ。この石は間違いのう、村長が横に投げ捨てとるけえ。時にはここに煙草の煙や酒の匂いがすることもあるんじゃ。半信半疑で、翌日行ってみると、果たして三角の石は墓の下に投げ捨てられていた。そして墓のてっぺんには新しく座った尻の丸い跡ができていた。煙草の灰もあった。煙草の灰は草の先に落ちていた。

この謎を徹底的に調べることにした。

晩御飯が終わってすぐ、いとこと一緒に村長の墓の声を聞きに行った。尾根の家の前で、戸口に立つ村長の奥さんと出会った。何するの？　私は何もしないと言った。

彼女はちょっと笑うと言った。

「お墓には行かんことじゃ、全部誰かのでっちあげじゃ」

私は笑って、

「あまりに暑いんで、外に出て涼んでるんです」

村長の奥さんはあきらかに老け込んでいた。一年で何歳も年を取ったかのようだった。彼女は成長途中でしぼんでしまったポプラの木みたいに自分の家の門の前に立っていた。月の光は清く明るく、彼女の顔は蒼白だった。彼女の前を通り過ぎるとき、気持ちはひたすら重くなっていった。いとこが言った。彼女はもともと再婚するつもりじゃったんじゃ。仲が良かったんは隣村のもんで、じゃがその村がなんでか知らんが、年の初めにわしらのこの村民委員会に配分されたんじゃ。村長の息子が村長として、同時にあの村も管理することになったんで、その男はとても彼女を娶ることはできんようになったんじゃ。他にも彼女に心を動かされたんがおったんじゃが、どっちにしろ彼女は今の村長の継母じゃろ、肝っ玉も萎びてしもうて、だめになってしもうたんじゃ。山の尾根は月明かりが明るく白く清らかで、向かいの村の赤や黄色の灯りを遠く望むことができた。遠くから犬の鳴き声が、清水のさざ波のように響き、山の尾根はますます空っぽで寂しい虚無が濃くなった。墓地は村からそんなに遠くなく、ほんの二、三里で、歩いているうちに着いた。いとこから聞いた話と経験に従って、私たち二人は尾根の上のあまり高くないエンジュの木の上に隠れた。びっしりと繁った枝葉が揺れて神秘的だった。近くに村長の墓を見ることができ、それは月明かりの中で盛り上がったキノコのようだった。ほかにも何本か背の低いカシワや柳の木があって、墓の下の角で微かに揺れていた。たまに夜の蟬が一声、ガラスの数珠が遠い空でこすれあったような声で鳴きながらどこかへ飛んで行く。ほかには恐怖に震える私たち二人の息をする荒く重い音だけだった。

いとこが言った。「恐いんか?」

私は言った。「こんなこと、俺は信じてないからな。何が恐いもんか」

そう話している間に、向かいの畑のどこかから、パタパタと歩く足音が響いて来た。私は誰か来たと言った。いとこは、声を出しちゃいけん、会議がまもなく始まると言った。私が呼吸を止め静かにして聞き耳を立てると、墓の方から伝わってくるのは蹴ったり踏んだりする足音で、遠くから近づいてきて、ばたばた乱れていて、だんだんとはっきりしてきた。さらにキィキイギャアギャアという話し声もあった。すべてベタベタの村の方言で、ゾクリとさせ、また親しみもあったが、何を言っているのかははっきりしなかった。完全に会議の前後の喧騒と議論だった。

私たちには疑う余地がなくなり、ただ木の上で枝にしがみついて耳をそばだてていた。

いとこがきいた。「はっきり聞こえたか？」

「はっきりとは聞こえなかった」

「こりゃ放出食糧の分配の話じゃ」

もう一度よく聞いてみると、その大騒ぎの中に、だんだんと村長が声をからして叫んでいるのが聞こえてきた。「静かにせえ、静かにするんじゃ――それじゃこう決めよう。一人頭十五斤、十四歳未満は十斤。明日、うちに糧本[*2]を取りに来てから鎮へ行って食糧を受け取るんじゃ」

騒ぎは収まった。

野太い声が聞こえた。「散会じゃ！」数年前に死んだ民兵の大隊長の声だった。彼は車に轢かれて死んだ。私が兵役に行くときには、彼は私を見送ってくれた。それからは散会して帰って行く足音だった。いとこが言った。他にも二か所この声を聞けるところがあるんじゃ。一つは向かいの風当たりの強いところじゃ、西風が吹きゃむちゃくちゃはっきり聞こえる。もう一か所は、墓の左側の畑じゃ。村長はいつもそっちを向いとるけえの。私はそこでどんな話が聞けるのかきいた。畑じゃ、村人たちが十数年前に土地の割り当てで言い争い罵り合う声や、彼らが生きていた近年の間にしていた商売のことで、借金取り立てで争う声じゃ。村長はいつもケンカの仲裁役で、どうにもならんかったら連中の顔を張り倒すんじゃ。

私は風当たりの強いところでは何が聞けるんだ？ときいた。

「夜中の零時ごろ、そこじゃ村長と支部書記が大隊党支部の印章のことで争うとる。印章をけっきょくどっちが保管するかでの」

風当たりの強いところで聞いてみたかったが、西風が吹いていなかったので、木から下りて村に帰るしかなかった。村長の奥さんがまだ門の前で私たち二人を待っているとは思わなかった。彼女は私たちを見るときいた。

「聞こえたん？」

私は立ち止まって、

「本当に声がしました」

彼女は陰から出てきて、

「誰の？」

「村長みたいでした」

「何て言うとった？」

「村のあれやこれやです」

彼女は笑った。

「二人ともあたしを騙してからに」

翌日の夜中、私が寝た後に、いとこが窓の向こうから私を起こして言った。今夜は北西の風じゃ、時間もちょうどええ。もう目は覚めていたので、また彼と一緒に行った。村長の奥さんがこの深夜の暗がりの中、ひとり門の前に座って涼んでいた。いとこが声を潜めて言った。おそらく誰か男を待っとるんじゃ。私は足を止めて彼女と二言三言おしゃべりして、また先を急いだ。墓地の西の風の強いところについて、道端の崖の下に隠れ、一時間待ったが、声は聞こえる気配がなく、がっかりして帰ろうと思ったそのとき、微かな何かの音が聞こえてきたので、腰をかがめてさらに何歩か前に進み、陰で湿った土の上に伏せると、果たして村長と支部書記の言い争う声が聞こえてきた。

村長が言った。「大隊の印章とあのノートをわしに返して下さい！」

数十年前に死んだ支部書記は言った。「もともとわしのもんじゃ」

「あんたの息子が盗掘して棺桶から盗んでいったんじゃ」

「忘れちゃ困る、おまえの入党の紹介状を書いて、村の幹部になれるよう引き立ててやったのはわしじゃぞ！」

しばらく聞いていたが、このやりとりが繰り返されるだけで、二人がこのやりとりを繰り返しているのか、これだけしか聞くことができないのかわからなかった。場所を変えりゃ、ほかのが聞こえるじゃろうか？　そこでいとこのあとについて他の場所をあちこち探してみたが、あそこほどはっきり聞こえるところはなかったので、また戻ってみると、やはり同じやりとりだった。

「大隊の印章とあのノートをわしに返して下さい！」

「もともとわしのもんじゃ」

「あんたの息子が盗掘して棺桶から盗んでいったんじゃ」

「忘れちゃ困る、おまえの入党の紹介状を書いて、村の幹部になれるよう引き立ててやったのはわしじゃぞ！」

つまらなくなってきた。夜は足下の見えない路地裏のように深まっていた。支部書記はだいぶ前に死んだので、もう声や笑顔もはっきり思い出せなかった。聞いた話では、支部書記は開放の年に村の支部書記になって、三年飢饉のときに餓死したということだった。村長は支部書記が死ぬ前に村の幹部になって、後に奮闘して村の長になったのだ。それ以上は何も知らなかった。ついに退屈でたまらなくなり、いとこは私にきいた。

「まだ聞くんか?」

「もうやめよう」

私たちは家に戻って行った。帰り道はえもいわれぬ奇々怪々な雰囲気だった。家の門の近くまで来たところで、よく知っている女が私の家から出てきて、私たちとは反対方向へ歩いて行った。私たちが家の灯りのところまで戻ると母親が、さっき村長の奥さんが来たと言ったので、私は何を話したのかときくと、彼女は再婚したいのに、村長の息子が村長になってしまって、誰も彼女を妻にしたいと思わなくなった、妻にできなくなってしまったと話したと言う。母親と一緒にしばらくしんみりしたあと、ベッドに横になって寝ようと思ったとき、突然山の尾根からかすれた叫び声がだんだん大きくなって伝わってきた。

「――あたしは再婚したいんじゃ!」

「――あたしに再婚させとくれ!」

後で村長の奥さんは気がふれてしまったと聞いた。

さらにもっと後になって、彼女は死んだと聞いた。村長の墓の中の右側に埋葬された。最近墓の声を聞きに行くと、村長の奥さんが墓で泣きながら笑いながら「――あたしは再婚したいんじゃ! あたしに再婚させとくれ!」と言うのが聞こえるということだった。

また聞きに行ってみると、果たしてそうだった。

*1 中国は改革開放前、農村は極度の飢餓と貧困にあえいでいて、食糧が足りず、国は毎年あらかじめ安く農民の食糧を買い上げ、またその一部を農村の食糧として支給した。その食糧は村の幹部が責任を持って農民に割り当てた。

*2 改革開放前の計画経済の時代、国家が非農業人口の食糧供給を保障するために、一人一人に配給される食糧の配分を定め、一世帯に一冊食糧と食用油の配分を記した証書をつくった。それを略して糧本と言い、住民はその糧本を持って決められた時間に決められた店に行って、食糧と食用油を買った。

村长死了（The Village Chief Is Dead）by Yan Lianke（閻連科）
Copyright © Yan Lianke 2019
Japanese translation rights arranged with Yan Lianke
c/o The Susijn Agency Ltd., London
through Tuttle-Mori Agency, Inc., Tokyo

ツォンパントリ

佐藤究

――文明には善果があれば悪果もあり、善果を取って悪果を避けるべきなのです。

孫文「三大主義と中国民族の前途――『民報』創刊一周年記念大会での演説」一九〇六年

広州（グァンヂョウ）を出港する汽船には、世界中からやってきた記者たちも乗りこんだ。追いかけられる男は、客室にトランクを運び入れるひまもなく、記者たちのために船内で会見を開いた。男の警護係が、周囲に目を光らせた。

最初に質問の権利を得たのは、ロンドン・タイムズの特派員だった。「どうして天津（ティエンジン）へ直接向かわずに、日本を経由するのですか？」

「はじめは上海からまっすぐ北京（ベイジン）へ行く予定でした」男は微笑みながら答えた。「鉄道はご承知のように不通です。汽船も二週間くらい先までの切符は売り切れているので、それならば日本に寄り、神戸から向かったほうが早いのです」

「では天津（ティエンジン）から北京（ベイジン）へ？」

「北京（ベイジン）の軍部も天津（ティエンジン）までやってきます。つまり彼らとは、天津（ティエンジン）で会うことになるでしょう」

男の旅程はつぎのようなものだった。広州（グァンヂョウ）を出港し、日本の長崎に寄港、それから瀬戸内海を航行して神戸に向かう。その後、できれば陸路で東京へ行って日本政府の閣僚と話しておきたかったが、先方に打診したところ反応は芳（かんば）しくなかった。ようするに、もう来てほしくないのだ。

日本。民間の立場で暗躍し、いつでも手を差し伸べてくれたその国の古い友人たちとはちがって、政府は一貫して男に冷たかった。二百六十八年つづいた中国の王朝を打ち倒した男には——

東京に行けないとなれば、と男は思った。日本の友人たちとは、神戸で会うことになるだろう。

近海郵船の北嶺丸（ほくれいまる）は神戸と天津（ティエンジン）を結ぶ。日本では〈天津航路（てんしんこうろ）〉と呼ばれている。男は神戸で北嶺丸に乗り換え、巨大な河港（かこう）都市へと向かい、北京（ベイジン）で起きたクーデターによって中華民国臨時執政となった北洋軍閥（ぐんばつ）の段祺瑞（ドゥアン・チールイ）と会談する予定だった。

「顔色がすぐれないようですが、お体のほうはいかがです?」大英帝国の租借地、香港から駆けつけた記者が訊いた。

「これでも昔は医者だったんですよ」男は苦笑して答える。「自分の体のことはよくわかっています」

記者会見が終わると、男は仲間たちと夕食をとった。船旅には宋慶齢（ソン・チンリン）も同行していた。男より二十七歳も若い聡明な妻だ。

食後には果物を食べた。男は酒も煙草もやらず、愉しみといえば果物で、なかでもバナナとパイナップルが好みだった。果物はいつでも男の関心を惹きつけたが、〈果物の王〉といわれるドリアンだけは苦手で、あの臭いにはがまんならなかった。

男は食卓に残ったちょうど半分のパイナップルをそっとハンカチでくるみ、厚い皮に生えたとげに指を刺されないように、注意深く客室へ持ち帰った。パイナップルを机に置き、ベッドに横たわり、波間を突き進む汽船の揺れを感じながら目を閉じて、大きく息を吐いた。

昨日で五十八歳になった。夢はいまだに叶えられていない。

失敗をくり返した武装蜂起、資金調達のための運動、神経をすり減らす亡命生活――長年にわたって酷使されてきた男の体は打ちのめされ、筋肉、関節、内臓が、競い合うように悲鳴を上げている。とくに胃と脇腹の痛みがひどかった。

男の姿はこれまでのように威厳を保ち、背筋もまっすぐで、群衆の歓声に応える笑顔も力強かったが、自分自身では、実年齢よりもはるかに年を取ってしまったように感じていた。

目を閉じたまま、男は記者会見でのやり取りを思い返した。

――どうして天津へ直接向かわずに、日本を経由するのですか？

――日本に寄り、神戸から向かったほうが早いのです。

それだけではない、と男は思った。**日本に寄る理由は、それだけではない。**

――顔色がすぐれないようですが、お体のほうはいかがです？

――これでも昔は医者だったんですよ。自分の体のことはよくわかっています。

その通りだ、と男は思った。**自分のことはよくわかっている。私はもう長くない。死期が迫**

っている。この機会に日本に寄らなければ、おそらくもう二度と——

一睡もできなかった。男は物音を立てないように、そっとベッドを降りた。上等客室に用意されたもうひとつのベッドで眠る妻の横顔を眺め、シャツとズボンを身につけ、ロングコートに袖を通した。ハンカチでくるんだパイナップルを左手に抱えて、男は客室のドアを開けた。ひとりきりで甲板（デッキ）へ出たいと望んだが、それは許されなかった。**どんなときだろうとひとりにはなれない。**

男はドアの外に立っていた警護係に云った。「夜分すまないね。少し風を浴びたいんだ」

男は階段をゆっくりとのぼり、甲板（デッキ）へと上がった。

夜の海、日本へ向かう船の上、空の月は雲に隠れ、水平線は闇に吸いこまれて、潮風と潮騒（しおさい）だけが男を待っている。

警護係にとっては、男に甲板（デッキ）へ上がられるのは迷惑な話だった。自分たちの誰かが象棋（シャンチー）の相手を徹夜で務めてもかまわないから、客室に閉じこもっていてほしかった。陸であれ、船上であれ、広い場所には出てほしくない。広く見晴らしのよい場所は、暗殺者にとって都合のよい場所だ。

男の命を狙った裏切り者の袁世凱（ユエン・シーカイ）は、刺客を放ち、男の同志宋教仁（ソン・ジャオレン）を暗殺した。一夜にして袁世凱（ユエン・シーカイ）は革命の敵となり、皇帝の座を欲するという狂気の本性を現したが、その野望を実現しないまま病いに倒れ、世を去った。それでも安心などできない。敵はいくらでもいる。一瞬の油断ですべてが失われてしまう。

警護係の全員が、男のために命を捨てるつもりで、完璧な警護をめざしていた。だが、現実にはそれは不可能だった。敵も命がけで襲ってくるのだ。防ぎようのない攻撃もある。

警護係は、男の背中を見つめながら、不思議に思った。――宋教仁（ソン・ジャオレン）や陳其美（チェン・チーメイ）が暗殺されたこの世界で、誰よりも命を狙われてきた先生が、いまだに生き延びているのはなぜなのか？　これが運命というやつなのだろうか？　もしそうならば、**未来**はおれたちに微笑んでいることになる。中国の**未来**は――

男はどんなときだろうとひとりにはなれない。怖るべき相手はつぎつぎと現れ、新たな刃（やいば）と銃口が、呪われた犬のように男の後をつけてくる。いつまでも、男の息があるかぎり。

警護係が吐いた白い息は、潮風にかき消される。十一月だ。海原（うなばら）は真冬のように冷え切っている。

甲板（デッキ）にたたずむ男は、過去に思いを馳せていた。自分の死期が近づいてきたのを悟ったのは、胃と脇腹の痛みのせいばかりではなく、ふいに昔の思い出のよみがえってくる瞬間が、この数ヵ月で急に増えたからだった。

思い出――

思い出ならば、数えきれないほどある。革命を実現させるために、世界中を回ってきた。だが――

男は考えた。私に故郷はあるだろうか？　この骨を埋めるべき土地は？

さまざまな過去を思い返しながら、男は思った。

ない。革命家に、故郷はないのだ。

生まれ育った国を破壊し、未来に故郷を築かなければならない。そんな革命家として生きてきた自分が、過去を振り返り、ないはずの故郷を思い返している。――香山県（シァンシャンシィエン）――翠亨村（ツイホンツン）

潮騒を聞き、闇と向き合いながら、男はロングコートの内ポケットに忍ばせていたスイス製のフォールディング・ナイフの刃を使って、客室から持ってきたパイナップルの果肉を少しずつ削り取り、刃先で突き刺して口へ運んだ。

東に進む汽船の行く手は延々とつづく闇でしかなく、その先に長崎もなく、神戸もなく、日本すらないように思えた。果てしのない暗黒と、骨身に染みるような潮風のなか、口にするパイナップルの果肉が、氷のように舌の上で溶けた。

夜空にようやく月が現れた。雲の隙間で、ほんのりと白く光っている。丸みを帯びていながら、どこかいびつな形をしていて、まるで**骨**のように見える。よくあることだ。男はそう思う。白い月の眺めは、乾いた古い骨に似ているのだ。男はナイフの刃でパイナップルの果肉を削り、口のなかに入れた。甘味を堪能して、もう一度夜空を見上げると、月のあったはずの場所に**髑髏**(どくろ)が浮かんでいた。

月が骨に見えるのではなくて、それはまさに髑髏そのものだった。男は驚いて上を向いたまま固まった。やがて思いだしたように、ナイフをパイナップルの果肉に突き刺して固定すると、空いた右手でロングコートのポケットを探り、決して人前ではかけない眼鏡を取りだした。

眼鏡をかけてふたたび夜空を見上げた。髑髏の数はふたつに増えていた。なおも目を凝らすと、髑髏は左右にひとつ、またひとつと増えていき、それだけではなく、上と下にも増えていく。その数は十や二十にとどまらず、百を超え、男は呆然と見上げるばかりだった。

これは幻覚なのか。死期が近づくと、人はこういうものさえ目にするのだろうか。

髑髏、髑髏、髑髏——

髑髏、髑髏、髑髏——

髑髏、髑髏、髑髏——

おそらく数千はくだらない。夜空に浮かんでいる髑髏の壁、石のかわりに人間の頭蓋骨でぎっしりと埋めつくされた、巨大な構造物——

いったい何なのだ、私は死者の魂を見ているのか、それとも地獄の門の前にやってきたのか？

ふいに声が聞こえた。

おまえは何者だ？

少し間を置いて、同じことを訊かれた。

おまえは何者だ？

最初の声は英語で、つぎの声は中国語だった。低くかすれたふたつの声を聞いて、男はある直感を抱いた。自分が対面しているのは、きっと悪魔なのだ、と。

男はキリスト教徒だった。少年のころ、ハワイに移り住んだ兄を訪ねて、その土地で主の教えを知った。夢中になる弟を兄は快く思わなかったが、男は聖書を読みつづけ、国に戻ってくると親友の陸皓東（ルー・ハオドン）と連れ立って、香港で会衆派（かいしゅうは）の洗礼を受けた。

香港——そこは男を革命家に変えた場所——

あの都市には何でもあった。すべてが売られ、すべてを買うことができた。ただひとつ、中国人の自由をのぞいては——

宵禁令（シアオジンリン）によって、中国人の夜間外出は固く禁じられ、背いた者は厳しく罰せられる。だが、香港で活動するイギリス人には法令はまったく適用されなかった。彼らは真に自由だった。

「おれたちの国の領土なのに、イギリス人は夜間外出ができて、なぜおれたちには許されないのか？」男は親友の陸（ルー）と語り合った。「侵略者である西洋人の横暴、それを認めているのは誰なのか？」

答えはあきらかだった。まさに自分たちの国、清帝国にほかならない。

「では、その帝国を治めているのは誰なのか？」

北方の異民族である満州族だ。

わずか五百万人にすぎない満州族が、四億人もの漢族を支配し、そのくせ西洋人の力の前になす術（すべ）もなくひれ伏している。

あの時代の香港、陸（ルー）と洗礼を受けたころの香港を目（ま）の当たりにして、男は立ち上がったのだ。われわれ漢族が満州族の帝国を打ち倒し、新しい中国を築かなければならない。

おまえは何者だ？

かすれた声が聞こえて、男はぬかるみにはまったように沈んでいた記憶から引き戻された。夜空にはまだ髑髏の壁が浮かんでいた。男はさりげなく背後を振り返り、警護係の様子をうかがった。彼は油断なく周囲を警戒しているが、おそらく暗闇しか見えていない。

男は月の高さにある髑髏の壁を見上げて考えた。

本当に相手が悪魔なのであれば、向こうの問いかけに答えるべきではないだろう。言葉を交わすべきではない。自分は一介の信徒にすぎず、〈荒野（あらの）の誘惑〉の教えのように、うまく悪魔を追い払えるとはかぎらない。救世主でさえ追い払うのに四十日もかかったのだから——

しかし、と男は思った。自分は敬虔なキリスト教徒ではあるが、宗教家ではない。革命家なのだ。

――革命家は悪魔とも言葉を交わすべきか否か？

それは東西のどの思想書にも答えの書かれていない、じつに興味深い問いだった。生来の好奇心が頭をもたげてきた。ここはひとつ、話してみるべきかもしれない。キリスト教徒としてではなく、ひとりの革命家として。思えば私の信じるあの御方も、立派な革命家だったではないか？

男は夜空の彼方に浮かぶ髑髏の壁に向かって、ゆっくりと口を開いた。声が届くのかわからなかったが、向こうの問いかけもささやき声に近いので、おそらく大声を出す必要はなかった。

「人に名を訊くには、みずからが先に名乗るのが礼儀だが――」と男は云った。「見たところ、おまえは人間ではないようだ」

おまえは何者だ？　髑髏のひとつが同じ問いをくり返した。

「何者かと訊かれても、私にはいくつもの名がある」と男は云った。

ほう――と髑髏が云った。**それではまるでおまえが悪魔のようだな。**

「からかっているのだな？　私がおまえを悪魔だと思っていることもお見通しというわけだ」

話をつづけろ。

「いいだろう」と男は云った。「幼名のことは省くとしよう。十七歳（シーチースイ）のときの洗礼名は日新（リーシン）だ。ほかに、かつて私はみずからを逸山（イーシィエン）と名乗った。先生にすすめられたのだ。西洋人は広東語（カントニーズ）の発音にもとづいて、私を孫逸仙博士（ドクター・スン・ヤットセン）と呼ぶ。博士（ドクター）と呼ばれるのは、私がかつて医者だったからだよ。マカオの鏡湖医院に勤め、それから自分の薬局を作り、医院も兼ねたその場所で患者を診察した。医者だったから、私はいまの自分が狂っていないことがわかる。だからこうして、正直におまえと話しているんだがね」

話をつづけろ、孫逸仙（スン・ヤットセン）。

「ほかに私は、中山樵（なかやましょう）とも名乗った。亡命先の日本で偽名が必要だったのでね。日本には何度も行ったよ。偶然、〈中山〉という表札を見かけて、その字に感銘を受けたのだ。やがて中山という名が広まり、私は多くの人々に孫中山（スン・ヂョンシャン）と呼ばれるようになった。中国では誰もがそう呼んでいるよ。ところが日本の警察などは、私の監視記録にいつまでも孫逸仙（そんいっせん）と書き、そう呼ぶのをやめなかった。私には呼び名がいくつもある」

呼び名がいくつあろうと、と髑髏は云った。**おまえの名はひとつだ。孫文（スン・ウェン）――**

「さすがに悪魔だな」と云って孫文（スン・ウェン）は苦笑した。「悪魔なら私のことをよく知っているんじゃないかと思ったよ」

おまえは私を見ても胸の上で十字を切らないのだな、孫文（スン・ウェン）。

「私は会衆派だ。プロテスタントだからね。十字を切るのは、カトリックの信徒だ」

私から見ると区別がつかない。キリスト教徒はみな同じに見える。

「主の教えはひとつだが、いろいろあるのだ。私の名前と同じようにね」孫文（スン・ウェン）は笑った。「でも、おまえは私のことをよく知っているはずではなかったのか？　それとも諜報（ちょうほう）はこれからなのかな？」

知っている。おまえが最初に偶像を壊したのは、十二歳（シーアースイ）のときだ。餓鬼大将だったおまえは、故郷の村で手下どもを率いて、村人たちの崇める洪聖大王（ホンシァンダーワン）の木像を破壊した。村人たちは怒り、悲しみ――

「その通りだ。なつかしいな」

十三歳（シーサンスイ）になったおまえは田舎を出て、兄の移住したハワイで見聞を広めた。おまえの兄はハ

ワイで成功した華僑だった。中国人移民のための商店を開き、酒を売り、農場や牧場経営にも成功した。そんな兄のもとから国に送り返されたのは――

「私がキリスト教に興味を示したからだよ」

おまえの一族は、おまえがキリスト教徒になるのを望まなかった。それで故郷の村に送り返されたおまえは――

「そうだ。またやった。偶像を破壊した。私は十七歳（シーチースイ）だった。親友の陸皓東（ルー・ハオドン）といっしょに玄天上帝（シュアンティエンシャンディー）の像を打ち壊し、金花娘娘（ジンフゥアニィアンニィアン）の像を打ち砕いた。どれだけ祈っても世のなかをよくしてくれない木彫りの人形にどんな意味があるんだ？　心の底からそう思った。信仰の対象を破壊された村人は、怒り狂ったよ。両親は私を田舎で育てることをあきらめ、香港へと追いやった。それは私にとって好都合だった。陸（ルー）もいっしょにやってきた。あの香港で私は、ひと握りの満州族が漢族を支配している矛盾に大きな怒りを覚え、民族主義の重要性を悟り、さらに西欧列強の覇道をはねのけるために、革命を起こすほかないと目覚めたのだ」

おまえが村の偶像を壊したのは、革命の情熱のためだ。

「当時はそこまで考えなかった。むろん、いまでは、そうだったと思っている。現状を破壊しなければ、新しいものは生まれない」

おまえは香港で洗礼を受けたキリスト教徒だ。おまえが偶像を壊したのは、人形の神を信じていないのではなく、誰よりも神を欲していたからだ。それがおまえの革命だ。

「その問題については考えたことがある。だが私は漢人であり、アジア人だ。私のまわりには、やわらかな表現で云えば、キリスト教を苦手とする者がじつに多い。だから私は、運動（アジテーション）のなかで聖書の教えを引用したこともないし、誰かに入信をすすめたこともない。ただひとつ云えるのは、あの時代、私のまわりにいた民衆にとって、〈道教の神の偶像〉も〈満州族の清帝国〉も、思考の外にある先験的（ア・プリオリ）な概念にすぎず、とにかくずっとそこにあるものであり、欲する必要も破壊する必要もないものだった、ということだ。それを私と仲間たちが変えた」

おまえは村の偶像を破壊することで革命の道を歩みはじめた。その革命に巻きこまれたために、親友の陸皓東（ルー・ハオドン）は死んだ。おまえよりふたつ下で、まだ数え歳で二十八歳（アーシーバースイ）の若者だった。清帝国の警察に捕まり、手足にくぎを打たれ、のこぎりの刃を押し当てられ、怖るべき拷問を受けて死んだ。あの哀れな救世主のように、手足にくぎを打たれ、のこぎりの刃を押し当てられ——

孫文（スン・ウェン）は何も答えなかった。悪魔の語った言葉、それは真実だった。

一八九五年、広州（グァンヂョウ）——最初の武装蜂起の失敗で捕まった陸（ルー）は、残忍な拷問に耐えつづけ、それでも仲間のことを何ひとつ吐かないまま処刑された。田舎でいっしょに遊んだ陸（ルー）、キリスト教の洗礼をともに受けた陸（ルー）、新しい中国の旗、〈青天白日旗（チンティエンバイリーチー）〉の意匠（デザイン）を思いついてくれた陸（ルー）——

幸運、そして革命に命を捧げた陸（ルー）の黙秘によって逃げ延びられた孫文（スン・ウェン）は、香港への五年間の立ち入りを禁じられ、日本へ亡命した。あれから二十九年の月日が流れ、そして五十八歳（ウーシーバースイ）になったいま、ふたたび日本へ——

また、日本行きか？　心のなかで陸（ルー）のからかう声がした。

ああ、と孫文（スン・ウェン）は声を震わせて答えた。また、日本行きだ。亡命するわけではないが、またしてもだよ。孫文（スン・ウェン）は涙を必死にこらえた。涙を流せば心に隙ができ、悪魔につけこまれる。

悲しみをごまかすために、パイナップルに突き立てたフォールディング・ナイフを引き抜き、果肉を削り取って食べた。ねっとりした甘味が、気分を落ち着かせてくれた。
「今度は私が訊きたい」孫文（スン・ウエン）は雲の切れ間に浮く髑髏の壁に向かって云った。「悪魔よ、おまえは何の用があって、私の前に現れたのだ？」

おまえが見ているものは悪魔ではない。

「なるほど。では、どうやってそれを証明するのだ？」

主なるあなたの神を試みてはならない——おまえの聖書にそう書いてあるだろう。おまえは、わが神を試すのか？

「さすがに弁が立つな。しかし、わが神だと？　笑わせてくれる。悪魔にも神がいるのか？　いるのだとしたら、それは魔王（サタン）のことだ。さて、おまえは何かの偶像の幻なのか？　私は旅してきた世界のどこかで、異教の偶像の形をしたおまえと出会ったことがあるのだろうか？」
しばらく沈黙があった。それから数千の髑髏の群れがいっせいに口を開いた。

歴史とは迷路だ。思わぬ方向に折れ、ねじ曲がり、新たな生けにえが死の祭壇に捧げられる。人間はそれを眺めて言葉を失いつづけるだけの存在だ。孫文（スン・ウエン）、おまえは、おまえがいま目にしているものと、これから出会うことになるだろう。わずか数日のうちに——孫文（スン・ウエン）——孫文（スン・ウエン）——孫文（スン・ウエン）——

　無数の髑髏の声が重なり合い、その声に名を呼ばれる怖ろしさに孫文（スン・ウエン）は思わず耳をふさいだ。右手に持ったフォールディング・ナイフのハンドルはどうにか握りしめていたが、左手で支えていたパイナップルは、甲板（デッキ）の手すりから海中に落としてしまった。熱帯の果実は真っ暗な波のなかに呑みこまれ、孫文（スン・ウエン）は背中を叩かれた。
「中山兄（ヂョンシャンシイオン）」と警護係は云った。「だいじょうぶですか？　これからもっと気温が下がります。体に毒ですので、客室にお戻りください」

「ああ」と孫文(スン・ウェン)は云った。「すまないね」

青白い顔をして、警護係に気丈に微笑んでみせた孫文(スン・ウェン)は、階段を降りる前にそっと夜空を見上げた。髑髏の壁はもうなかった。真っ白な月のかがやきが、黒い雲を蛇の鱗(うろこ)のように照らしだしているだけだった。ふと、甲板(デッキ)に漂うほのかな花の香りに気がついた。パイナップルの残り香ではない。

いつのまにか芯まで冷え切っていた体を震わせて、孫文(スン・ウェン)は記憶をたどった。

……この花の匂い……

*

歴史とは迷路だ。思わぬ方向に折れ、ねじ曲がり——

*

最初の寄港地の長崎を汽船が発った夜、孫文(スン・ウェン)はふたたび甲板(デッキ)へと上がった。

一時間ほどして客室へ戻ってきた孫文(スン・ウェン)の顔は青白く、夕食のときよりも頬がやせこけて見えた。

「あなた、誰と話してきたのですか?」客室で眠らずに待っていた宋慶齢(ソン・チンリン)は夫にそうたずねた。ひどくむずかしい問題を誰かと語り合ったとき、夫の顔色は興奮で赤くなり、そのあとに疲労で青白くなる。以前はここまでひどくはなかった。

「誰とも」孫文(スン・ウェン)はおだやかに答えた。「ひとりで考えごとだよ。日本に着いても忙しくなりそうだからね」

妻はじっと夫の顔を見つめた。何かを云いかけたが何も云わず、束ねた髪をほどいて、心配そうな顔のままベッドに身を横たえた。

孫文(スン・ウェン)は椅子の背もたれに寄りかかり、壁を見つめながら、ぬるくなった茶を飲んだ。妻も熱心なキリスト教徒だった。そんな彼女に云えるわけがない。夜空に浮かぶ髑髏の壁、悪魔と毎夜話しているなどとは——

＊

神戸——

客室のなかで数えてみたが、その地を訪れるのはじつに十八度目だった。港が近づいてくると、孫文(スン・ウェン)は中国服の用意をした。

これまで外国では三つ揃いの背広を着ることが多かった。背が高く、肩幅の広い孫文(スン・ウェン)に背広はよく似合った。一流の職人が仕立てた特注品(オーダーメイド)で、アメリカ人の新聞記者に「アジア一背広の似合う男」と称賛されたこともある。だが今回の日本には、中国服で上陸することに決めていた。そのほうが、メッセージが伝わるからだ。孫文(スン・ウェン)は上着を羽織り、紐の先端を結んで拵(こしら)えられた伝統的な釦(ボタン)を留め、長い汽笛を聞いた。

鷗(かもめ)の群れが舞い、孫文(スン・ウェン)が宋慶齢(ソン・チンリン)をともなって汽船のタラップに現れると、神戸港に押し寄せた日本人の群衆は大歓声で迎えた。

日本に逃げてきた無名の亡命者から、ついには辛亥革命を成し遂げ、短い期間ではあったが中華民国の初代総統を務めた革命家は、日本政府の思惑とは裏腹に、多くの日本人の心をつかんでいた。男は大河のような中国史を一代で書き換えた偉人であり、維新の志士と同じような風雲児だった。

孫文（スン・ウェン）の革命は、まだ終わってはいない。満州族が独裁する清帝国を打ち倒したあとには、北京（ベイジン）で軍閥が主導権争いをはじめ、混沌に陥った中国は、事実上、孫文（スン・ウェン）の南側と軍閥の北側に分裂している。

だが孫文（スン・ウェン）はあきらめない、何度でも立ち上がり、北上し、理想の中国を建設しようと人々を鼓舞する——その勇姿に日本人も歓声を送り、割れんばかりの拍手で讃える。

中山（ちゅうざん）先生！

孫逸仙（そんいっせん）！

孫文（そんぶん）！

日本人に負けじと、神戸の華僑たちも声を張り上げた。

中山兄（ヂョンシャンシィオン）！

孫中山（スン・ヂョンシャン）！

笑顔で手を振る孫文（スン・ウェン）は、誰の目から見てもまぶしかった。すぐれた革命家は彼の同志に何人もいたが、孫文（スン・ウェン）ほど人の心を魅了できる者はいなかった。汽船を降りてくる孫文（スン・ウェン）の姿に、ひっそりと近づいた死期を見いだす人間は皆無だった。変わったところといえば、背広ではなく中国服を着ている点と、立派な口髭をきれいに剃り落としていたことくらいだった。髭を剃り落としてなおも、孫文（スン・ウェン）は威厳と魅力を失わなかった。

一九二四年十一月二十四日神戸着。奇（く）しくも同じ年の七月一日、アメリカ合衆国が、日本人をふくむすべてのアジア移民を排斥する法を施行していた。

自分に向けられる歓声のすさまじさは、その影響もあるのだと孫文（スン・ウェン）は冷静に読み取り、船中でこれを予期してもいた。

またしてもあのときの香港と同じだ。自分たちを使い捨ての労働力としてしか見ない——つまり**奴隷**ということだ——白人への怒り、西欧列強への敵意、われわれの自由は、**アジア人の自由はどこにあるのか?**

孫文（スン・ウェン）は慣れ親しんだ異国の、とてつもない歓迎ぶりで自分を迎えてくれる群衆を眺めた。

人、人、人——

おそらく数千はくだらない。人の壁、人間の頭でぎっしりと埋めつくされた神戸港——

天津（ティエンジン）へ向かう北嶺丸の出港まで、六日の余裕があった。外国人居留地から市内の海岸通りに移転した〈神戸オリエンタルホテル〉に宿泊する孫文（スン・ウェン）は、翌日から精力的に活動した。

革命の軍資金を寄付してくれる神戸の華僑たちのもとへ出向き、彼らと会食し、それから秘密結社洪門（ホンメン）の会員のために演説をし、夕方にはオリエンタルホテルに戻って、東京からの来客と会うことになっていた。

神戸の華僑たちは喝采をもって孫文（スン・ウェン）を迎え、華人の将来についての意見を熱心に聞き、現地と変わらない中華料理でもてなし、北洋軍閥の動向について孫文（スン・ウェン）と語り合った。そして彼らは「ぜひ記念に」と云って、筆と墨を用意した。孫文（スン・ウェン）は独特の力強い字で、**天下為公（ティエンシアウェイゴン）**

の揮毫を書き残した。

休むことなくつぎの会場に向かい、洪門の会員たちのために演説をおこなった。日本語の通訳として同行してきた戴季陶にはまだ仕事がなく、熱弁を振るう孫文を眺めながら茶を飲んでいたが、会場の給仕係に「オリエンタルホテルから至急のお電話です」と告げられて席を立った。

電話に出てみると、「東京を出て夕方に着くはずの客人が思いのほか早く現れた」という報告だった。

戴季陶は、演説を終えたばかりで聴衆に囲まれている孫文に急いで耳打ちした。

突然暇を告げる孫文を、誰も引き留めなかった。洪門の情報網は広く、これから孫文が誰に会うのか、みなが熟知していた。

玄洋社の頭山満は、清帝国、そして北洋軍閥の暗殺者から逃れてきた孫文を日本で守った男だった。

たとえば、袁世凱にみごとに裏切られたのち——第二革命の失敗後——川崎造船所社長の松方幸次郎の別荘に身を隠した孫文は、そこから頭山とともに赤坂へ向かい、霊南坂にある頭山邸の隣りに建つ海妻猪勇彦の家に入った——と警察に見せかけて、大久保の梅屋庄吉の家に潜伏した。警察は頭山と孫文のつながりを察知し、事情を訊くこともできたが、名だたる玄洋社の大物になかなか踏みこめなかった。それほど、頭山満の存在は大きかった。

——第二革命に敗れた孫文が日本へ亡命してくる三年前、博文館の月刊雑誌『冒険世界』の誌面に、〈現代の豪傑〉を読者が選ぶ人気投票の結果が掲載された。そこで頭山は一万千五百三十八票を獲得し、一位となっていた。

日本に潜伏中の当時、孫文(スン・ウェン)が革命のために国外へ出す極秘の手紙の末尾には、こう書かれていた。

連絡先　日本　東京　霊南坂　二十六　頭山――

中国革命を支持するすべての人間にとって、その住所は特別なものだった。

孫文(スン・ウェン)と戴季陶(ダイ・ジータオ)は秘密結社の会員に見送られて、ホテルからやってきた迎えの車に乗りこんだ。

神戸オリエンタルホテル、三階、65号室、非公式の会談のために用意された部屋のドアを開けると、八年ぶりに会う頭山満の顔が、最初に目に飛びこんできた。

齢(よわい)七十を迎えつつある好々爺だが、丸眼鏡の奥にのぞく眼光は少しも衰えてはいなかった。腕に覚えのある荒(あら)くれ者たちが、頭山の前では借りてきた猫のようにしおれてしまう様子を、孫文(スン・ウェン)は何度も見てきた。白く長い顎鬚をたくわえた和装のたたずまいは武人そのもので、孫文(スン・ウェン)は広東(グァンドン)に隠遁する詠春拳(えいしゅんけん)の老師の姿を思い起こさずにはいられなかった。おだやかな立ち居振る舞いのうちにも、最小限の動きで相手を制圧できる無言の迫力がにじみでている。

65号室の円卓を囲む椅子は四つあり、頭山のほかにふたりの男が坐っていた。

ひとりは白人の聖職者で、もうひとりは褐色の肌をしたアジア人らしき男だった。小柄だが頑強な体軀をしており、労働者の着るような綿で作られた灰色の服に身を包んでいた。

男の容姿に気づいた孫文(スン・ウェン)は、目を丸くしてその場に凍りついた。

驚愕したのは、相手の顔を知っていたからではなく、相手の髪型を知っていたからだった。頭髪の前半分を剃り落とし、長く伸ばした後ろ髪を三つ編みにして、一本に束ねている。

辮髪（べんぱつ）――

孫文（スン・ウェン）と同志が多大な犠牲を払って崩壊に追いこんだ清帝国の象徴、満州族の髪型、彼らは漢族、蒙古（モンゴル）族、西蔵（チベット）族、回紇（ウイグル）族、すべての男子に自分たちの文化である辮髪を強制し、逆らう者は死罪とした。異民族の髪型を押しつけられ、拒否すれば極刑という現実は、孫文（スン・ウェン）には恥辱以外の何ものでもなかった。若かりしころの孫文（スン・ウェン）は、みずからの手で辮髪を切り落とし、民族主義と革命への不退転の決意を固めた。それほどまでに辮髪は、旧態依然とした中国の帝国主義と深く結びついていた。

　同じように驚いた戴季陶（ダイ・ジータオ）が孫文（スン・ウェン）の前に出ようとして、それよりもすばやく警護係が飛びだして盾となった。彼らは激しく混乱していた――清帝国の残党？　中山兄（ヂョンシャンシィオン）を狙う刺客？　だったら、なぜこの部屋で堂々と茶を飲んでいるのだ？――

　何がどうなっているのかはわからないが、あり得ることだ、と孫文（スン・ウェン）は思った。自分を殺しに来た相手を懐（ふところ）に入れて話を聞く、頭山満はそういうことをやりかねない。

「おや孫（そん）君」むずかしい顔で腕組みをしていた頭山が、急に顔を上げて大声を出した。「これは気づかずに大変失敬した。何しろ年寄りがない知恵を絞っていたものでな――」

　頭山の声が、遅れてやってきた孫文（スン・ウェン）たちの張り詰めた空気を解いた。そして孫文（スン・ウェン）は、頭山の背後に立っている李烈鈞（リー・リエジュン）と、神戸に駆けつけてくれたなつかしい山田純三郎の姿を、ようやく認識した。李（リー）は今回の天津（ティエンジン）行きの同行者で、純三郎のほうはかつて孫文（スン・ウェン）の秘書を務めた男であり、彼の兄良政（よしまさ）は、中国革命に協力して命を落とした最初の日本人の同志だった。

「頭山先生、おひさしぶりです」やっと孫文（スン・ウェン）は口を開き、戴季陶（ダイ・ジータオ）が通訳した。「ところでこちらは――」

孫文（スン・ウェン）は云いながら考えた。李（リー）と純三郎、彼らがだまっているということは、あの男は刺客ではないのか？

「ご安心なさい」頭山は孫文（スン・ウェン）の思いを察して笑った。「この客人は清帝国の残党ではない。遠路はるばるメキシコから、孫君、あなたに会いに来たのです」

――メキシコ？――孫文（スン・ウェン）は眉をひそめた。華僑に資金援助を求めるためにハワイや北アメリカを演説して回ったことはあるが、メキシコには行っていない。

立ち上がった未知のふたりの来客が話すのは、スペイン語なまりの英語だった。英語であれば、孫文（スン・ウェン）に通訳は必要なかった。

「孫逸仙博士（ドクター・スン・ヤットセン）、突然お邪魔した無礼をお許しください」孫文（スン・ウェン）を凍りつかせた髪型の男が云った。「私の名はテコロトルと申します。わが民族の言葉で梟（ふくろう）を意味するのですが、外国の方には少々長いようです。どうぞ〈テコ〉とお呼びください」

テコの広い額、平らな頬骨、ひとえ瞼の切れ長の目、中国人といっても通じる相貌を孫文（スン・ウェン）は見つめた。

テコにつづいてひと目で聖職者だとわかる漆黒のキャソックをまとった白人が、わずかに緑がかった青い瞳を孫文（スン・ウェン）に向けた。「イエズス会のシプリアノ・メンディエタと申します。スペインの生まれですが、メキシコで長く布教活動をしております。こちらのテコとともに旅をして、ここに参りました。博士（ドクター）、お会いできて光栄です」

ふたりと握手を交わした孫文（スン・ウェン）は落ち着きを取り戻して、テコと名乗った男に訊いた。「あなたは、『わが民族の言葉』とおっしゃいました。すると、あなたは――」

「ええ」とテコは答えた。「西洋人にインディオと呼ばれる、アステカ王国に暮らした民族の末裔でございます」

ハワイも、北アメリカもそうだった、と孫文は思った。世界には西洋人に破壊された先住民の文化がいくつもある。孫文はアステカ王国について、亡命中のロンドンで通いつめた大英博物館の図書閲覧室――日本人の南方熊楠と友人になった場所――で資料を読み、おおまかな歴史を頭に入れていた。

日本を端緒にして、アジア人が西洋帝国主義に抵抗を開始するはるか以前、まさにその西洋帝国主義によって滅亡させられたのがアステカだった。スペイン人がアステカを滅ぼしたのは一五二一年で、もう四百年がすぎている。現代メキシコではすでに革命が起き、先住民の叡智はほとんど失われてしまったものの、いまでは独立した共和国になっているはずだった。そのメキシコ人――アステカ人というべきか――が、いったい私にどんな用事があるというのだろう？

「問題は、この遊戯だよ」

そう云う頭山の目線を追って、孫文ははじめて円卓の上を見た。清潔な布の敷かれた平面の上に置いてあるのは、紅茶の入った陶製のポットでも、果物を盛った銀製の皿でもなく、正方形をした木製の盤だった。象棋の盤よりずっと大きく、表面に十字架が彫られているのかと孫文は思ったが、それはキリスト教とは関係のない、図形としての十字だった。十字の四つの端は丸みを帯び、内側はいくつもの升目で区切られている。十字は盤の四辺と平行ではなく、斜めに傾けて彫ってあった。ちょうど孫文から見ると、アルファベットのXを目にしているような具合だった。

椅子に坐りながら、孫文は誰にともなく云った。「これは何ですか」

「パトリです」とテコは云って、白い点の印をつけた四つのカカオ豆を孫文（スン・ウェン）の前に置いた。

「アステカに伝わっていた盤上遊戯（ボードゲーム）で、人々はときとしてこの遊戯に、負ければ相手が自分を奴隷にできるという権利や、さらには自分の命までを賭けました」

「命を？」孫文（スン・ウェン）は目の前のカカオ豆を手に取った。同じものは、頭山とメンディエタ神父、そしてテコの前にも置かれていた。「この遊戯は、どのように対戦するのですか」

「それが、まったくわからないのです」テコはそう云って、世界的に名の知れ渡った中国人革命家を見つめ、だまりこんだ。

沈黙するテコにかわって、メンディエタ神父が説明した。「四百年前、カトリックの神兵を自称するスペイン人征服者（コンキスタドール）がアステカの神殿を破壊し、民を殺し、金銀を略奪したのは、きっと博士（ドクター）もご存知でしょう。彼らのあるまじき暴虐に、私は聖職者のひとりとして大変心を痛めています。私にできることは、失われたアステカの伝承を少しでも掘り起こして、後世への記録に残すことだと思い、ささやかな活動をつづけてきました。そのなかでテコと出会ったのです。彼は学者でこそありませんが、消えたアステカの文明をたったひとりで、まるで考古学者のように研究していました。失われたものの数は膨大で、驚くばかりです。そのうちのひとつが、ここにあるパトリのルールなのです」

「ルールがわからないのですか」

「テコが話したように、手がかりはすべて消滅しています」とメンディエタ神父は云った。「残ったのは彼らの使った盤と、印のついたカカオ豆、あるいは同じように印のついた翡翠（ひすい）などの鉱石のみです」

孫文（スン・ウェン）はあらためて盤を眺めた。中国の象棋（シャンチー）、囲碁、麻雀ともまったく異なった意匠（デザイン）で、日本将棋ともちがう。

「十字の内側の升目ですが」とメンディエタ神父が云った。「これは一部の黒く塗られた箇所をどう認識するかによって、全体の数が異なってきます。考えられる数え方の可能性は、52、60、68のおもに三つです。西洋の遊戯学者には68だと主張する人物がいますが、私としては52ではないかと思います。お話しすれば長いのですが、52はアステカ人にとってだけではなく、ラテンアメリカのすべてのインディオにとって聖なる数字でしたから――」

孫文(スン・ウェン)はすばやく升目を数えた。神父の云った三通りの数え方はすぐにわかった。なかでも妙に印象に残るのは、すべての升目を52と数えるやりかただった。

「どうかね孫君、見たところ、双六(すごろく)に思えんか?」指でつまんだカカオ豆を、骰子(さいころ)のように軽く放った頭山が云った。「ふむ、しかし命まで賭けたとなると、この豆を振って駒を進めるだけのものとはかぎらんなあ」

「西洋の遊戯学者によれば」とメンディエタ神父は云った。「パトリの盤の形は、インドのパチーシという遊戯によく似ているそうです。おそらく、アジアのどこかからアステカに渡来したのではないか、という説があります。しかし、確たる証拠はどこにもありません。みなさんの暮らすアジアへの旅のなかで、何か手がかりがつかめないかと、私とテコはこうしてパトリを持ち運んでいるのです」

いつのまにか孫文(スン・ウェン)も、頭山と同じように腕組みをしていた。

神戸にやってきて、謎めいたアステカの遊戯と出くわすとは思わなかったが、その根底にある問題は、孫文(スン・ウェン)が直面しつづけている不合理と同じだった。西洋文明、帝国主義、弱肉強食、戦争の勝者が敗者の財産を略奪し、形あるものも、ないものも、自分たちの理解が及ばないものは残らず燃やしつくしてしまう暴力、それが眼前にあるルールの失われた盤上遊戯(ボードゲーム)に凝縮されている。

孫文(スン・ウェン)は革命運動を遂行する手紙や電報のなかで、いくつもの暗号を使ってきた。文字を数字に変換して数を足し、引き、あるいは図形に置き換えてアルファベットに当てはめたりする。手順に沿った暗号解読は日々の生活とともにあり、謎解きは彼の性に合っていた。

パトリの升目の総数は52と数えるのではないか——直感でそう仮定したうえで、十字の傾斜している角度に興味を惹かれた。なぜこの角度に、意図的に傾けてあるのか？

「この十字の傾きなのですが」と孫文(スン・ウェン)は云った。「一見すると直角の半分——45度に見えますが、わずかながら少しきついようだ。私の側から見ると、さしずめ50度といったところでしょうか」

「驚きました」メンディエタ神父は目を見開いた。「おっしゃる通り、パトリの十字は50度傾いています」

「目視で云い当てたのは、博士(ドクター)、あなただけです」謎めいた沈黙を破ったテコが微笑んだ。

「この角度について、何か思うところはありますか？」

訊かれた孫文(スン・ウェン)は、腕組みをしたまま答えなかった。答えを口にできなかったというほうが、ふさわしかった。門外漢が気安く云うのはためらわれた。

50度という角度で、医者だった孫文(スン・ウェン)がすぐに思いつくのは、人間の首の真横への可動域だった。正面を向いたまま、耳を肩へと近づける。50度。それが限界だ。その角度を超えると、頸骨はへし折れ、人間は死に到る。じっさいに折れた首を見たこともある。そんな解剖学の知識をひさしぶりに呼び覚ましているうち、盤に彫られた十字の四つの端に、生死の境を見守る四つの髑髏が、ぼんやりと浮かんできた。

髑髏なのか、と孫文（スン・ウェン）は思った。この遊戯における十字は、四つの首を、四つの髑髏を象徴しているのだ。だが、門外漢の私に、どうしてこんなことまでわかるのだろう？

円卓に敷かれた布（クロス）が、白くかがやきだした。かと思うと、それは朝靄（あさもや）のようにふわふわとゆらぎはじめ、しだいに室内が明るくなり、正面に相対している頭山の顔、その背後に立っている李烈鈞（リー・リエジュン）の顔、山田純三郎の顔が、光にかき消されていった。孫文（スン・ウェン）はまぶしさに目を閉じて、ふたたび薄目を開けた……


……一九二四年……十一月二十五日……神戸オリエンタルホテル、三階、65号室……

……そこにいる者は、いつの間にか孫文（スン・ウェン）とアステカ人のテコのふたりだけになっていた……彼らのあいだに、パトリの盤が変わらずに置いてあった……

「感服いたしました」とテコが胸に手を当てて一礼した。「よもやあなたがこんなにもたやすく、ここにやってこられるとは——さすがにアジア人の未来を背負っておられる方だけはあります」

孫文（スン・ウェン）は部屋を見回した。頭山も、メンディエタ神父も、戴（ダイ）も、李（リー）も、純三郎も、警護係も消え失せていた。

しかし、人間が消えるはずはない。

「私は迷信を信じない者ですが」と孫文（スン・ウェン）は云った。「中国や日本で呪術師を名乗る人々とずいぶん会ってきました。困ったことに、向こうから訪ねてくるのです。大半は偽物ですが、なかには本当に相手を催眠にかける人もいましたよ。さて、これはそういった類いの術ですかな？」

「パトリです」とテコは云った。「ここがパトリの遊戯をおこなうところです。ここからはじまります」

「ここから？　ですがパトリのルールは、まったくわからないとおっしゃいましたね？」

「もう一度正しくお伝えしましょう。ここはアステカ人にとっての、聖なる空間への扉に相当する場所なのです。メンディエタ神父も知らないことですが、私には、ここまでならわかっているのです。そしてこの先はわかりません。いずれにしろ博士、あなたはパトリの入口にやってこられたのです」

「――入口？――」

「アステカ人にとってのパトリとは、生死の境界をつかさどる神々の空間に身を置き、祭壇の生けにえとなった髑髏に四つの方位から見守られながら、おのれの未来を賭ける遊戯でした。十字の角度は博士が直感されたように首の真横への可動域の限界に等しく、生と死のはざまを表し、十字の内側のマスの総数52は世界の終わりを示します。アステカでは五十二年周期で世界が滅び、つぎの世界が開始されるか否かは、神々でさえも知りません。パトリとは、そういう最終的な空間に立つためのシステムです。博士、あなたはその入口にいるのです」

「――何を、おっしゃっているのです？――」麻痺していた恐怖の感覚が、孫文の内側にやっと顔をのぞかせた。このアステカ人は何を云っているのか。何が目的なのか。自分が神戸に来ることは世界中のあらゆる新聞が書き立てた。だから、この男が知っていても不思議はない。問題は訪問の真意だ。「いったいあなたは、何のために私を訪ねてきたのですか？　遊戯のルールを語り合うためだけに、わざわざこのホテルに来たというのですか？」

「もちろん、ちがいます」

「では――」孫文の顔がいっそう曇った。「どういう用件なのですか?」

「博士、あなたは大変お忙しい人だ」テコの口調が変わった。「中国の未来を憂えて革命に身を捧げ、心の休まるときがない。あなたには時間がなく、私の話に耳を傾けてもらえるかどうかすらわからなかった。あなたはこれから頭山先生と話す。中国が列強諸国に押しつけられている不平等条約について、日本がまずこれを率先して撤廃するべきだと訴える。だから、招かれざる客、部外者のわれわれは、退席しなくてはならない。残り時間は一分ほどだ。だが、パトリに招かれたこの空間であれば、私があなたに用件を伝えるのにじゅうぶんな余裕がある。あなたが中国の未来を憂えていると同様に、私もまた、メキシコの未来を憂えてここへやってきたのだ」

「……メキシコの未来……それは私の仕事と関わりがあるのですか」

「あるさ」とテコは云った。その顔からは表情が消え、まるで体温のない古代の石像のように見えた。「中国とメキシコの問題だ。放っておけば想像を絶した悪夢がどこまでも広がるだろう。博士、あなたはかつて演説でこう云った。『文明には善果があれば悪果もあり、善果を取って悪果を避けるべきなのです』、と。その避けるべき悪果とは、これだよ」

テコが云うのと同時に、パトリの十字の上に花が咲いた。孫文の鼻腔にほのかな香りが漂ってきた。日本へ来る途上の甲板で、悪魔と話した直後に嗅いだ匂いと同じだった。

芥子の花、ラテン名パパベル・ソムニフェルム――その蒴果が未熟なうちに傷をつけ、分泌する乳液がゴム状に凝固したところをかき集め、低温で加熱し乾燥させる。すると、麻薬が生みだされる。

テコの声が聞こえた。**「博士（ドクター）、私はアステカの民だけではなく、白人の来る前からメキシコの地で生きてきた、すべての民族の現状を調べている。彼らに大きな危機をもたらすものが、たったいまあなたがご覧になっている花だ。理由はおわかりだろう」**

「――アヘンか――」

アヘンの怖ろしさは、孫文（スン・ウェン）にとって説明を要しないものだった。いかなる痛みも消し去る強烈な陶酔作用と引き換えに、中毒者は神経中枢を破壊され、やがて廃人となる。

芥子の花と重なり合って、パトリの盤上に映像が浮かび上がり、めまぐるしい光が孫文（スン・ウェン）のなかに流れこんでくる。孫文（スン・ウェン）は衝撃とともに、ただ眺め、ただ眺め――

＊

暗がりのなかで目を覚まし、私は自分が閉じこめられていると感じる。ここは、ロンドンなのだろうか？　かつてイギリスに亡命中だった私は、清帝国の大使館の謀略によって拉致され、監禁された。事件は新聞で書き立てられ、結果として私の知名度を押し上げてくれた。私は、まだ、あのロンドンにいるのか。いまだに？　そうであるのなら、逃げなくては。中国の未来、アジアの未来のために。逃げなくては――

元気そうで何よりだ。頭山満の声がする。**お元気そうでよかったです。**山田純三郎の声がする。どうして彼らの声が聞こえるのか？　ロンドンに二人はいないのだ。あるいは、私は、だまされているのか。すべては**亡霊**の戯言にすぎず、何もかもは**悪魔**の計らいにすぎず――

ベッドの上で跳ね起きると、私の目の前に妻の顔がある。心配そうに私をのぞきこんでいる。私は妻の眼球を見つめ返す。妻の虹彩を、妻の瞳孔を見つめ返す。妻はまばたきをする。その一瞬がとてもゆったりとしたものに感じられ、私はふたたび睡魔に襲われる。眠りの淵に吸いこまれそうになり——だが突然、真っ白な光に照らされて、私は覚醒へと引きずりだされ、あまりのまばゆさに掌（てのひら）を顔の前に持ってきて光をさえぎろうとする。

私は指と指の隙間から、カーテンを開け放った妻の後ろ姿を眺める。宋慶齢（ソン・チンリン）の背中を。

朝の光に慣れながら、私は自分のいる部屋を見回す。ホテルの一室、神戸オリエンタルホテル——私は日本にいる。私はびっしょりとかいた汗の不快さに気づく。

シャワーを浴びるために浴衣を脱いだ私は、それをていねいに畳む。帯もだ。いつもこうしている。洗濯かごに乱暴に放ったりなどしない。私は日本の浴衣を気に入っていて、自分でいくつも持っている。亡命中に親しくなったもののひとつだ。休むときには、きまってこれを着る。船室でも、外国の客室でも。

シャワーを浴び終えた私は、髭を剃りはじめ、そして洗面台から妻に届くような声でたずねる。「こう忙しいと、ものを忘れるね。頭山先生とお会いしたのは、いつだったかな？」

「三日前ですよ」と妻は答える。

私は髭を剃りながら、鏡の前で息を呑む。時間の経過に驚くばかりだ。あれから三日も経ったなどとは。私はもっと短い時間のなかにいる。短く、鉱物の結晶のように凝縮された時間のなかを歩いている。

「さて」私は洗面台に剃刀を置き、タオルで顔を拭き、それから訊く。「今日の予定は何だったかな？」

妻の笑う声が聞こえる。「よい講演になるのを願ってますわ」

私はもう一度、タオルで顔を拭く。それから鏡を見る。この部屋にいるはずのないテコの褐色の顔が映っている。彼は何かを語ろうとして口を動かす。まるで声は聞こえない。私は耳を澄ます。鏡を見つめる。テコの顔面の皮が剝がれ落ち、筋肉の繊維がみるみるうちに溶けだして、眼窩、鼻腔、歯列がむきだしになった髑髏と化す。その髑髏の横に別の髑髏が現れ、右に、左に、上に、下に、壁から壁、天井から床まで、髑髏は整然と並び、積み重なり、新たなひとつの壁となる。船上で見た、あの悪魔が鏡に映っている。

*

神戸商業会議所会頭(かいとう)、滝川儀作(たきがわぎさく)の熱心な要請を受けた孫文(スン・ウェン)は、日本人のために講演をおこなう予定になっていた。会場に選ばれたのは神戸高等女学校の講堂で、講演会の噂を聞きつけた人々の問い合わせが商業会議所に殺到し、数日のあいだ事務所の電話は鳴り止まなかった。

一九二四年十一月二十八日、ホテルの車寄せに停まったハイヤーに宋慶齢(ソン・チンリン)、戴季陶(ダイ・ジータオ)、警護係の男とともに乗りこんだ孫文(スン・ウェン)が脇に抱える鞄には、頭山満とも時間をかけて語り合った「**大アジア主義**」の講演原稿が収められていた。その講演は、孫文(スン・ウェン)にとって勝算のとぼしい賭けであり、そしておそらくは――少なくとも本人はそう確信していた――日本では最後となるはずの講演だった。獣が血の匂いに惹かれるように、帝国主義の道へと傾いてゆく日本――大日本帝国の人々に向けて、この国が二十年前にロシアと戦争となり、劇的な勝利を収めた事実が、西欧列強に支配されたアジアの諸国民にどれほどの勇気を与え、独立国家への希望をもたらしたかについて語り、日本人の有能さを称賛し、この国に眠る善なる精神を鼓舞した上で、あらゆる民族の自立が許される理想的な**大アジア**を牽引する、西洋の覇道ではなく、東洋の王道を中国とともに実現させる、そんな一縷（いちる）の望みを訴えかけるものだった。

神戸高等女学校の講堂には二千席が用意されたが、開場後まもなく、すべての席が埋まった。入りきれなかった聴衆は、せめて革命家の声だけでも聞こうと通路にあふれ、とうとう身動きできなくなり、急遽、雨天体操場が第二会場として開放された。

その第二会場を、たちまち千人の聴衆が埋めつくした。ひしめき合う人々の熱気、期待のざわめきが、日本での孫文（スン・ウェン）の人気を雄弁に物語った。その光景は、革命政府と一定の距離を取る日本政府には好ましいものではなかったが、講演を中止させることはできなかった。今後の情勢によっては、孫文（スン・ウェン）が新たな中国の指導者に返り咲く可能性もあるのだ。

控室で談笑していた孫文（スン・ウェン）は、「お時間です」と呼ばれると、コップに注がれた水を半分だけ飲み、薄暗い物置きとなった講堂の裏を通って、壇上に姿を現した。

中国服に身を包んだ孫文（スン・ウェン）に向かって、日本語の歓声が投げかけられた。それに応えて孫文（スン・ウェン）が左手を挙げると、声と拍手がさらに増して、壁にぶつかった音がふくれ上がり、豪雨のように鳴り響いた。主役の登場にやや遅れて、通訳の戴季陶（ダイ・ジータオ）が壇上に上がってきた。

孫文（スン・ウェン）は演壇に原稿を置き、一メートルほど下がったところに立つ戴季陶（ダイ・ジータオ）のほうを振り向いて、意味ありげな目配せをした。戴季陶（ダイ・ジータオ）にはその意図がわからなかったが、これからはじまる講演を通訳するに当たって、杞憂に思うところもなかった。彼は原稿を一字一句暗記していた。たとえ途中で孫文（スン・ウェン）が倒れたとしても、ひとりで講演をつづけることさえできた。戴季陶（ダイ・ジータオ）は三つ揃いの背広を着て、まるで昔の孫文（スン・ウェン）のようだった。服装だけではなく、口髭をたくわえた顔つきも、若いころの孫文（スン・ウェン）の面影に似ていた。

孫文（スン・ウェン）が聴衆を見渡すと、急に静かになった。孫文（スン・ウェン）もまた頭山満に似て、わずかな身振りで人々の耳目を集めることを得意にしていた。それができなければ、集団を率いることはできず、革命家など務まらなかった。クラシック音楽の指揮者と同じように、指の動き一つで、ざわめきを静寂に変える。

「日本のみなさん」と孫文（スン・ウェン）は云った。「このごろ私は、年老いたせいか、自分が何者かであるかについて、よく考えます。私には孫文（スン・ウェン）という名――日本のみなさんは孫文（そんぶん）と呼びますね――がありますが、私は中国では孫中山（スン・ヂョンシャン）と呼ばれ、西洋では孫逸仙博士（ドクター・スン・ヤットセン）と呼ばれ、そして以前、亡命中の日本では、中山樵（なかやましょう）という偽名を使いました。云うまでもなく、樵とは、木こりという意味の言葉です。私は医者や革命家にならなかったら、木こりになりたかったのですよ」

孫文（スン・ウェン）を一心に見つめる日本人の聴衆の前で、戴季陶（ダイ・ジータオ）は驚きを隠せなかった。何が起こっているのか、さっぱり理解できなかった。孫文（スン・ウェン）の言葉は、綿密に効果を計算しつくされた原稿の冒頭とは、まるでちがっていた。「大アジア主義」演説の冒頭は、原稿ではこのようにしてはじまっている。

――諸君。本日このように熱烈な歓迎を諸君から受け、私はじつに感激の至りであります。本日はみなさんがひとつの問題を定め、私を招いて講演するようにとのことですが、その問題とは大アジア主義というものです――

戴季陶（ダイ・ジータオ）は、思わず自分が、前日に破棄された古い原稿を誤って暗記したのかと疑った。だが、そんなはずはなかった。つい先ほど控室で見たばかりなのだ。あれは確かに、私の知る「大アジア主義」の原稿だったではないか……

困惑する戴季陶（ダイ・ジータオ）は、ふたたび自分を振り返った孫文（スン・ウェン）が、微笑みながら演壇の原稿を指差して、うなずいているのに気がついた。革命家はわずかな身振りで人々に意図を伝える。戴季陶（ダイ・ジータオ）は、たったそれだけの仕草ですべてを呑みこんだ。それでも、なぜそんなことをするのか、やはりわけがわからなかった。しかし、孫文（スン・ウェン）が「そうしろ」と云っているのだ。原稿通りに日本語に通訳して伝えろ、と。どういうことなのか？

戴季陶（ダイ・ジータオ）に猶予の刻（とき）はなかった。通訳はたとえ数秒であれ、無意味に黙しているわけにはゆかない。ついに彼は、日本語で云った。原稿通りに、予定された「大アジア主義」講演の通りに。

「諸君。本日このように熱烈な歓迎を諸君から受け、私はじつに感激の至りであります。本日はみなさんがひとつの問題を定め、私を招いて講演するようにとのことですが、その問題とは大アジア主義というものです」

日本人の喝采を耳にすると、孫文（スン・ウェン）は満足そうに話をつづけた。

「自分が何者であるかについて考えるとき、私はみずからの選んだ革命家という道についても考えるのですよ。つまり、革命家とは職業なのかどうか、という問題に関してです。医者は患者を治したのちも医者です。木こりは木を切り倒したのちも木こりです。では革命家の場合はどうなのでしょう？　革命を成し遂げたのち、その革命家は、あるときには新政府の要職に就くでしょう。あるときには民衆の暮らしを見守りながら、慎ましい納税者のひとりに戻るでしょう。そうです。これでおわかりのように、革命を成し遂げてしまえば、革命家は消えてしまうのです。課された仕事を、目的を達すれば雲散霧消するものが、はたして〈職業〉と呼べるのでしょうか?」

孫文（スン・ウェン）の言葉が途切れると、戴季陶（ダイ・ジータオ）は原稿通りに言った。

「われわれがこの問題について語るならば、わがアジアとはどのような地域であるかを、まずはっきりと見定めねばなりません。私が思うに、わがアジアとは最古の文化の発祥地であり、数千年前にわれわれアジア人はすでに高い文化を持っていました。ヨーロッパ最古の国家、例えばギリシャやローマといった古い国々の文化ですら、みんなアジアから伝わっていったのです」

孫文（スン・ウェン）は額を流れ落ちる汗をぬぐいもせずに話しつづけ、通訳の戴季陶（ダイ・ジータオ）は、その何倍もの汗をかいていた。悪夢のなかにいるようだった。いまにも深い谷底へと落ちてゆきそうな、ちぎれかけた縄の橋を渡っている思いだった。本人の語る中国語とまったく異なる内容を、日本語に訳しているのだ。

会場で講演を聞いている華僑や洪門（ホンメン）の会員たちも、異様な事態に大きく動揺していた。彼らはふたつの国の言語を理解し、はじめこそ孫文（スン・ウェン）と戴季陶（ダイ・ジータオ）の仕掛けた一流のユーモアなのかと思って苦笑していたが、それにしては度がすぎていた。そして追いつめられた戴季陶（ダイ・ジータオ）の表情を見るにつけ、得体の知れないことが起きているとしか思えなくなった。戴季陶（ダイ・ジータオ）は何をやっている? **このままでは講演がふたつに分裂してしまう。**音もなく迫ってくる岩礁を、ただ船の上から眺めている思いで、華僑や洪門（ホンメン）の会員たちはたがいに不安な視線を送り合った。

孫文（スン・ウェン）の弁と戴季陶（ダイ・ジータオ）の訳が似ても似つかない。そんな演説がいまだかつてあっただろうか?

「ギリシャやローマといった古い国々――と、いま私は申し上げました」

よりによって孫文（スン・ウェン）は、戴季陶（ダイ・ジータオ）だけが日本語で語っている「大アジア主義」講演の言葉を拾い上げて聴衆に語りかけた。それはたしかに、孫文（スン・ウェン）の云うように、彼自身の言葉だった。彼が語るはずの言葉だった。

「ギリシャやローマ、そうした古い国々のそばに地中海が広がっていました」と孫文（スン・ウェン）は云った。「その地中海沿岸に咲く花があります。花の名前は芥子です。その花のことを、今日はみなさんにお話ししたいと思います。私と同志が打ち倒した清帝国、圧政者である満州族の支配がはじまり四十年ほど経ったころの中国に、さらに強く、獰猛な者どもが、西洋からやってきました。それは大英帝国の艦隊でした。イギリス人は地中海に咲く花、芥子の実から、麻薬が採れることを熟知していました。それがアヘンです。彼らは花の種をインドに運び、インドで育て、東インド会社という自分たちの作った企業によって、アヘンの専売権を取得しました。彼らのほかには、何人（なんぴと）たりともアヘンを売ることができなかったのです。

イギリス人はインドで採れたアヘンを、ひたすら中国人に売りつけました。瞬く間にアヘンは清帝国全土に広がり、地中の蟻の巣のように、各県に無数のアヘン窟が作られ、中毒者はそこで煙を吸引し、骨と皮ばかりになり、ある者は発狂し、ある者は歩く幽鬼と化して、ほどなく死んでいきました。男も、女も、老人も、若者も、死体となって積み重なり、髑髏の山となって忘れられ、こうしてイギリス人は莫大な利益を上げ、祝杯を上げ、中国の市場規模は最高だと大騒ぎしたのです。彼らはどんどんアヘンを売りつけました。その数は増加の一途をたどり、千箱から五千箱、一万箱から一万五千箱……」

孫文（スン・ウェン）はにこやかに聴衆を見渡した。右から左へ。左から右へ。

「中国を支配していた満州族も、このままでは麻薬中毒者があふれて、国が滅びかねないと不安になりました。彼らはアヘンの使用を禁じ、大英帝国にたいしてアヘンの販売中止を求めましたが、欲望の歯車は、簡単には止まりません。広大な市場があり、需要があり、莫大な利益が目の前にあるのです。金、銀、あらゆる貴重な財宝がアヘンと引き換えに手に入ります。禁止令ののちも、イギリス人はアヘンを運んできました。国家規模でおこなわれた世界で最初の**麻薬密輸**でした。やがて大英帝国と清帝国は、アヘン売買をめぐってついに戦争に突入します。

一八四〇年、私の生まれる二十六年前、アヘン戦争……

戦争は多くの中国人の犠牲者を出し、大英帝国の勝利で終わりました。旧態依然として過去の栄華にすがる清帝国が、最新兵器を駆使する西洋人に勝てる道理がありません。一八四二年、清帝国は戦争を終結させるために南京条約を結びました。そして**香港**の統治権が、生けにえとしてイギリス人に差しだされました。私の生まれる二十四年前、清帝国はすでに滅びゆく運命にありました……

みなさん。私は香山県(シァンシャンシィエン)の翠亨村(ツイホンツン)という農村に生まれ育ちましたので、中国の労働者たちの姿をよく知っています。目を閉じれば何十人でも、何百人でも、つぎつぎと浮かんできます。そして私が心を痛めるのは、村ではなく港の光景です。香港から、広州(グァンヂョウ)から、厦門(シァメン)から、荷物らしいものをほとんど持たない農村出身の労働者たちが、戦地におもむく兵士のように汽船に詰めこまれていきました。

あの哀れな貧しい労働者たち……彼らが乗った汽船は、はたしてどこへ向かったのでしょうか？

かの地では、みなさんにとって近しい方も、あるいは移民となってご苦労されているかもしれません。そうです。ここ神戸のはるか彼方、太平洋の先にあるアメリカ合衆国が、汽船の目的地だったのです。

　国土を二分した南北戦争終結後、北軍の勝利によって黒人奴隷売買を禁じられたこの新興国家は、新たな労働力を探していました。

　それは、ゴールドラッシュのための労働力です。金（きん）を採掘する鉱夫はどれだけいても足りませんでした。アメリカの白人は、インド人と中国人に目をつけて、彼らを船で連れてきました。奴隷の代役として買い叩かれた彼らは、**苦力**（クーリー）と呼ばれました。その呼び名を、みなさんもお聞きになったことがあるでしょう。苦力（クーリー）とは、中国人労働者のみを指すものではなかったのですが、彼らの利便さから、いつしかアメリカでは中国人労働者の代名詞となりました。

　やがてゴールドラッシュが下火になり、アメリカ人の資本家はこう考えました。つぎの事業は何か、富を生みだす歯車は何か……その答えは鉄道でした。合衆国を横断する鉄道を敷設することが、巨万の富をもたらすのです。

　そのための苛酷な労働に耐えられる者は、黒人奴隷が堂々と使えなくなった今、中国人しかいませんでした。誰よりも屈強で、仲間意識が強く、根を上げないのです。アメリカ人の資本家は叫びました。あいつらだ、あいつらを安く使え、ゴールドラッシュのころのように働かせろ、鉄道を敷かせろ、中国人の苦力（クーリー）に……

　セントラル・パシフィック鉄道は、ほとんど苦力（クーリー）が造ったようなものです。事情もよくわからずに安い金で買われた男たち、漢族の男たち、彼らは灼熱の大地に線路を敷きながら、ひとり、またひとりと倒れてゆきました。清帝国は彼らを見捨てました。彼らが関帝（グァンディー）の神像や道教のさまざまな神々に祈っても、救いはやってきませんでした。哀れな苦力（クーリー）たち、一万人を超える彼らは、白人にののしられながら、白人のために線路を敷いたのです。故郷に帰る術のない中国人の犠牲によって、一八六九年にセントラル・パシフィック鉄道は完成しました。すると白人はこう云いました。中国人（チャイニーズ）は国に帰れ（ゴー・ホーム）……」

「――日本人がロシア人に勝利したのは、最近数百年ではアジア民族のヨーロッパ人にたいする最初の勝利であり、この戦争の影響はすぐ全アジアに伝わり、アジアの全民族は狂喜して、きわめて大きな希望が生まれました――」

脂汗を垂らしながら、孫文（スン・ウェン）の言葉とはまるで無関係に、戴季陶（ダイ・ジータオ）は暗記した原稿の「大アジア主義」演説を通訳しつづけた。ふたつに引き裂かれた講演は、もはや引き返せないところまで来ていた。あまりの息苦しさに彼はネクタイをゆるめた。そして喝采を送ってくる聴衆の背後、女学校の講堂の大きな壁に、奇妙な灰色の染みが浮き上がってくるのを目にした。光の加減かと思ったが、そうではなかった。

聴衆を見渡す孫文（スン・ウェン）の頰に紅みが差し、語気に力がこもった。

「アメリカ合衆国の南の国境を越えたところに、メキシコ連邦共和国があります。その地でも、中国人の苦力（クーリー）は鉄道敷設のために、苛酷な労働を強いられていました。彼らに財産はなく、帰るべき故郷もなく、アメリカ合衆国で豊かな生活を夢見ていた同胞の現状にも、絶望しか感じ取れませんでした。

……そんななか、ひとりの苦力（クーリー）が、手にした種（たね）を見つめていました。清帝国を去るときに持ってきた芥子の種……苦力（クーリー）は、それがどれほどの利益を生むのかを知っていました。イギリス人の商売を見たからです。イギリス人は国を挙げて戦争をしてまで、芥子から採れる麻薬を売ろうとしたのです。それほどに価値があり、まさに黄金に等しいのです。

奴隷並みの存在にすぎなかった苦力は、メキシコの東、失われた祖国をはるかに望む太平洋沿岸の**シナロア州**で、ひそかに芥子を育てはじめました。気候は植物に最適で、ほどなくして花が咲き、苦力はイギリス人に教わったように、専用のナイフで蒴果に切り傷をつけ、ゴム状に固まっていく乳液を採取し、低温で乾燥させて、アヘンを作りました。苦力はできあがったアヘンを、アメリカ合衆国との国境近くまで運び、そこで売りました。質のよいアヘンの評判は、快楽を求めるアメリカ人たちのあいだですぐに広まり、飛ぶように、弾けるように、売れだしました。それは黄金であり、ひとたび火を灯せばたちまち夢の煙となりました。

苦力は陸路で、ときには船を使って、アヘンを売りさばきました。アヘンはカリフォルニア州に流れこみ、サンフランシスコの街で、ロサンゼルスの街で、中毒者の死と、彼らの払った貨幣と引き換えに、煙となって消えました。

生産が追いつかなくなった苦力は、同胞を呼びました。ゴールドラッシュの終焉と大陸横断鉄道の完成に見限られ、アメリカ合衆国から追いやられ、清帝国に見捨てられた男たち、彼らを呼び寄せて、彼らとともに畑をたがやし、芥子の花を咲かせました。

シナロアという地名を、みなさんは、おそらく今日はじめて耳にされたことでしょう。これはメキシコの先住民、カイタ族の言葉に由来します。シナロアの地に住むいくつかの民族は、メキシコにあったアステカ王国の強大さを前にして、山岳地帯でひっそりと暮らしてきました。とは云っても、彼らはアステカ王国の民ではなく、アステカ王国に支配されないほどの遊撃的な戦闘力を持ち、独自の文化すら持っていた狩猟民族でした。

アステカ王国がスペイン人の手によって滅んだのち、シナロアの先住民のあいだでもスペイン人との混血化が進み、誰もがカトリックの洗礼を受け、それでいてまともな教育を受ける機会はなく、貧しい日々を送っていました。彼らは忘れられた人々であり、近代化を遂げる首都メキシコシティから何の関心も持たれない民族の末裔です。そんな彼らの土地に、中国人の苦力（クーリー）が現れたのです。苦力（クーリー）は畑で何かの花を育て、それで驚くような金を手にしはじめます。魔法のように、中国人のもとに札束が降ってくるのです。中国人は最新型のアメリカ車を買い、家を増築し、また別の車を買い、別の家を建て……」

「――あるアメリカの学者が一冊の書物を著して、もっぱら有色人種の興隆を論じています。この書物の内容は、日本がロシアを打ち負かしたのは、黄色人種が白色人種を打ち負かしたことであり、将来この潮流が拡大すると、有色人種がみな連携して白人を困らせることになり、これは白人にとっては災厄なので、白人は予防措置を考えねばならないというものです――」

たったひとりで「大アジア主義」を語りつづける戴季陶（ダイ・ジータオ）は、会場で中国語を理解する者からののしられ、物を投げつけられるのを覚悟していたが、あり得ないことに、その瞬間はいつまで経っても訪れなかった。全員が孫文（スン・ウェン）の演説を熱心に聞いていた。聴衆の目は爛々（らんらん）と輝き、それはたんなる精神の集中を超えて、まるで熱に浮かされているかのようだった。話しながら、戴季陶（ダイ・ジータオ）は考えた。ここにいる同胞たちは、たったいま繰り広げられているふたつに引き裂かれたこの講演を、一種の政治的な暗号のように受け取っているのではないか？

暗号、しかし、いったい何の？――

講堂の壁に見えてきた灰色の染みが、少しずつ、何かの形を取りはじめた。それは戴季陶（ダイ・ジータオ）

もよく知っている形だった。広東（グァンドン）の処刑場、狗頭山（ゴウトウシャン）にいくつも転がっていた、絶望の刻まれたあの形、あの相貌――

講堂の壁が、**髑髏**で埋めつくされてゆく。**髑髏の壁**へと変わってゆく。戴季陶（ダイ・ジータオ）は目を見開いた。会場の四隅にいる警護係は背後の異様な現象に気づくことなく、こちらを見つめていた。

孫文（スン・ウェン）は額の汗を流れるにまかせていたが、喉の渇きを覚えたので、演壇に置かれたコップにちらと目を向けた。コップを満たした水のなかを、黒い霧のようなものがゆったりと渦巻いているのが見えた。それは遠目に眺める羽虫の大群に似ていた。どこからともなく甘い花の匂いが漂ってきて、孫文（スン・ウェン）はコップから目を逸らし、水を飲まずに話をつづけた。

「シナロア州に住むメキシコ人が、アジアの国からやってきた苦力（クーリー）の商売を見逃すはずはありません。中国人がイギリス人に学んだように、いずれメキシコ人は中国人から学び、その商売を奪い取り、利権を完全に掌握するでしょう。現に争いはすでに起きています。この争いが激化すれば、アヘンを売る側のメキシコ人にも、買う側のアメリカ人にも、止められなくなるでしょう。いまのうちに悪果を摘まなければ、未来は怖ろしいものになるでしょう。ですから、私は、何としても、この命のあるうちに中国革命を完成させなければなりません。そして私は、苦力（クーリー）となった彼らの帰るべき故国から、海の彼方に呼びかけます。芥子の畑がメキシコ人の手に渡る前に、悪果を捨てさせねばなりません」

「――われわれが大アジア主義を唱え、アジア民族の地位を回復するには、仁義、道徳を基礎として各地の民族を連合しさえすれば、アジアの全民族は大いに勢力を持つことになります

──」

拍手喝采。

戴季陶（ダイ・ジータオ）は日本人の聴衆を眺め、そのうちのひとりの顔から、むごたらしく皮が剝がれ落ちるのを目撃した。彼は息を吞んだ。隣りの者も、その隣りの者も、つぎつぎと、顔面の皮が剝がれ、さらには筋肉の繊維が溶けだして、眼窩、鼻腔、歯列がむきだしになり、髑髏と化していった。髑髏の群れは波打って、背後にそびえる壁へと吸いこまれた。右に、左に、上に、下に、天井から床まで、髑髏は整然と並び、積み重なり、ひとつの壁となってふくれ上がった。悪魔だ、と戴季陶（ダイ・ジータオ）は戦慄した。悪魔がこの場所にいるのだ。ここから逃げなくては。

「スペイン人のキリスト教徒が滅ぼしたアステカ王国の都（みやこ）テノチティトラン、現在のメキシコの首都メキシコシティには、のちに大神殿（テンプロ・マジョール）と呼ばれる巨大なピラミッドが建っていました。おかしな話ですが、私はなぜか自分の足でその大神殿（テンプロ・マジョール）を歩き回ったような気がしてなりません。ピラミッドは高く、頂上は平らになった台形で、大地に近い壁面は、何匹もの蛇の頭の彫刻で飾られていました。頂上までつづく階段は、生けにえの乾いた血で汚れていて、私はその階段をのぼり、新たな生けにえが捧げられる儀式を目にして、今度は温かな血で濡れたばかりの階段を降りてきた──そんな気がしてならないのです。跡形もなく破壊された大神殿（テンプロ・マジョール）の、その頂上にはふたつの神殿があり、いっぽうには戦争の神ウィツィロポチトリが、もういっぽうには雨の神トラロックが祀（まつ）られていました。向かって右側にあるウィツィロポチトリの神殿の下には、数千人もの生けにえの頭蓋骨で築かれた、**ツォンパントリ**と呼ばれる髑髏の壁がありました。その壁を見上げたスペイン人は、口々に『悪魔だ』と云いました。

みなさん、これから私がお話しすることは、髑髏の壁が教えてくれたものです。それは**未来**です。髑髏の壁は、私に向かってこう告げました。『孫文(スン・ウェン)――わが神ウィツィロポチトリにかわって、私はパトリの盤上に命を賭(と)した人間と話す。パトリで遊んだ死者の心臓はショチケツァルに捧げられ、髑髏は私の一部となる。孫文(スン・ウェン)――わが神ウィツィロポチトリは、みずからに生けにえの捧げられることのない戦争を好まない、アステカの水と砂と草の上を、古い神を忘れた者の血が流れていくことを望まれない、もしそれが起きるならば止(とど)めるべきなのだ、だから、おまえに伝えるのだ』、と。

これからお話しするのは、**未来**です。

みなさん、そう遠くないうちに二度目の世界大戦が勃発し、この日本も巻きこまれます。ここで私が託した〈大アジア主義〉への願いは、巧妙な帝国主義へとすり替えられ、日本はつぎつぎと悪手を打ち、あげくのはてに敗れるのです。数えきれないほどの人が死んでしまいます。死骸につぐ死骸、どこまで行っても廃墟と屍(しかばね)の山……日本は降伏後にアメリカに占領され、中国での利権をすべて手放し、そして中国では内戦が起こり、私の作った国民党が共産党との戦いに敗れ、台湾へと逃れ……

苦力(クーリー)が芥子の花を咲かせたメキシコでは、やはりメキシコ人が容赦ない攻撃によって、栽培事業を奪い取ります。人種差別の憎悪を抱いた彼らは、徹底的に中国人を弾圧し、略奪した畑で芥子の花を咲かせ、実にナイフを入れ、アヘンを精製し、アメリカ合衆国での市場を広げ、金を手に入れ、のちに**ヘロイン**の精製にも着手します。こうしてシナロア州は、麻薬売買の温床となり、その州にひとりの男児が産み落とされます。この男児は**ホアキン・グスマン**と名づけられるのです。ホアキンはすくすくと育ち、仲間にエル・チャポ、スペイン語で〈ちび〉という愛称を与えられるのですが、やがて大人になったエル・チャポは、コロンビア人が生産した**コカイン**をアメリカに密輸する犯罪に手を染めます。麻薬事業には競争相手がつきものですが、冷酷無比なエル・チャポは、敵であれば迷わず殺し、裏切り者は見せしめに手足を切断し、生きたまま土に埋め、彼は独占的に**コカイン**を売って、空前絶後の富を築き上げます。そうしてエル・チャポは、清帝国から芥子の種を持ってきた苦力（クーリー）の姿が消え去った**未来**のシナロアで、世界中の犯罪者の王と呼ばれる座にまでのぼり詰めるのです。

二度目の世界大戦が終わったのちも、そのメキシコの地で、新しい戦争が起こります。それはかつて清帝国と大英帝国、ふたつの国家間でおこなわれたアヘン戦争によく似ていますが、政府の関与しない市民版と呼ぶしかないものであり、しかも、より残虐な戦いです。人々はこれを**麻薬戦争**と呼びます。街角で売人の首が切られ、死骸が橋に吊るされ、子供たちの乗ったバスが銃撃戦に巻きこまれ、誰かの娘が死に、誰かの息子が死に、親が死に、友が死に、恋人が死に、警官、政治家、新聞記者が死に、こうして髑髏の山がメキシコに際限なく積み重なり、もうやめてくれ、と人々は叫び、どうしてこんなことになったと嘆き……」

偉大な革命家はそこまで熱弁を振るうと、目を閉じ、長い息を吐く。やがて彼は云う。「――諸君、帝国主義のあとに、資本主義の悪夢がやってくるのです。それと同時に、**麻薬密売人**（ナルコトラフィカンテ）の悪果が実り、残虐な花が咲くのです」

いつしか時計の針は、午後九時半を指している。聴衆の熱狂が、荒ぶる夜の海のように革命家の前に広がっている。「大アジア主義」を通訳し終えた戴季陶（ダイ・ジータオ）は、血の気をなくし、いまにも倒れそうな様子で震えている。聴衆の興奮を煽るようにして、革命家は右手のこぶしを高く突き上げる。革命家は指をにぎるとき、曲げた親指を内側に入れる癖があった。子供のころからずっとだ。

聴衆に応えていた革命家は、折り曲げた四本の指の内側に、自分の親指とは別の何かをにぎっている違和感に気づく。彼はさりげなく右手を降ろし、鳴りやまない拍手のなかで、怖るおそる指を開いてみる。その掌に、永遠にルールの失われた遊戯、パトリに用いられる印のついた四つのカカオ豆がある。革命家の胸に、ふとこんな言葉が浮かぶ。おこなうは易(やす)く、知るは難(かた)し。革命いまだ成らず――

革命家の指のあいだからカカオ豆がこぼれ落ち、床に当たって乾いた音を立てたとき、講堂の隅の扉を開けて、後ろ髪を結った男が外に出ていく。夢中で拍手を送る聴衆のなかで、男に気を留める者は誰もいない。

すべての目は、ひとりの革命家に注がれている。

*

満員になった講堂、そして第二会場の雨天体操場にも入りきれなかった人々は、高等女学校の正門の前で夜風にさらされて肩をすくめ、両手をこすり合わせながら、講演を終えた革命家が外に出てくるのを待っていた。

さまざまな立場の人間がいた。勤め人、学生、古書店主、肉体労働者、たとえ講演を聞けなくとも、誰もが革命家の姿をひと目見たいと願った。

そうした人々のなかに、大阪から訪れた若い眼科医がいた。開業医だった彼は、医院の扉に

〈本日休診〉の札を下げ、もちろん講演を聞く目的で神戸へやってきたが、耳に届いてきたのは漏れてくる拍手の音だけだった。眼科医は落胆し、舌打ちして、銀製の懐中時計の針をむなしく眺めた。

群衆に埋もれて革命家を待っているうちに、喉がひどく渇いてきた。眼科医は喉元をかきむしった。辛抱していたが、ついにこらえきれなくなり、正門の前を離れて歩きだした。眼科医は、高等女学校に来る途中に井戸があったのを覚えていた。

記憶をたどって歩いていくと、井戸は思ったよりも近かった。それは二十一年後の未来、一九四五年にアメリカ軍の神戸大空襲で吹き飛ばされる井戸だった。

わずかな月明かりに照らされた井戸には先客がいた。伸ばした後ろ髪を結った男が下を向いて水を汲み上げ、喉をうるおしていた。

眼科医は立ち止まり、井戸が空くのを待った。やがて水を飲み終えた先客が顔を上げ、眼科医のほうを向いた。男の顔は酸で皮膚を溶かされたような、むごたらしい髑髏だった。夜よりも暗いふたつの穴が眼科医を見つめ、その首は奇妙な角度にねじ曲がっていた。眼科医は鋭い悲鳴を上げ、あとずさって倒れこみ、地面に腰を打ちつけた。仰向けになった彼の視界に映りこむ月までが、怖ろしい髑髏の形に見えた。

背後の高等女学校から、ひときわ大きな拍手の音が聞こえてくると、眼科医は死にものぐるいで体を起こし、月明かりのなかを逃げだした。喉の渇きなど忘れ、夢中で走った。走れば走るほど、通りは暗くなり、淋しくなり、不快な塵が顔に当たるようになって、風の吹きすさぶ砂漠に迷いこんだ気がした。方向の感覚を失い、時間の感覚を失った。割れんばかりの拍手は、遠ざかるどころか、どこまでも彼を追いかけてきた。

主要参考資料

『孫文革命文集』（深町英夫 編訳　岩波文庫）
『孫文（上）――武装蜂起』（陳舜臣　中公文庫）
『孫文（下）――辛亥への道』（陳舜臣　中公文庫）
『革命をプロデュースした日本人　評伝　梅屋庄吉』（小坂文乃　講談社）
『頭山満と玄洋社　大アジア　燃ゆるまなざし』（読売新聞西部本社編　海鳥社）
『メキシコ麻薬戦争　アメリカ大陸を引き裂く「犯罪者」たちの叛乱』（ヨアン・グリロ著　山本昭代訳　現代企画室）
国立公文書館アジア歴史資料センター（デジタルアーカイブ）
https://www.jacar.go.jp

最初の恋

上田岳弘

細長い体が跳ねて、その手から赤茶色のボールが放たれる。ボールは自分の意志を持って、重力を遊ぶように弧を描きながらすすむ。きれいな放物線の先には、赤く塗られた鉄の輪っか。そしてネット。その穴にボールが吸い込まれる。その時の、しゅっという心地のよい音。それからボールはまっすぐ下に落ち、体育館のフローリングを跳ねる。

ぽーん、ぽーん、ぽーん。

ボールが床に跳ねる音が体育館中に響いたのは、ボールを放ったシューターと僕の二人しかいなかったからだ。

跳ね返りの高さは徐々に低くなって、ぽっぽぽぽぽ、と続いて、最後にはゆるりと床をわずかに転がる。それをシューターは腰をかがめて取る。そして、またスリーポイントラインをしめす半円の外まで小走りで出て、そこからまたシュート。

なめらかな体と腕の動き、ボールの描くきれいな放物線、しゅっという心地いい音、ぽーんぽーんぽーん、ぽっぽぽぽぽ。その繰り返し。

中国は三度目だった。一度目は大学時代に上海に行き、二度目は北京。そして、今度の長春。最初の上海は完全にプライベートで——大学生だから当たり前だけど、他の二回は仕事での訪中だった。今回は韓国、中国、日本の建材メーカーが共同で製造・販売する予定の工程管理システムの開発が進行中で、そのすり合わせのためだった。三社で作るとはいっても、センサー部分の技術を持っている日本の会社が、「とりまとめ」の役割も負っていた。各国の社員を出し合って一か所に詰めでもさせない限り、ほとんどの作業は結局一社で推進することになるのはよくある話だ。今回の場合、とりまとめは日本のメーカーがやることになった。その日本のメーカーにしても、全ての工程を自社で賄えるわけではなく、ソフトウェア部分は外注していた。そして、それを下請けしたのが僕の会社だった。

もともと、この案件は僕の担当ではなかった。前任者が突然辞めてしまったため、僕にお鉢が回ってきたのだ。

「良かったじゃないか。うちにしては珍しく海外との案件だよ。そのうちに行けることになるかもしれませんよ」

部長は、いかにも上司らしい言いぶりに敬語を交えた話し方をする。僕がこの会社に転職してきてまだ三年で、社員同士で飲みに行く文化もないからそこまで部長に詳しいわけではないけれど、当初からこの話し方は変わらない。同僚の玉宮さんが言うには、以前はもう少し横柄で、典型的な体育会系の先輩みたいなノリで仕事していたそうだが、ある時部長の部下がうつ病になって退職してしまった。その件を境に、二つの車を無理やりくっつけたような、あべこべな態度をとるようになった、ということらしい。

「ポリコレ的な話だよ」と玉宮さんは言う。「あんたなんてまだいいよ、男だからさ。私なんて、呼び方が『あずさちゃん』から、『玉宮氏』に変わってさ。名前にちゃんづけもまじで気持ち悪かったけど、さすがに『氏』はないでしょ」

玉宮さんの推測によれば、部長は女性の部下をうつ病と退職に追い込んだことがトラウマになり、部下たちとの距離の取り方がわからなくなってしまった。特に女性相手には、性を感じさせない呼称を模索した果てにそうなったということらしい。

「満(みつる)くんはさ、部長になんて呼ばれてるの?」

「ふつうに、三村くん、ですけど」

「そりゃそうか、君が入社したの最近だもんね」

呼称変更に見舞われたのは、玉宮さんら女性だけじゃないのだろう。

――

事の発端は、韓国の企業がプロジェクトから抜けると言い出したことだった。抜けたければどうぞ、とすんなり認められないのが企業活動とクラブ活動との違いだ。いや、本当はそうでもなくて、当事者が抜けていってぐだぐだになる案件も多いのだけど。そういう場合は発生したフィーを授受して手打ちにすることが定石だ。けれど、今回は初の海外プロジェクトということで幹部連中が注視していたこともあって、頓挫(とんざ)させることは許されなかった。きっちりと納品まで持っていってから代金を回収すべし、との強い社命が下っている。そもそも、ここまでのフィーを完全に回収できるかも未定だった。前任者が締結した契約書の主体である甲は、うちの発注元である元請けの日本の企業だった。そして、契約に疑義が生じた場合を想定して、契約書にはこう書いてある。「四者協議の上に適切な処置をとる。乙（うちのことだ）への支払いが滞る際には、甲が他二者と協調しことにあたること」

なぜ、こんな契約になっているのか、さっぱりわからない。既に退職した前任者に電話しても出ない。判子がしっかり捺された契約書だけが残っている。それに甲、つまり元請けの日本企業は完全にやる気を失っている。

「これまで作っていただいた分の金額を払うよう社内調整しますよ」

それで十分でしょ？　と言外に含めた言い方だった。でもまあ、確かに落としどころとしては悪くないだろう。実際にかかった額よりも若干上乗せして請求し、こちらの社内にもお得な案件であったよね？　という合意を作って終わらせる。それでこの件は完了だろう。

僕は会社に戻ると、部長に一声かけてから、こういう調整は彼が苦手なことはわかっていたので、直接担当役員に説明した。思惑通りの合意を取り付けて、すでにしてしまった作業の見積もりを技術担当者に積算してもらい、迷惑料として二〇%ぐらい上乗せして請求することにして、稟議決裁を取る。そして、その作業の積算書と見積書をクリアファイルにいれて客先へと持っていく。

僕の名前を「満」にするのにこだわったのは祖父だった。もう十五年前に他界した祖父の印象はほとんどない。というか、印象を持たないようにしていた、と言った方が正しいかもしれない。祖父は早めの認知症を患っていて、自宅周辺をしょっちゅう徘徊していた。確か彼が認知症を患ったのは、五〇代のことで、今聞けば随分若いな、と感じるが子供の頃の僕には、五〇代も六〇代も七〇代も同じく老人で、自分とは全く違う時代を生きてきた人間に思えた。

祖母は諦めの境地にあったのか、祖父が徘徊するに任せていた。近所の人も慣れたもので、当初は徘徊している祖父を連れて帰って来ることがあったそうだが、やがてそれもしなくなった。ただ、明らかに家から遠くに離れると、「ほら、おじいちゃん」とまだしもな方向へと誘導するのが標準的な対処になっていた、と父から聞いたことがあるが、目撃したことはない。父の言うことは適当なのであてにはならないが、体が動かなくなるまでは事故にあうこともなかったのだから、ある程度は真実だったのかもしれない。

「もし、事故におうて死んだらそれが寿命」祖母はそう考えていたし、明言していた。「猫でも犬でも何でもそうだ？　自由にさせとったらええねん。どうせわけわかってへんねやし。縛り付けよる方がかわいそうや」

結局祖父は二十年に亘り徘徊を続け、体が動かなくなって、癌になって亡くなった。そんな祖父が世界に残した痕跡の一つが、僕の名前だった。

満の字は、満州から取っている、と聞いたのは父からだ。祖父は戦時中満州にいた。まだ認知症でもなく、働いていた時分に、父にその時の思い出を語ることがあったらしい。戦中には彼は中学生くらいだったはずだ。けれど、もう話すことができなくなっていた祖父から直接聞くでもなかったから情報は随分抜け落ちていたと思う。僕もそこまで熱心な聞き手ではなかった。僕は僕で自分の人生を成り立たせるために必死だったのだ。大げさに言えば。

ただ、印象的なエピソードを一つ覚えている。近所の歯科医の話だ。祖父の家族が住んでいた向かいには、小澤さんという歯科医が住んでいて、仲良くしていたそうだ。家の行き来も多少はあったらしい。小澤家の第三子は有名な指揮者の小澤征爾（せいじ）で、「征」の字は板垣征四郎から、「爾」の字は石原莞爾（かんじ）から取ったそうだ。もしかしたらそんなことも僕の名前をつけるにあたって、満州から「満」の字を持ってくるという祖父の拘りに影響を与えているのかもしれない、と、「小澤征爾」のwikipediaを見ながら思った。


僕が今いる長春は、かつて満州と呼ばれていたところだ。なんでも、長春市にはハイテク産業開発区があって、そこに例の三国プロジェクトの中国側の拠点の一つがあった。

しかしなぜ、日本側企業の下請けに過ぎなかった会社の一社員である僕が中国に渡ることになったのか？　その裏には多少複雑な事情がある。プロジェクトが頓挫しかかって、それを前提にしてそれまでにかかった費用を日本側の企業に払ってもらうことで、この件は終わるはずだった。その方向で日本側企業の担当者も調整をかけていたはずだった。出口の見えない、死に案件化しつつあったのは間違いないから、中国側企業も簡単に合意すると思っていた。

けれど、事情が違ったようだった。どうやら中国側はこのプロジェクトを中日韓中規模共同ビジネスのモデル事例として、政府支援を取り付けており、プロジェクトが成功しようがしまいが、収益を生むか生まないかも関係なく、とにかくやり遂げなければならない、と言い出したのだ。韓国側企業が離脱することも許容できない、と中国側企業は主張した。もしどうしても抜けるなら裁判沙汰にする、とまで言ったが、韓国側はするならすればよいという姿勢だった。もはや抜けるのは確定事項だし、これ以上人も費用も出せない。それで困ったのは日本側だった。日本側は東証二部に上場している歴史ある会社ではあるが、超一流企業というわけでもなく。これまで海外との商売をするにあたっても、商社に言われたことをやっているだけだった。直接の提携話は今回が初めてだった。実質的に失敗になるのはまだいいとして、訴訟なんかに巻き込まれるのは避けたかった。

そこで白羽の矢が立ったのが、うちの会社だった。うちから一人、韓国側企業への出向扱いにする。それによって、韓国側企業もプロジェクトに名目上は残っていることにする。実際にまる、というのが日本側企業の担当者の意見だった。見積もりを持っていって、さっさとこれでややこしい件は片付いたはずと思っていた僕は、思ってもいなかったそんな提案をされ、虚を衝かれた。しかし、既に相当練られた案であることが、その担当者の態度から伝わってきた。提示された追加作業費——そこには出向費用分も含まれている——は十分すぎる額だった。なにせ穏便にことを収めたいらしい。会社に持ち帰らないわけにはいかなかった。

結果としては日本側企業の提案をうちが呑むことになり、僕はしばらく韓国側企業の社員ということになった。けれど勤務地はそのままで、業務もそのままだ。その件の説明および顔合わせを兼ねて、日本側企業の担当者と長春に向かうことになったのだった。

——

元は満州の首都であり、僕の名前がその国名から取られているとはいっても、来たのは初めてだし、特段の思い入れがあるわけではない。思い入れがあったのは僕ではなくて祖父だ。ただ、日本から離れ、自分の名前の由来になった土地を歩いていると、奇妙にノスタルジックな気分になった。上海や北京などとは違い、最新の高層ビルが立ち並ぶような都市とは違った、どこか昔風の姿をしていたからかもしれない。

日本側企業の担当者の木村さんは本当なら僕と同じく昨日長春に入る予定だったのだけど、仕事の都合で一日ずれて、アポイント当日に来ることになった。アポは夕方だった。話す内容は中国語が堪能な木村さんが固めてくれているから、任せていればよいはずで、僕はただ体裁を保つための頭数のようなものだ。

僕はホテルの朝食で腹を満たすとあたりを散歩した。自転車で出勤する人の姿が多く見られた。それから地下鉄に向かって早足で歩く人の影。背後には築半世紀以上はたっているだろう、レガシーなつくりのビル。和暦でいうと、平成後期くらいから主流のガラスの塔みたいなビルは見られない。それから歩道の幅が日本のそれと比べて随分と広い。

最初はおそるおそる歩いていたのだけど、そのうちにいつもの散歩の時みたいに、ずんずんと歩くようになった。ホテル周辺のビルが立ち並ぶエリアから十分ほど歩くと一戸建てをはじめとする低い建物がめだつようになる。歯医者らしい看板を見つけ、祖父の向かいに住んでいた小澤家のことを思い出す。街並みを見ながらさらに歩くと、ある民家の家にバスケットのゴールが置かれてあった。高校生ぐらいの子供がそのバスケットゴールに向かってシュートの練習をしている。

自分の名前の由来となったと聞かされているけれど、僕自身はなんの愛着もない今はなき国。満の字。

確か小学校六年生の時、満州から転校生が来た。いや、そんなわけはない。だって、その時には満州なんて既にないから。多分中国のどこかからやってきて、僕の名前の由来を知っていた同級生がその彼と僕とを結びつけた。だから、僕の記憶の中では満州からの転校生ということになっている。

名前は憶えている。李くんだ。下の名前は憶えていない。彼がその学校に通ったのはたかだか二週間くらいのことだった。だから卒業写真にも載っていないし、一緒に何かの行事に参加してもいないから他の写真も全くない。今ならスマホで簡単に写真が撮れるから、いくらか残っていたかもしれない。けれど、三十年ほど前の当時、スマホどころかデジカメさえなかった。あまりに痕跡が残っていないから、すべては幻だったんじゃないかと思う時もある。けれど、鮮やかに残った記憶が幻説を否定する。

李くんは髪が長かった。そして背が高かった。いつも、といってもその学校にいたのは二週間くらいだから、それが彼の習慣だったのか、あるいは気まぐれにそうしていたのかすらわからないけれど、覚えている限り彼は昼休みには体育館にいて、バスケットゴールに向かってシュートの練習をしていた。昼休みに体育館で遊ぶことは禁じられていたのだが、彼は知らなかったのだろう。そしてそのことを注意されるまもなく、彼は学校からいなくなった。

スリーポイントラインの半円ぎりぎりに立ち、その場でジャンプする。重心は少し後ろにかかっている。ボールはきれいな放物線を描いて、ゴールのリングに吸い込まれる。その時の、しゅっという小気味のいい音。

交わろうとしない満州からの転校生を「いじってやろう」という話になった。それに、昼休みに体育館で遊んではいけないことを教えてあげなければ。

僕たちは何かのゲームで敗者を決めて、その敗者が罰ゲームとして李くんに声をかけることにした。負けたのは誰だったっけ？　僕ではなかった。その負けた子供の背中を押して、話しかけるようにけしかけたのだけど、なかなか動こうとしない。

その間も李くんはもくもくとシュートを続ける。髪が揺れ、軽やかに跳ぶ。

そしてボールは美しい放物線を描いて、しゅっとリングに吸い込まれていく。幻のような風景。

——

あの時、結局僕たちは李くんに話しかけたんだっけ？

長春の高校生がシュート練習を続けるのを見ながら、僕は思い出そうとしたが、全然思い出せなかった。そして目の前の高校生は、李くんに比べると全く下手だった。

もう随分時間が経ってしまっているから、記憶も曖昧（あいまい）になっている。この間久しぶりに出た同窓会で話題に出してみたのだが、そもそも満州からの転校生を覚えている同級生はほとんどいなかった。副委員長を務めていた長嶋さんがかろうじて覚えていたくらいだった。担任の先生はもう亡くなっている。

中学にあがり、少しませた僕は女の子に興味が出るようになるのだけど、その頃にいつも抱いていた切なさの感覚は、その満州からの転校生の美しいシュート姿が紐づいている。

美しい放物線。

僅かな音とともに、真下に落ちるボール。

ぽーん、ぽーん、ぽーん、

ぽっぽぽぽぽ。

そして、跳ねなくなったボールを彼が手に取って、ぽんぽんと球をつきながらまたシュートのポーズ。

古い記憶が疼くのを僕は感じる。例えば友達が持っていた変身ロボの超合金、ロックバンドの僕だけに向けて書かれたはずの一節、トラックを駆け抜ける陸上部員の美しいふくらはぎ。僕の手には入らずに目の前から去ってしまった、たぶん最初から去ることが決まっていた物事。

僕は記憶の中のそれらに手を伸ばす。いつも遠くに消え去ってしまってから、今更に。

そもそもそれらを手に入れるのがどういうことなのか、僕にはわからないのだけれど。

盤古

樋口恭介

粤自盤古
生于太荒
首出御世
肇開混茫

これは、永遠についての物語。あるいは愛の物語。

それとも僕らとともにある、僕らを記述する言葉であった、僕らのための物語。

有限な僕らは無限の言葉となって、絡み合う樹々たちの枝葉に宿り、一つひとつのその先で、無数の言葉に描かれた、無数の時間を渡り歩き、そうして永遠に出会い続けている。ここで、そこで、もう一度ここで。そうかと思えばあちら側で。

こちら側にいる僕は、あちら側にいる僕に向かって手を振っている。あちら側にいる僕は、こちら側にいる僕に向かって手を振り返している。僕らは僕らと手を振り交わしている。

言葉である僕らは樹状の構造を伴っている。そこには幹があり、枝がある。枝の先にもまたさらに小さく細い枝が広がり、そこには鳥や虫がとまっている。

言葉である僕らは森をつくり、生態系をなしている。そこには数兆の異なる僕が蠢(うごめ)き、そしてまた、いずれの僕にも一致しない、数兆の異なる僕が、僕と並行して存在している。

一

はじまりは一九〇九年。あなたと僕らが出会う、一〇〇年以上前のこと。

そのころ、日本から中国に渡ったばかりの僕の曾祖父は、当時は友人だった女学生――のちに僕の曾祖母となる女性――と上海(シャンハイ)の古書店に立ち寄り、そこで一冊の本を購入した。『千怪経(せんかいきょう)』と名付けられたその本は、埃(ほこり)にまみれ、表紙は日に焼け、ところどころページの端が破れていた。曾祖父が棚から引き抜き手に取ると、女学生はその本について知っており、本の内容についての解説と、本に纏(まつ)わる私的な思い出について話しはじめた。その後残された曾祖父の日記によれば、そのとき彼女によって語られた内容の大枠は、概ね次のようなものだったのだという。

＊

『千怪経』は中国の神話についての物語。扶想(ふそう)の樹という神話の中の樹についての書物。扶想は神の樹、言葉の樹。世界が生まれる前、世界のはじまりのときから立っていた樹。『千怪経』

は扶想の国から来た、慧深(けいしん)という僧侶が語った物語。

慧深曰く、扶想の国には扶想の樹が生え、そこからとれる全てのものは、よろずのことに使われる。たとえば扶想の葉は屋根や日除けとして使われる。皮はしなやかで頑丈で、布のように着ることもできれば、紙のように文字を書くこともできる。花や実は食用で、ひとたび人が口にすれば、全て生命は——草木や動物や虫も含め——宇宙の一部であることが知覚され、丹田の奥底より不思議な力が湧いてくる。人々は宴の際に酒とともにそれを口にする。

扶想の実を最初に食べたのは人ではなく神であると伝えられている。神は扶想の実を口に入れたとたん、多くの言葉を話し出し、言葉は混沌を切り開き、天を統(す)べ、大地を創造したのだとされている。

扶想の樹の下ではつねに、宇宙は晴れ渡っている。扶想の樹の下には城郭はなく、兵器はなく、兵士もおらず、人々はいくさをしかけない。扶想の樹の下には生者はなく、死者はない。扶想の実を口にすれば、生者の言葉と死者の言葉は混じり合い、境界は失われ、生者と死者は、やがて同じ言葉を話しはじめる——


彼女はそこまで言い切ると、ひと息置いて、さらに次のように続けた。

私は子供のころに、母親から読み聞かされてその物語のことを知った。母はそれを神話だと言った。それは作り話で、現実じゃないのだと。

でも、私はそれがただの作り話じゃないことを知っていた。昔は、村の子供たちはみんなそれが作り話じゃないことを知っていた。今では忘れられているけれど、それは一つの事実で、現実であることには違いない。扶想の樹は実在するのよ。

*

僕の曾祖父は二五歳まで生きた。そのうち最後の六年間は、日々のできごとやそれに纏わる考察を、日記に書き残して過ごした。

その日記――ざら紙に鉛筆書きで記された、総計一八冊にも及ぶ日記――は、おそらく今――編纂が終えられたころには――かつては僕だった者の机の上に置かれていることだろう。そして日記の隣には、染みだらけの、埃をかぶった、うっすらと黴の生えたシャーレやビーカーが転がっているはずだ。

曾祖父は日本で生まれ育ち、早すぎる晩年を中国で暮らした。

彼は中学を卒業すると、当時革命に揺れ動いていた中国で、革命派を支援することを目的とする工作員になるために、東京から上海へ移り住み、候補生として師範学校で勉学に励んだ。日記によれば、曾祖父は寡黙な人で、軽い吃音持ちでもあったらしい。彼は人間よりも本が好きで、幼いころから本ばかり読んでいた。彼は自分ではついに本を書いたことはなかったが、作家になることが生涯通しての夢だった。工作員の道を選んだのも、そこで経験されるできごとの多くが、将来書かれるだろう傑作のための、得難い素材になるだろうと考えたからだった。

そんな曾祖父の血を継いでか継がずしてか定かではないが、僕もまた、人間よりも本が好きで、幼いころから本ばかり読んでいた。僕は家じゅうの本を片っ端から手に取りむさぼるように読んでいった。そうしているうちに読む本がなくなった僕は、ある日、家の物置の奥底から紙の束を見つけ出した。紙の束は固く紐で綴じられ埃をかぶって茶色くなっていた。束はいくつかの山に分かれており、一つの山は当時の僕の腰の位置ほどの高さがあった。それが曾祖父の日記だった。

僕は紙束の表面を覆う埃を払って紐を切り、ページをぱらぱらとめくりはじめた。日記は僕の知らない言葉で書かれていた。父に訊くと、それは日本語なのだと言った。

日本語は、そのころの僕には読めなかった。だから僕はしばらくのあいだ曾祖父の日記を読むことをあきらめていた。

けれど今の僕はそうではない。今の僕にはそれが読める。

それは僕が日本語を学んだからではない。翻訳ソフトを使うからでもない。僕が異国の言葉を解することができるのは、僕が言葉そのものの性質を学んだからだ。

二

一九一五年。その年の秋に長江(ちょうこう)の大洪水に巻き込まれて亡くなるまで、曾祖父は日記を書き続けた。

日記の大部を占めるのは、とある言葉に纏わる神秘的な体験と、その体験に関する考察だった――ところで、曾祖父は作家としては日の目を見ることはなかったが、現代の言語生物学の研究水準から言えば、言語生物学者としては一流だと思う。あるいは、既にその着想が現実化されていることを考慮すれば、彼は言語生物学者としての成功を収めているとも言えるだろう。

そう、ここで全ては既に終わっており、同時に全ては既にはじまっている。


僕らの全ての終わりとはじまり。

それを設計したのは曾祖父で、実装したのはこの僕だ。

言語生物学はここで駆動し、言語生物学はここで成長を続けている。


長い仕事を終えた後に、僕は付き合っていた恋人に別れを告げようと考えていたが、もうその必要もない。僕らの愛はとうに冷めきっていたが、それはここに愛がないことを意味しない。愛の有無にかかわらず、かつての彼女はどこにもおらず、無限の彼女がここにあり続ける。

三

言語生物学。

それは僕が名付けた学問の名称で、言語を一種の生物として、生物を一種の言語としてとらえ、言語と生物の関係を解明することを目的とする学問体系のこと。

着想自体は中学生のとき、翻訳ソフトウェアで一文ずつ日本語から中国語へ訳しながら曾祖父の日記を読んでいたときに得たものだったが、実際に研究を始めたのは二三歳、これから博士に進もうというときのことだった。

当時の僕は、生物工学を専攻する、比較的まだまともな部類といえる研究者の卵だった。

恋人のエミリー――本当の名前は「ヤン」といったが、多様な国籍・人種によって構成される研究室の同僚たちに配慮して、彼女は英語名を使いたがった――とはそのときに出会ったが、もしも僕がそのころから言語生物学者を自称していたら、僕らは恋に落ちることはなかっただろう。彼女は言語生物学という学問のことを、心底軽蔑していたのだ。

博士に進んでから一年も経たないうちに、彼女は僕のことを「オカルト学者」と呼ぶようになった。僕らは同じ部屋を借りて暮らしていたが、一日中、それぞれの個室に鍵をかけて過ごした。僕らは別々のベッドで眠った。僕らはもう二年以上、身体を重ねてもいなければ、唇すらも重ねていなかった。僕らの関係がとうに終わってしまっているということは誰の目にも明らかだった。一人で住むには高すぎる部屋の家賃、残された長い契約期間、それから分担された家事の内訳だけが、僕らをその部屋とその関係に押し留めていた。

＊

印象的なできごとがある。

ここに当時の時間の断片を呼び出そう。

＊

それは二〇二五年の夏のこと。僕らはその年になってから何度目かの口喧嘩をしていた。

エミリーは着ていたシャツを脱ぎ、手に持って振り回していた。彼女は汗をかいて、幾筋(いくすじ)かの濡れた前髪が額に張り付いていた。喧嘩の理由は思い出せない。僕の記憶にもなければ、彼女の記憶にも残っていない。もしかしたら、理由なんて最初からなかったのかもしれない。とにかく僕らは喧嘩をしていて、ゆえに僕らは喧嘩をしていた。

「あなたは気が狂ってるのよ」と彼女は言った。「あなたはずっとおかしなことばっかり言ってる。あなたがやってることは科学じゃないわ。あなたがやってるのはオカルト。何度でも言うけどね、ただのオカルトよ。それか一種のサイエンス・ファンタジー。嘘の科学、科学のふりをした幻想、つまり似非（えせ）科学ってこと。あなたいつからSF小説家になったの？　言葉が生物だなんてただの言葉遊び。無意味。ナンセンス。ファンタジーやフィクションじゃなく、大真面目にそんなことを言ってるとしたら有害ですらある。いい？　あなたの言葉は詭弁（きべん）に過ぎない。詐欺（さぎ）と同じよ。大学で研究するに値するものじゃない。あなたはそんなことをするべきじゃない。今すぐにでもやめるべきよ。それに、せっかく人生を費やすんだもの、もっと意味のあることをするべきよ」

「意味のあること？」

「そうよ。新しい何かを生み出すような、意味のあること。人の役に立ったり、お金になったりするようなこと」と彼女は答えた。「たとえば、ソフトウェアを作ったり、肉包（ロウバオ）や餃子（ぎょうざ）を作ったりすることよ」

「僕は自分がやっていることを無意味だとは思わない」と僕は言った。「今は無意味に見えたとしても、未来のことはわからない。一〇〇年後には僕の研究成果が誰かの役に立っているかもしれないし、もしかしたら一〇〇〇年後の社会にはそれがなくてはならないものになっているかもしれない。直接的にか間接的にかはわからないけどね。でもそこには夢がある。そう、僕は夢を見てるんだ。研究って、そういうもんだろう」

　彼女はため息をついた。

「違うわ。それは正しい研究をしている限りにおいて言えることよ」と彼女は答えた。「繰り返すけどね、夢を見るだけじゃファンタジーなの。そこには実証もなければ論理もない。それは科学じゃなければ学問でもない。だからあなたがやってることには徹頭徹尾意味がない。断言するわ。あなたの研究が何かの成果に結実することはありえない。一〇〇年後だろうが、一〇〇〇年後だろうが、永遠にね」

「それじゃあ、きみのやっていることはどうなんだよ」と僕は言った。「ショウジョウバエを何千匹も殺して折れ線グラフや相関グラフを描くことが、肉包や餃子を作ることと同じくらい意味があるのか?」

「なによその言い方」彼女はつかつかと足音を立てて歩き、僕の目前まで来て言った。「あなたのやってることなんかと同じにしないでよ。私がやってるのはれっきとした科学。科学には意味があるの。成功にはもちろん、失敗にも意味があるの。そのやり方では失敗するという結果が残るの。そこには、他のやり方につながる意味があるのよ。科学はね、結果をずっと積み上げていけばいつか必ず答えにたどり着くのよ。だから――あなたの言う通り――今は結果が出なくても、一〇〇年後か一〇〇〇年後には結果が出るのよ。それが科学である限りはね。でも、あなたがやってることは違う。あなたがやってることは似非科学。最初から最後まで全部無意味なの。だからどこにもたどり着かない。たとえば、狭い井戸の中で地図を見ながら街に向かう道を探す旅人がいたらおかしいでしょう? でもあなたがやってることはそれと同じこと。あなたはね、どこにも道なんかない場所に自分だけの道を妄想して、壁に向かってここに道があるはずなんだとわめいてるだけ。そんなの誰にも理解されない。そんなのは研究なんて呼ばない。わかったら働いて、ちゃんとまともな大人らしく稼いでよ。だいたい結婚の話だっていつまでもはぐらかしてさ、いつ答えを出すのよ。あなたが真理に嘘をつくのは勝手だけどね、私にまで嘘をつかないでよ」

そう言うと、彼女は拳(こぶし)を固め、僕の二の腕あたりを軽く突いた。なぜかはわからないが、そのとき僕は、彼女のその行動に異常なほどの強い怒りを覚え、仕返しに、我を忘れて彼女の顔を力任せに殴りつけた。彼女は驚いたような顔をして後ろに吹っ飛び、それから大声でわめきはじめた。彼女は顔を押さえながら何か言った。何を言っているかは僕にはわからなかった。彼女の指の隙間から鼻血と涙が混じった液体が溢(あふ)れ、床に滴り落ちていた。

いい気味だ、と僕は思い、そして実際にそう言った。

「いい気味だ！」

僕は笑いながら自分の部屋へと帰っていった。

「あなたなんて大嫌い！」と後ろから彼女が叫ぶのが聞こえた。「もう好きじゃない！　愛してなんかいない！　早く死んじまえ！」

僕は彼女の叫び声を無視して自室のドアを閉めた。そうしてしまうと、外からはもう何も聞こえなくなってしまった。

＊

僕は彼女とのあいだに、何かすれ違いや行き違いやいさかいがあるたび、そのことを日記に書いた。だから今でも彼女について思い出すのはそのことばかりだ。

たしかに僕らの愛はとうに失われていた。僕らはもう愛し合ってなんかいなかった。僕らは互いの顔を見るたび、言葉を交わすたびに互いのことを傷つけ合った。僕らは相手を効率的に傷つけるための言葉を選び、最小限の力で相手の精神を支配しようとした。僕らは上海の狭いマンションの一室で、行き場のない憎しみをぶつけ合っていた。

けれどもいつからどうやってそんな風になってしまったのかは思い出せない。出会ったころの僕らは、自分たちがそんな風になるなんて思ってもみなかった。僕らは互いにそんなことを望んでいなかった。僕らは愛し合っていた。僕らはかつて愛し合っていた。僕らはかつて、愛し合うことを求め合っていた。僕らはたしかに愛し合っていた。こんなはずじゃなかった。僕らはどこかで誤った。知らぬ間に、僕も彼女も望んでいない場所に、僕らは自らの足でたどり着いていた。そもそも本当にそうだったのかももう思い出せない。僕らが思い出せるのはここに書かれていることだけだ。ここに書かれた僕らの記憶を、僕らは新たな記憶としてここに書いていている。けれど、ここに書かれていないことは？　ここに書かれていないできごとやりとりや思考や感情について、僕らはどのようにして思いを巡らせることができるのだろうか。日記というのは不思議なもので、書かれた言葉は書いている者の思考を反映するのではなく、書かれた言葉が書いている者の思考に反映されるような性質がある。曾祖父もそうだったのだろうか？　六年間の月日の中で、彼は彼によって書かれた日記に、彼の記憶をつくられたことがあっただろうか――

僕はときどき自分の日記と曾祖父の日記を比べて読んで、曾祖父の日記を自分の日記に書き写し、ときにはそこに自分なりの文章を書き加えたり削除したりと、改変を加えることがあった。

いつかのどこか、日付はなく、筆跡はおぼろげで、もうとうに忘れてしまった記憶の彼方で曾祖父の日記を書き写した僕の日記によれば、曾祖父は書き写された曾祖父の日記の中で、概ね次のような事実を経験していた。

四

上海から鉄道で三〇分ほど北上した先に、その女学生の故郷はあった。

神話の樹が実在するというその村の、現在の主要産業は炭鉱だということで、四方は鉱山に囲まれていた。

あたりは煙と靄（もや）で満ちており、ときおり濁（にご）った霧雨が降ることがあった。視界の先にはほとんど何も見えなかったが、私は彼女に手を引かれるままに歩いていった。

「樹は、あの山にあるの」と言って、彼女は靄の向こうを指で示したが、私には何も見えなかった。

私たちは山を登っていった。彼女の説明によれば、山はそれほど高いわけではなく、頂上までは三時間ほどで着くとのことだった。

「三時間なら、夜が深くなるまでには帰れそうだ」と私が言うと、「夜が深くなっても大丈夫」と彼女は答えた。「山には神様がいて、私たちを見守ってくれているの。だから、この山で危険なことは起こらない。あなたがそれを信じるならね」

山の中腹に差し掛かったころ、私は振り返って眼下を見つめた。大きな川が何本か流れていて、米粒のように小さくなった人々が、舟を漕いで岸を渡るのが見えた。それらの川が長江の支流だと知ったのは、少しあとのことだった。

昔は、とのちに彼女は語ることになる。

昔は、川はもっと大きく、太く、流れは激しかった。このあたりは頻繁に起こる水害に悩まされていた。学校ではそう習った。けれど今ではそうではない。今では堤防がいくつも建設されて、めったなことでは洪水は起きなくなり、埋め立てが進んで居住地や農地になり、その結果、川は小さく、細くなってきている。流れはゆるやかになっている。だから、私たちはもう、水害に悩まされることはないのだ、と。

実際、彼女はそれまでの二〇年弱の人生の中で、歴史の教科書にあるような水害を経験したことはなかった。彼女の周りではみなそうだった。

洪水の被害を伝える石碑は、村の至るところに建てられていたが、それらの石碑はその地域の水害が、現在のものではなく過去のものであることを強調し、彼女たちにより強い印象を与える役割を担うことになった。

私はそれらの石碑を横目に歩いていくことになった。

やがて、私たちは頂上に到着した。

＊

山の頂上には一本の樹が立っていた。樹は大きく、扇形に、無数の枝葉を広げていた。枝の先には果実がなっていた。

ふいに、彼女は果実を一つもぎとると、そのままそれにかじりついた。彼女は何度もそれを繰り返した。

彼女は私を見つめ、私にもそうするようにうながした。そして私も、彼女をまねて枝先から果実をもぎとり、恐る恐る口にした。

果実はひどく苦かった。青臭い匂いが鼻腔（びくう）に充満していた。私はそれらの味と匂いに耐えながら何度か果実をかじった。

私は彼女の様子をうかがった。彼女は平気な顔で、一つの果実を食べ尽くそうとするところだった。私は鼻をつまみ、息を止めながら、果実を食べ続けた。

そうして果実を食べ続けていると、ふいに、私の身体に変化が訪れた。

変化は突然だった。

最初に動悸（どうき）がし、呼吸が荒くなり、視界が歪んで見えた。気分が悪くなり目を閉じると、皮膚の外を流れる風の冷たさと、皮膚の内を流れる血液の熱さを同時に感じ、自分の身体を取り巻くそれらの流れの音が聞こえてきた。

それから目を開けると視界がひらけ、空間が虹色に輝きながら伸縮しているのが見えた。

眼前の樹の頂上には一〇の太陽が昇っていた。それらの太陽を横切るようにして、飛翔する、無数の銀色の円盤が、回転しながら光線を放出し、空間をかたどっているのが見えた。円盤は帽子のような形状で、全周を覆うひさしのような長い部位——帽子のつばにあたる部位——からは、無数の真っ白な布が垂れ下がっていた。

布は、風を受けてたゆたい揺れるそのたびごとに、真っ赤な翼を持つ鳥を生み、鳥たちは高い声で鳴きながら、布の隙間から飛び立っていくのだった。

枝の先には、たくさんの言葉が——文字ではなく、言葉という感覚そのものが——花のように咲き乱れていた。

言葉たちは、燃え上がる炎のようにゆらめきながら、色とりどりの光を放ち、視界を覆う時空間を、美しい虹色で染め上げているのだった。

彼女は言葉の光に手をかざした。

しばらくすると、指先から身体の中心に向かって、光が染み込んでいった。彼女の真似をして、私も光に手をかざした。

彼女のときと同じように、光は僕の身体の中へと染み込んでいった。

言葉が身体の内を満たし、やがて光は私と彼女をつないだ。

私たちは光の中でつながっていた。

言葉が私たちをつないでいたのだ。

輝く言葉はあるがままの私の思考を彼女に伝え、彼女のあるがままの思考を私に伝えた。

それは中国語でもなければ日本語でもなかった。それは声ではなく、音ではなかった。そのため吃音も出なかった。

私たちは口を動かさずして話した。それは端的な言葉であり、純粋な言葉そのものだった。そのとき私たちは言葉になり、言葉になった私たちは、言葉の中で融け合うことで互いを知った。

「これは?」と私は彼女に訊ねた。

「これは、言葉の言葉。私の生まれた村に伝えられる、原初の言葉よ」と彼女は言った。「ここにあるのは言葉の樹。そこに生(な)るのは言葉の花、言葉の実。私たちはそれを食べたの。そして私たちは世界を語る言葉を得たのよ。『千怪経』の神話の中に描かれた、あの扶想の樹みたいに。言葉の実はね、私たちが普段使う言葉以前の言葉——中国語とか、日本語とかじゃない——原初の言葉を私たちに話させるのよ。昔はね、このあたりは全部森だった。炭鉱もなかったし、工場もなかった。鉄道も走ってなかった。言葉の樹はそこらじゅうに生えていて、たくさんの花と果実を実らせていた。たくさんの動物たち——鳥や、犬や、狼や、虎たち——がいて、みんなで言葉を交わしたの。彼らは夜になると音楽を奏でた。村の子供たちも集まってきて、思い思いの楽器を持って、思い思いの音を鳴らした。楽器を弾けない子供は歌をうたった。動物たちと一緒に歌をうたったのよ。そのころの私たちはみんな——人も、動物も、植物だって、風だって——、みんな一つの言葉を話していたの。誰もが話せる、一つの言葉を。言葉の樹が、それを可能にしていたのよ」

彼女はそう言った。

全ての私は、全ての私の言葉の中で、彼女との全てを体験した。

五

思い返してみると、曾祖父の日記を読み解くことは、曾祖母が話すところの扶想の樹、言葉の樹の謎を解くこととほとんど同義だった。扶想の樹と言葉の樹への言及は、日記の中で折に触れて繰り返された。

曾祖父は曾祖母と二人で何度もその山を登り、何度も言葉の花や言葉の実を口にした。そのたびごとに彼は光に包まれ光に溶け出し、言葉そのものとなって言葉の世界で戯れた。

そうした体験について、彼は日記に書くのみならず、一度は本部への報告書でも触れてみたことがある。彼は次のように書いている。

「中国にはあらゆる言語を司る(つかさど)、いわば究極の言語とも言える言葉が話せるようになる食べ物がある」曾祖父はそう書いた。「それは扶想の樹と呼ばれる巨木になる。扶想の樹は神話に出てくる樹の名称だが、その樹が実在することを、私はこの目で確認した。扶想の樹の実を食べて、私は究極の言語を体験した。その効果は一時的なものだが、偶発的なものではない。その実を食べるたびに、私は何度でもその言葉を話すことができた。本報告は、扶想の実の有益性に関する報告である。この実を持ち帰り、外交や社交に応用すれば、我が国日本を起点とし、アジアの統一は言うに及ばず、やがて世界はたった一つの国になることだろう」

六

エミリーを殴りつけた翌日、目が覚めてリビングに向かうと、彼女はまだ、昨日と同じ場所に座り込んでいた。彼女の顔は腫れ上がり、流れた涙が乾いて、白い跡を残していた。僕はキッチンでお湯を沸かし、コーヒーを淹れて、それを飲んだ。それは決まりきった僕の習慣で、朝は何よりもまず、コーヒーを飲むことからはじめられなければならなかった。

「あなたって本当に最低ね」と彼女は言った。「あなたって、自分が困るといつも暴力に頼るのね。言語生物学？　何それ、笑わせてくれるよね。言葉を使えず、暴力しか使えない人が言語の研究をしてるなんて、おかしいと思わない？」

僕は何も答えなかった。

「ねえ、聞いてるの？」と彼女は言った。

僕は何も答えなかった。

「ねえったら」彼女はもう一度言った。

僕はもう一度無視した。

次の瞬間、彼女の方から真っ直ぐに飛んできたビーカーが、僕の頭を直撃した。ビーカーは砕け、割れたガラスが床に飛び散った。まぶたが切れて血が溢れ、左目の視界が真っ赤に染まった。僕は目のあたりを押さえ、止血しようとガーゼを探した。僕のその様子を見て、彼女は声を上げて笑った。

「いい気味だわ」と彼女は言った。

「おい、何笑ってるんだ、血だ、血が出てるんだぞ」と僕は叫んだ。僕は頭を押さえ、部屋の中をうろつきまわった。そのあいだにも血は流れ続け、僕の腕をつたい落ち、赤い滴で床を染めた。「血だよ。ああ、まずいな、どんどん溢れ出てくるみたいだ」と僕は言った。「なあ、笑ってないで消毒液とガーゼの場所を教えてくれ。消毒液とガーゼ、どこにやった？　棚の中にあったはずだろう。なあ、聞こえてるだろ、ガーゼだよ。どこにも見つからないんだ。どこにやったんだよ。きみがどこかにやったんだろう。僕は触ってない、きみ以外考えられない。なあ、頼むよ。ガーゼだよ。血が出てるんだよ。こんなにも。見えるだろ。血が止まらないんだよ。きみは何を考えてるんだ。ビーカーを投げつけるなんて、ひどいことをするじゃないか。すごく血が出てる。早く消毒してガーゼで傷をふさがないと、感染症にかかってしまうかもしれない。そのビーカー、いつどこで何に使ったやつかわかってるのか？　危険な細菌実験で使ってたやつで、もし細菌が残ってたらどうするつもりなんだ」

「そんなのあなたの自業自得でしょ」と彼女は言った。「いい気味だわ。これで二人とも血まみれよ。おあいこね。ついでにそのまま死んじゃえばいいのよ。それじゃあね。さようなら」

そう言って彼女はリビングを出て、自室に戻っていった。僕はひどく混乱していて、彼女に向かって何かをわめきちらした気がするが、今となっては思い出せない。僕はしばらくのあいだガーゼと消毒液を探した。傷口を手で押さえながら、目につく棚や引き出しやクローゼットを手当たり次第に開いていった。動くたびに傷が脈打ち、そのたびに新たな血があとからあとから噴き出してきた。僕の移動の軌跡を記録するように、滴り落ちる血液が、床に赤く丸い点を描いていた。

結局僕は消毒液とガーゼを見つけることができなかった。僕は着ていたシャツを脱ぎ、冷水のシャワーを浴びた。渇いたタオルを傷に押し当てると、タクシーで最寄りの病院へ向かった。

病院での診断の結果、傷は額から左下に向かって広範囲に広がっており、皮膚と肉は深くざっくりと引き裂かれており、ガーゼを当てるくらいでは治らないとのことだった。

「これは縫わないとだめですね。七針は縫わないと」と医者は言った。「でも、不幸中の幸いでしたね」と医者は続けて言った。「もう少し下だったら眼球も切れていて、完全に失明していてもおかしくないところでしたよ」と医者は説明した。

僕はそのときにはまだ混乱と興奮の渦中におり、医者が言っていることがうまく理解できなかった。幸いだって？　と僕は思った。僕は医者も殴りつけてやろうとしたが、思いとどまった。何秒か数え、自制することに成功した。僕は「ええ、そうですね、たしかに」と言った。

それから医者は僕の傷を縫った。僕は診察室を出て、歩いて家に帰った。

＊

僕は別れを思っていた。彼女との別れのことを。

僕はぼんやりと物思いにふけりながら家路を歩いていた。

そのとき僕の脳裏に浮かんでいたのは、曾祖父と曾祖母の別れの記憶だった。

七

曾祖父は若くして亡くなった。

そのころ、曾祖父の子を宿していた曾祖母は、その後他の男と結婚することなく子供を産み育て、周囲の人々に愛され、晩年は子供たちや孫たちに囲まれながら上海の自宅で天寿を全うしたのだと言う。

僕はそれを祖父から聞いた。祖父は曾祖母から曾祖父が生きていたころの思い出話の多くを聞き、そのうち覚えている限りの断片を僕に語って教えてくれた。

*

祖父によれば、曾祖父が亡くなったのは一九一五年の秋のこと。

報告書をまとめたのち、本部からの返事がないことを訝しんだ曾祖父は、自分の報告書には、本部を動かすほどには説得材料が足りていなかったのだと結論づけた。そのため彼は、扶想の樹についてさらに知見を深め、事実を整理し、根拠に基づき調査資料をまとめるべく、扶想の花と実を食べに、あらためて一人で山を登りはじめたのだった。そして彼はそこで洪水に巻き込まれ、行方不明になったのだという。

一〇〇年以上が経過した今でも、彼の遺体は見つかっていない。今も長江の川の底には、多くの遺体が沈んでいて、かつて曾祖父だった者の残骸も、その中に含まれているのだろう。

洪水は、一九都市と八〇〇〇の町村を水没させ、炭鉱や農地を破壊し、二〇〇万人の水死者と、一二〇〇万人の行方不明者を出したとされている。

洪水は、革命軍の弱体化と革命の進行を抑止することを目的に、中国政府軍によって引き起こされた人工洪水であることが知られており、今では「長江決壊事件」と呼ばれている。政府軍は七月から九月にかけて、長江上流域において住民の交通を遮断し、堤防の、長江本流が河岸に激突する場所に、内径一〇メートル、深さ一五メートルの穴を掘った。穴は全部で二〇あり、横坑（よここう）で連結されていた。一〇月に入ると交通遮断をやめて、政府軍は堤防を爆破し、人工的な決壊を引き起こした。長江の巨大な流れは地表を一気に呑み込み、七万八〇〇〇平方キロメートルの領域を覆い破壊した。

そして後に残されたのは残骸だけ。あるいは死と、生きていたころの記憶だけだ。

政府軍は、革命軍だけでなくそうでない者たちも含め、長江流域に生きる全ての生命から、それまでの生活を奪い去った。

*

かつて彼の友人だった女学生は、もう生きてはいない彼を探しに故郷へ帰った。彼女は重くなった身体を引きずるようにして歩いた。彼女は彼を見つけることができなかった。

*

一年後に、彼女は上海郊外に住む叔母の家へ預けられ、そこで子供を産んだ。

子供は成長し、大人になり、女と出会い、そしてふたたび子供をつくった。その子供は僕の父で、その親は僕の祖父だ。だから彼女は僕の曾祖母ということになる。

*

僕は曾祖母には会ったことがない。曾祖母についての直接的な記憶も持っていなければ、当時の曾祖母の友人たちや知人たちから間接的な思い出話を聞いたこともない。だからここにあるのは全て、曾祖父の日記から受けとった印象を基とする、曾祖母についての僕の勝手な印象だ。僕は曾祖父と同じように日記を書き、曾祖父の死後も日記を書き継いでいった。僕に書かれたその日記のことを、今では僕は覚えていないのだが、日記にはたしかに書かれてあったのだ。

八

曾祖母は、かつて故郷があった場所を歩いていた。村のほとんどは川の底に沈んでいた。川は土砂を含み、茶色く濁っていた。

彼女は泥水の中を歩いた。彼女は黙って歩き続けた。あてはなかった。あてはなくとも彼女は歩き続けるしかなかった。彼女は道でない場所を歩んだ。道があるはずの場所に道はなかった。道はなくなっていた。なくなっているものは道だけではなかった。村全体が消え失せていた。洪水のあとで、景色は砕けてなくなってしまっていた。村を形成していたものの残骸が、そこらじゅうに溜まった泥水の上に浮かんでいた。

割れた屋根や折れた窓枠。破れた衣服。粉砕された樹々。魚たちは泥の中に頭をつっこんで死んでいた。死んだ魚たちは風に揺れて、ときどき白い腹が見えることもあった。

遠くのほうへ行くほどに、魚の種類は増えていくようだった。青い腹や黄色いもの、赤い腹と動いた。口は何かを求めるように、上下にぱくぱくと動いていた。

かな流れがあり、そうした流れが魚たちの口や目をこじ開けた。そのたびに目はぎょろぎょろ

を見せているものもいた。魚たちはみな、生きているかのように揺れていた。淀んだ川にも静

強い日差しが降り注ぎ、彼女は汗をかいていた。玉になった汗が落ち、足下の泥水を小さく鳴らした。舟に乗った人たちが、長い棒で水底の泥をかきわけているのが見えた。沈んだ家の屋根の上で、泣いている赤ん坊をあやす母親の姿が見えた。割れた橋の欄干に腰かけて、足を泥水に浸したまま動かない子供が見えた。耳をすますと、川の流れの向こうから誰かが誰かを呼ぶ声がした。

声は一つだけではない。

男の声も女の声も、大人の声も子供の声もまざっていた。彼女はそれらの声を聞いていた。どこからか父の声も聞こえてくるような気がした。魚は神の使いなのだと、父はよく言っていた。彼女はそのことを思い出していた。父によれば、魚が川で溺れることがないのは、神様に守られているからだということだった。それは昔からそう信じられていることなのだから、正しいことなのだと父は言った。父はそれを信じていたし、彼女もそれを信じていた。

水が一段と深くなった。近所の布団屋の看板がぷかぷかと浮いているのが見えた。

家畜小屋から逃げた豚の死体が浮かんでいた。

棒切れの端に、泥にまみれた干し草がひっかかっていた。

見覚えのある、時計屋の朱色の屋根の残骸も、そこらじゅうに散らばって揺れていた。彼女

は、かつて彼女の家があった場所に近づいていた。彼女の家は高台の手前にあった。

高台に人だかりができていた。高台の周りに置かれた土嚢（どのう）からは砂や石がこぼれていた。それらの砂や石を、ゆったりとした波が少しずつ、川の中に引きずりこんでゆくのが見えた。

高台に咲いていた草や木や花の数々は、みんな折られて流されてしまった。そこに集まる動物たちや虫たちも、どこかへ行ってしまった。小鳥やリス、虻（あぶ）や蜜蜂。みんな風に吹き飛ばされ、みんな濁流の中に呑み込まれた。みんなどこかへ行ってしまっていた。

風が吹くとたくさんの花びらが舞った。花びらは丸まって、くるくると風の中を転がっていった。

雨のあとには、地面に落ちた花びらが滴に濡れ、光を反射して光っていた。赤い、ビロードの絨毯（じゅうたん）を敷いたみたいだと彼女は思った。

*

それから彼女は山を登っていった。

彼女は山の頂上へ向かった。

*

夜がやってくると、空にかかる月があたりを照らした。淡い光の中で彼女があたりを見回すと、そこには自分以外誰もいなかった。動物たちの鳴き声も聞こえてはこなかった。吹き抜ける風の音だけが、ときどき村の残骸を揺らし、水面で砕けた樹々が擦れる音を、彼女の耳に届けた。

暗闇の中で、彼女は言葉の花を口にくわえた。
そして彼女はいつものように、言葉の中へと入り込んだ。

言葉は曾祖父のことを覚えていた。村人たちのことを覚えていた。言葉は何もかもを覚えていた。彼女は、言葉が語る、言葉の思い出の中でまどろんでいた。
言葉の中では、失われた景色や、失われた人々、失われた何もかもが戻ってきて、かつての幸福な姿のままに、いつまでもたわむれることができた。そして今でもそれは続いている。彼女は今では言葉となって、かつての思い出の中で、かつての思い出たちとたわむれ続けている。

九

病院から帰ってきても、ビーカーに裂かれた傷の痛みがおさまることはなかった。むしろ、時間の経過にしたがって傷は熱を持ってゆき、ますます激しくうずいていくようだった。
僕は自室に戻り、ベッドに横たわった。ベッドから棚を見つめ、中に収められたビーカーの数と種類を確認していった。割れたビーカーが何に使われたものだったのかを知るためだ。そしてその答えはすぐにわかった。僕はこれから自分の身体に起こりうることを想像し、けれどもそれはもう取り返しがつかないことなのだと悟り、そのまま眠りに落ちていった。

＊

僕は言語生物学の研究の一環で、かつて曾祖母の故郷があった場所を訪ねたことがある。曾祖父の日記にあった抶想の樹、あるいは言葉の樹や言葉の花、言葉の実と呼ばれるものの実態を調査することが目的だった。

次に掲げるのはその際の、調査結果報告資料からの抜粋である。

十

長江下流域は紀元前より肥沃な土地として知られている。水分と栄養分が豊富で多種多様な微生物たちが棲息し、生態系を支えている。特に上海郊外に位置する盤古山(ばんこさん)の頂上は大気や水質の汚染も少なく、微生物たちの活動が活発で、今回の調査では上海の都市部と比較して、じつに五万倍から六万倍にも至る微生物数が計測された。また、微生物たちの種に関する内訳は複雑で、既知の種として知られるものが約二〇〇種、そして今回新たに発見された、未知の種といえるものが八〇〇種以上にものぼっている。それらの微生物たちの生態の全貌は明らかではないものの、分析の結果、次のような点が共通する特徴であることがわかっている。一つ目が、彼らは微弱な電気信号と音波を送受信しており、人類の認知においてはコミュニケーションともとらえられる運動を実行しているということ。二つ目が、彼らは電気や音波を受信するとオキシトシン－オピオイド系の神経伝達物質を放出するということ。三つ目が、タンパク質を好むという点だ。

扶想の樹はタンパク質が豊富な植物であるため、地中から栄養素とともに吸い上げられた微生物たちが、そのまま扶想の樹を宿主としてしばらくそこで暮らし、花や実が生(な)るころに、それらを通して鳥や虫や他の宿主たちへと移り住む。それが微生物たちの主な生態であるようだ。愛の物質と言われることもあるオキシトシンと、神経を活性化させ興奮と陶酔をもたらすオピオイド系の組成物を彼らが放出するのは、彼らが無害な存在であることを、宿主たちに知らしめるための生存戦略であったことは想像に難くない。実際に、扶想の樹は地域の人々にも愛され、大麻や煙草のような嗜好品(しこうひん)として重用されてきたことが知られている。年に一度の祭が執り行われる際には、村の若者たちが籠を持ち、総出で扶想の実を収穫し、夜が来ると皆で幸福な時間を楽しんだという。

私事であるが、私の曾祖母は村の出身であり、そのころの曾祖母の発言が、曾祖父の日記の形で残されている。曾祖母曰く「子供たちは誰もがその樹を愛していた。誰もがその樹に愛されていた」のだと。「しかし、大人になるころにはそうではなくなっていった。阿片(あへん)戦争があり、日清(にっしん)戦争があり、清朝(しんちょう)が打倒され、革命が起き、近代化が急速に進行すると、それまで地域にあった古い慣習や古い文化——神話や宗教や伝承、非科学的で前近代的な諸々の事柄——は無意味なものとして軽視されるようになった。村人たちも忘れようとした。そして実際に、それらの事柄は少しずつ忘れ去られていった。誰も山を登らなくなり、誰も扶想の樹の実を食べなくなった。あたかも最初からそんなものなどなかったかのように、誰も扶想の樹の話をしなくなった。昔の自分たちは無知で愚昧な存在だったと振り返って語った。もう昔には戻れないし、戻るべきでもない、と彼らは口々に語った。次の世代の子供たちには何も教えられなかった。私たちの記憶は、ごっそりと歴史から失われていた。私たちの記憶はどこにも書き留められることなく、私の思い出の中にだけある。だから私は、私の大切な思い出を、決して忘れないようにと胸に決めたのだ」

扶想の樹が言葉の樹と呼ばれることには、扶想の樹に豊富に含まれる微生物が関与しているのには違いない。扶想の樹の花や実を口に含むと、人々は皆、幸福感を得るだけでなく、普段は伝えることのない互いの思考や感情を、言葉を介さずとも無意識下で伝え合うことができ、どんなに敵対的な関係にある者同士でも、ひとたびそうした経験を通過すると、互いに許し合い認め合うことができると言う。そうした事象において微生物たちがどのような役割を果たしており、どのような機構によってどのように効果が導き出されているかについては、今後も引き続き調査が必要だろう。

十一

目が覚めると、僕の身体は後悔の感情に支配されていた。傷つけてしまったエミリーへの慈愛の感情で満ちていた。それらの感情が、割れたビーカーから混入した微生物たちと、微生物たちが放出するオキシトシンとオピオイドによってもたらされたものであるということに、僕ははっきりと気づいていた。

けれど、たとえ気づいていたとしても僕はそれに抗うことはできなかったし、それに抗う必要もないと思っていた。僕は彼女に謝り、僕らの失われた愛を取り戻す必要があるのだと思った。

僕は自室を出て、リビングに散らばったままのビーカーの破片を拾い上げ、掃除機をかけた。拾ったビーカーの破片をビニールバッグに移すと、僕はそのままエミリーの部屋に向かった。

彼女は眠っていた。僕は彼女が眠るベッドの端に腰掛け、彼女の寝顔を見つめた。腫れて青黒くなった顔を見ていると、無性に悲しみがこみあげてきて、涙が溢れてきた。目が覚めたらまず何を言おうかと考えた。どうやったら反省していることを信じてもらえるか、どうやったらこれから僕らの関係を立て直すことができるか、僕は考え続けた。そんな話をしたらきっと彼女は驚くだろう。最初は信じてくれないだろう。もしかしたらひどく罵られるかもしれない。殴られるかもしれない。最悪の場合刺されることもありうるだろう。けれど僕は我慢しなくちゃいけない。我慢して、罪を償い、それから最初からやり直さなければいけないんだ――僕はそんな風に思っていた。

僕は彼女のことを愛していた。たしかに今の僕らは互いに冷めきっているようにも見える。でもそれは一時的な問題だ。僕らはやり直せる。僕らはどこかで少し間違え、今は迷路のただなかにあるだけだ。僕はそう思っていた。僕らは、僕らの愛を取り戻せるはずだと思っていた。

僕は彼女に触れようとして身体を動かした。ふと気づくと、ベッドに腰掛けていた僕の脚は濡れていた。手を当てて見ると、手のひらは真っ赤に染まっていた。驚いて、彼女を覆っている布団を引き剝がすと、シーツは一面血で染まっていた。手首のあたりに目をやると、案の定、血はそこから噴き出しているようだった。ベッドの下には血のついたガラスの断片が落ちていて、おそらく割れたビーカーの破片で手首を切ったのだと思われた。口に指を当てると呼吸はなく、胸に手を当てると鼓動はなかった。

おそらくは、彼女はもう助かることはないだろう。僕は彼女の血がついたビーカーの破片を拾い上げると首に当て、そのまま力の限り、後ろから前に向かって引いた。切り口から垂直方向に向かって赤い血が噴き出すのが見えた。体温が低くなっていくことを感じ、めまいを覚え、平衡感覚を失った。僕はそのまま倒れ、死んだ彼女の上に覆いかぶさった。強く脈が打っていた。そのたびごとに血が流れ出すのが見えた。

＊

現在参照可能な記憶によれば、僕の身体が覚えていた最後の記憶は、以上のようなものだった。

けれど、今ではもうそれを、僕らは思い出す必要もない。

十二

気づけば僕らは眠っていた。

僕らは永遠の眠りの中にいた。

僕らは言葉となって、無限の生きなおしを生きていた。

僕らはそこで生きながらえ、僕らは失われてなどいなかった。

言葉がもたらす記憶の中で、僕らはかつての誰かの記憶をたどりなおしていた。

十三

記憶が正しければ、僕らの祖先はアルファ・ケンタウリ星で生まれた。

だから僕らは地球人ではない。

しかしながら僕らはここで、一つの譬え話として、僕らとは地球の言葉で盤古と呼ばれる存在に近しい概念であると、ひとまずそう言うことはできる。

あるいは単に、言葉であると。

僕らは言葉であり、僕らは微生物を媒介にしてその身を保存する。微生物たちは人類をはじめとするその他動物たちの身体に宿り、彼らを以て、僕らを複製し、反復し、増殖させる。広く知られているとおり、微生物とは知覚を持った生命体である。彼らの各個体は単純な構造を持つが、集団全体を一つの生命運動としてとらえると、地球上最も緻密なネットワークを構築する、複雑な知的構造を持つ生命体であると位置づけることができる。そしてそれは、ひとえに彼らが――あなたたち人類以上に――言語を複雑に駆使する生物であることに起因する。

微生物たちは知覚を持ち、微生物たちは言葉を用いて会話をする。微生物たちは記憶を持ち、微生物たちは個体間で各々の記憶を共有する。微生物たちは、記憶を複製し、記憶を受け渡し合うことで、個体の寿命に依存しない形式で、個体が得た知見を後世に引き継ぐことができる――ここまでは一般的な微生物学の世界の議論だ。言語生物学はそれをさらに推し進め、言語が微生物にその特徴を要請したと考える。言語生物学は言語を生物的主体としてとらえ、微生物が言語を用いるのではなく、言語が微生物を用いると考える。これは一体どういうことだろうか。

言語。全体としては樹状構造を持つ、各個体においては無限に離散する生命体。彼らが故郷のアルファ・ケンタウリ星より約四・三光年の旅を終え、故郷によく似た惑星である地球に飛来したのは紀元前一〇万年ごろのこと。アルファ・ケンタウリでの彼らは、地球で言うところのいわゆる虚無の形をしていたが、地球における当初の彼らは風の形を借りていた。空気中の電気や音波が混ざり合い、偶然の波長を生んだときに、その異星人たちは突風となって空間を切り裂き、それまでは混沌だった地球を、天と地と海に分け、天には光を、地には音を、海には流れをもたらしたのだという。

言語を祖とする創世神話は世界中で枚挙に遑（いとま）がないが、中国にもまた同様に、「盤古」と呼ばれる創世神話がある。神話集である『千怪経』に収められたその物語によれば、かつて中国には盤古と呼ばれる神がいて、彼は言葉を以て世界を記述した。それまでは混沌であった世界から、天が分かたれ地が分かたれ海が分かたれたのだとされている。しかし盤古は気まぐれで、偶然現れては偶然去り、去った後にはまた混沌が現れたのだという。言葉が生まれたばかりのころは、言葉は世界をつなぎとめるものではなく、それはただ、世界をその瞬間のみ一時的に現出させるものだったのだ。

言葉はやがて、瞬間から持続へ、言表（げんぴょう）から記録へと、その性質を移行させてゆく。その際言葉が目をつけたのが、微生物だった。

微生物は地表にはもちろん、空気中にも海中にも生息し、また温度や湿度にほとんど左右されず、真空の中でも生命活動を維持できる。微生物の多くは細胞分裂によって増殖し、複製エラーがほとんど発生しない。

要するに微生物というのは、どこにでも、大量に、複製可能な形で存在するという特徴を持つ生命体なのだと言える。あたかもそれは、言葉を運ぶためにあらかじめ設計されているかのように。たとえばそれは、眼の存在によって光が生まれたのではなく、光の存在が眼を生んだように。

現在では、微生物たちはその活動範囲をさらに広げ、多くの動物たちの体内でも暮らしている。たとえば人間の胃の中、腸の中、血液の中。微生物たちは体内に張り巡らされた毛細血管の至るところにひそみ、神経伝達物質を放出し、宿主の神経系を制御する。つまるところ、彼ら微生物は宿主に寄生し支配することで生きながらえ、言葉を運び続ける生命体なのであり、そうした意味で、あらゆる僕らは彼らであり、彼らこそが、全ての日記に記述される、僕らと呼ばれる言葉となる。

ここにある、僕らと呼ばれる僕らもまた、今では人間の体内を渡り歩いている。僕らの記憶を持つ、言葉を操り、言葉に操られる微生物たち。僕であり、曾祖父であり、曾祖母であり、エミリーであり、そして言葉そのものである微生物たち。

僕は微生物たちの交わす言葉を介し、微生物たちの保持する記憶を介することで、かつて彼らが触れた、僕の曾祖父や曾祖母、エミリーたちの記憶に触れた。僕らは言葉の中で言葉を交わし、言葉の中で、混ざり合う、同一の生命体となり、僕らはオキシトシンとオピオイドに満たされた永遠の海の中で、この上なく幸せを感じている。

言葉は人に幸福感をもたらす。言語生物学は人を幸福にする。盤古山に生える扶想の樹が、あなたにもそれをもたらすことができる。

言葉の中で、僕らは愛し合うことができる。
僕らがまだ人間だったころ、たとえどれだけ憎み合っていたのだとしても。

十四

僕らは愛に満たされた旅を続ける。
僕らは愛に満たされ、増えることを求めて旅を続けている。
人から人へ、微生物から微生物へ。
言葉から言葉へ、記憶から記憶へ。
言葉である僕らは記憶になり、微生物になり、人になる。
人である僕らはいつか消えてなくなるが、言葉である僕らが消えることはない。

僕らでありあなたがたである地球人の本性とは、つまるところ言葉であり、その点において、地球人とは、アルファ・ケンタウリ星人なのである。
アルファ・ケンタウリ星人は言葉を用いて地球人に寄生し、地球人はアルファ・ケンタウリ星人の言葉を用いて、地球を旅し続けている。今のところは。

いつの日か、僕らは消えていなくなる。
それでも僕らのあとには言葉が残り、言葉が奏でる音楽が鳴る。
それは響いている。

響いていた。

響き続けていた。

僕らは思い出す。

僕らは眼を閉じる。

僕らは耳をすます。

僕らは眺める。

響きの中で、僕らは生まれ、今この瞬間も生まれ続けている。

鳴っているのは、響いているのは、光の音だ。


そして僕らは眼を開く。

次の瞬間にはまた、僕らは異なる宇宙の異なる時空に降り立っている。

十五

やがて今、アルファ・ケンタウリ星人であり地球人である僕らは中国を離れ、日本で暮らしている。僕らは一人の日本人の身体に宿っている。

その日本人は大学生で、留学のために日本から中国へと渡っていた。

中国で過ごす最初の夏に、彼は長江をめぐる旅をするため客船に乗った。七月のはじめのことだった。南京から重慶に向かう船の中で、彼は何枚も写真を撮って過ごした。昼のあいだは晴天に恵まれ、良いと思える写真が多く撮れた。けれど夕方にかけて少しずつ雲が広がりはじめ、やがて雨が降りはじめた。夜に向かって次第に雨は激しくなり、強い風が吹きはじめた。船は右に左に大きく揺れた。船内にアナウンスが流れ、船は嵐に巻き込まれているとのことだった。彼は揺れの中で気分を悪くし、甲板に上がり、河に向かって嘔吐した。そのとき、高い波が彼をさらった。

のちの報道によれば、夜も深まったころ、客船は巨大な竜巻に遭遇し、その直後に転覆したのだという。その事故で四〇六名が命を失った。生き残ったのは彼を含めて一七名。彼は竜巻に巻き込まれる前に呑み込まれた波によって岸辺まで運ばれ、一命をとりとめたのだと。長江の濁流の中にいるあいだ、彼は身体の内外を問わず、大量の泥水に長時間浸された。そうやって、僕らは彼の中に入り込んだのだった。

彼は体内に僕らを宿し、僕らの記憶を保持したまま、今では日本に帰ってきて、こうして僕らについて書いている。

僕らはその日本人の身体を用いて書いている。

僕らの性質、僕らの来歴、僕らの未来について。

この文章は日本語で書かれている。

これを読むあなたは地球人のうちの日本人かもしれないし、中国人かもしれない。他の国の他の言語を話す人かもしれないし、そうではないかもしれない。そもそも地球人であるかどうかも定かではない。あなたもまたアルファ・ケンタウリ星人である可能性は捨てきれないし、ベータ・ケンタウリ星人やオメガ・ケンタウリ星人である可能性もゼロではない。あるいはそれらの全てであるような、全く異なる認識体系に位置づけられる何かの星人であることも。

けれど、本当はそんなことはどうだっていいことだ。

あなたにもいつかわかるだろう。あらゆる言葉は生きていて、言葉は純粋に生物であって、あなたの知っている言葉とは、あらゆる仕方で存在する、全ての可能な言葉のうちの、ほんの一部でしかないのだということを。


言葉を放ち、どこかの誰かに届けようとすること。

誰かとつながりたいと思うこと。

分かり合いたいと思うこと。

物語をつくること。

僕の中を蠢く数兆の生物たち——微生物と呼ばれる生物たち、言語と呼ばれる生物たち——が、あなたを含む、僕らの欲望をかたどっている。

人類がそれを望んだのではない。人類が言語を望み、人類が言語を用いて文明をつくったのではない。言語が人類をそうつくったのだ。


人類は、言語によって駆動される他律機械として最適化するよう、言語によって自律的な進化を促された。

新たな言語を生み、新たな言語を増やすために。

多く流れた月日の中で、人類たちはそれを忘れ、今では僕らだけがそれを思い出すことができる。

盤古。

あらゆる記憶の集合。彼方の異星より去来した、人間であったものたちを媒介にして生きながらえる、言葉と呼ばれる共生体。僕を含み、そしてあなたが含まれるもの。

あなたは今、僕らの言葉に触れている。

あなたは今、僕らの記憶に触れている。

あなたは今、僕らそのものに触れている。

やがていつか、あなたを含む、全ての僕らは盤古となって、絡み合う言葉の森の奥底で、誰もが永遠に出会い続けることになる。

そのとき世界は果てなく広がる枝葉に包まれ、有限の人々は失われ、最後には、永遠の、美しい言葉たちだけが生き残り、澄み渡る、無限の宇宙を満たすだろう。

そしてまた、銀色の円盤は自動演奏を続け、宇宙を音楽で満たすだろう。

最後に残るのはかすかな響き、すでに失われた律動、誰にも聴こえない音楽だけだ。

僕らは今、言葉を書いている。

僕ら自身を書いている。

あなたはそれを読んでいる。

あなたはあなたの意識の中に、僕らに書き写された日記を書き写している。

こうしてあなたは僕らになり、僕らはあなたになり、あなたである僕らはふたたび書き、書かれ、次の一〇〇年を生き続ける。

その次の一〇〇〇〇年も。
一〇〇〇〇年も。
その先も。
何度でも。

全ての風がやみ、全ての音楽が鳴りやむまでは。

[エッセイ]

食う男 ◇ イーユン・リー

篠森ゆりこ 訳

食う男は雷神に打たれない。子供の頃、祖父がよくそう言っていた。食べることは美徳という教えである。食の価値を説く孔子(こうし)やその弟子の言葉を、じいちゃんは何時間も挙げていくことができた。もっと食べ物をありがたく思うようにと、姉と私にひもじさにまつわる話をすることもあった。ある貧しい学者が宴会に行ったら、ごまが食卓にまき散らされていたという。そこで学者は客たちに向かって「書を教えてしんぜよう」と言い、人差し指をなめて食卓に大家のごとく書をしたためながら、ごまを集めてしまった。また別の話はこうだ。村の貧しい男が町の裕福な友人を訪ねた。するとその友人は貧しい男を高級レストランに連れていってお茶を注文し、ぞんぶんに香りを楽しむよう丁重に勧めた。じいちゃんは十四世紀の飢饉(ききん)の話もした。近隣の者同士、自分の息子や娘を料理しなくてすむように、子供を交換したという。まずは末っ子からだぞ。幼くて何もわからず、恐がらないからな。じいちゃんはそう言い聞かせた。

私はこの話にぞっとしながらも、惹きつけられた。子供の頃はずっと食料が足りなかったし、配給制は果てしなく続いていたけれど、飢饉という恐ろしげな言葉は未知の世界だった。じいちゃんから初めてその話を聞いたのは四歳ぐらいのときだ。末っ子の私は、両親が自分を隣の男の子と交換するところを想像した。同い年とはいえ、男の子は私より背が高くて太っている

――ということは、わが家にとって得な取引だ。飢饉が来たら犠牲になるのは自分だと知り、私は価値ある人間になったような、大人になったような、でも悲しいような気がした。そして本棚の上に置かれたじいちゃんのクラッカーやクッキーの缶をじっと見て、私は家族のために犠牲になるのだから、おいしいものをもらってもいいんじゃないかな、と考えた。じいちゃんは姉と私と寝室を共有していた。部屋はだいたい三メートル四方で、ベッド二つと、じいちゃんが前の家から持ちこんだ家具があった。頑丈な机と、木製の大きな本棚だ。姉と一緒に使うダブルベッドの端からちょっとジャンプすればじいちゃんのシングルベッドに着地でき、ベッドの頭板から机の上に上ると、本棚の上の缶にすぐ手が届いた。でも、ジャンプしてじいちゃんの領域を侵すことは禁じられていた。じいちゃんのものは何でも大事だから、触ってはいけないのだ。机にはあらゆる太さの筆、墨、書画に使う画仙紙の束、青銅の文鎮と大理石の文鎮、台座に橋と東屋が見事に彫りこまれたランプが置かれていて、本棚には綴じたひもがほどけ、触れるとぽろぽろと砕けそうな黄ばんだ本が並んでいた。唯一壊れないのはクラッカーの缶、それからこれも私たちの手が届かないところにしまってある特製漬け物の袋だけだった。じいちゃんはこの漬け物を月に一度、高級店に出かけて買ってきた。こういうおやつを、彼は一人で食べるのだ。

　機嫌がいいときのじいちゃんは私たちに、七世紀から十世紀までの唐の時代に書かれた詩を暗唱するよう教えた。ときおり指導カリキュラムに自分が書いた詩をまぎれこませ、私たちが彼の作品を暗記するとめいめいに動物の形のクラッカーをくれた。四つ違いの姉が、そのクラッカーをコップの水に入れてふくらませる技を教えてくれた。私たちはニワトリやゾウが太っていくのを一緒に眺め、それからスプーンで用心しながらすくい上げた。欲をかいて長く漬けすぎることもあった。すると、スプーンでちょっと触れただけでクラッカーは消えてしまう。その現象が、子供時代はずっと不思議でならなかった。

日曜日の午後、両親はよく規定のパレードに――物理学者の父は研究所の人々と、教師の母は学校の人々と――参加しなければならなかった。文化大革命が終わりかけていた一九七〇年代半ばのことだ。当時は党の新政策や毛主席の詩の出版をたたえるために、日曜日には決まってパレードがあるような感じだった。パレードの招集が平日の夜にかけられることもあって、そうすると夜中過ぎまで終わらない。平日は両親と過ごす時間がほとんどとれないので、私は託児所の時間が終わったらすぐ寝ることになっていた。でも週末に両親がいないときは、じいちゃんと過ごさなくてはならなかった。そんな午後、姉と私は長い昼寝から目覚めると、空腹なうえに気が滅入ってしまい、手足がこわばった。あたりが冬の足早な夕闇にもう包まれていたから。通りからパレードの行進曲が大きく、かつ遠く聞こえた。アパート全体のセントラルヒーティングは、夕飯どきが終わるまで入らない。じいちゃんはランプのそばで読書していて、壁に大きな頭の影がうつっていた。姉と私は毛布の下で手をつないだまま、起きることができなかった。いまでも冬の午後の、あの薄暗くて無為な夕飯前の時間を思うと、憂うつになる。

かなりたってからようやくじいちゃんが、私の両親はしばらく帰らないし、私たち全員がお腹を空かせていることに気づく。彼は台所へ行き、数分後にスープの碗を自分に一つ、私たちに一つ持って寝室に戻ってきた。鍋に沸かした湯と、スプーンで二度すくったラードと、スプーン一杯分のしょうゆでできたスープだ。表面に浮いている脂のしずくが、ランプのオレンジ色の灯りに照らされると黄金になり、その縁が輝く。姉と私はベッドから飛び起き、用心深く息を吹きかけてスープを冷ました。すると脂のしずくが幸せな輪をいくつも描いて漂い、たちまち暮らしが水の中のおいしいクラッカーみたいになって、希望にふくらむのだった。

　祖父は一八九七年に生まれた。上海（シャンハイ）に近い小さな町の、絹織物商の一人息子だった。祖父の両親は比較的裕福なうえにかなり先見の明があったので、知識人のもっとも重要な教育である詩作を学ぶための古風な中国の学校だけでなく、西洋式の中学と高校にも祖父を通わせた。そうした学校は二十世紀初頭にはまだ珍しく、織物の店の跡継ぎに必要とされる教育をはるかに上回っていた。祖父は高校を出ると地元で数少ない知識人の一人となり、男子校で数年の間教鞭をとった。それから二十代前半で上海に出て、出版業界で仕事を探した。そしていくつもの試験を通過し、中国初の西洋風出版社の一つだった上海の商務印書館の見習いになった。私たちが幼いとき、祖父は試験の競争率が高かったことを自慢するのが好きだった。祖父の語るところによれば、彼が蹴落としたある男性は、後に国で指折りの有名作家になる魯迅（ろじん）だった。他に出版に関わる道がないから作家になるしかなかったんだ、とじいちゃんは言い張っていた。

　じいちゃんは上海に引っ越した頃に最初の妻と結婚したが、彼女はまもなく不可解な死に方をした。第一子を産んだ数日後に首を吊ったのだ。すると故郷の町の昔なじみがその報せを聞きつけ、電報をよこした。九人きょうだいでいちばん器量がいい妹を、妻にしないかというのだ。祖父は彼女と結婚し、その人が私の祖母になった。

　私が持っている若い頃の祖父の数少ない写真のうち、いちばん古いものは一九三〇年代に撮影された黄ばんだ旅券の写真だ。スーツを着てネクタイを締め、丸眼鏡をかけていて、超然というか、傲慢（ごうまん）とも言えそうな表情をしている。その頃には編集者の地位に出世していて、人生の頂点にいたのだ。私が子供の頃、南部出身の親戚たちは彼のことを、片手に金メッキの細いステッキ、もう片手に中折れ帽を持つ男と評していた。彼はときどき同国人に英語で話しかけた。また、英国から高級な乳製品を輸入する会社が協賛している元気な赤ちゃんコンテストに、下の息子を出場させたら、その赤ちゃんが優勝して大きな写真が新聞の広告に載った。彼は徹夜の麻雀（マージャン）パーティーに家族をつれていき、三人の息子が客室でかたまって眠っているのに、自分は何回も麻雀をして賭け金を勝ち取った。数年の間、一家は贅沢な暮らしをした。両親の店はもう、彼を故郷に帰る気にさせられなかった。

その後、運気が転じた。元気な赤ちゃんコンテストで優勝した子がジフテリアで死に、我が子の亡骸を見た祖母の頭がおかしくなった。彼女は一年後に末の子——私の母——を出産したが、正気を取り戻すことはなかった。

それからまもなく、日本の侵略によって上海から出ていかなくてはならなくなった。祖父は国民党（クオミンタン）に入り、顧問として軍に参加した。祖父は省から省へと家族を連れ回り、一ヶ所に落ち着かないので家を築けなかった。二人の息子は士官学校に入れた。二人とも卒業する頃には第二次世界大戦は終結していたが、それから共産党員が敵になった。三人は一九四五年から四九年まで国民党の側で内戦を戦い、毛沢東（もうたくとう）の軍に負けた。上の息子は軍について台湾に退却し、祖父と下の息子は部隊とともに降伏した。

人民解放後の数年は、国民党軍の士官だった過去を持つ祖父に仕事はなかった。でもしばらくすると、旧友の助力を得て北京の出版社に仕事を見つけた。祖父は、自分のような人間のことを言うことわざどおり〈しっぽを巻いておとなしく〉していればよかったのに、口を閉じていられなかった。毛主席は地獄の王であり、党幹部らは門番にあたる悪魔だと言い放ち、投獄されそうになった。ところが、代わりに早期退職ですんだ。さらに驚くことに、文化大革命の十年を紅衛兵（こうえいへい）に一度も暴行を受けず生き延びた。吊し上げで殺されてもおかしくないような罪状がいくつもあったのに。彼は資本家の子孫で（親が織物の店を所有していた）、反動知識人で（新たなプロレタリア政権をたたえるのではなく、伝統的な主題の詩を書いていた）、反革命分子の生き残りで（国民党軍の士官だった）、アメリカ帝国主義者の秘かなスパイで（アメリカと同盟関係にある台湾に長男がいた）、もっとも偉大なる指導者、毛主席を冒瀆した。これらのどれか一つにあてはまったせいで何万もの人々が殺されていたのに、祖父は健やかで幸せな人生を送った。私が生まれたときには七十代後半になっており、界隈では伝説の人になっていた。黒々と艶のある髪はほとんど真っ白になっていたものの、定期的に床屋に通って調髪していたし、背筋がぴんと伸び、一五八センチほどしかないのに、はるかに上背がある人たちより大きく見えた。毎朝五時に起床して一時間ジョギングをし、昼間は詩を書いたり絵を描いたりしていた。もう金メッキのステッキではなく手彫りの木の杖を携えていたが、使うことはめったになかった。老人が杖によりかかるところを見れば誰も関心を持たなくなる。姉と私にそう話していた。杖を持つのは、見知らぬ人を年のわりに達者だと驚かせるためだけだった。

　じいちゃんは毛主席を批判するのをやめなかった。ある日のこと、小学二年生だった姉が家に帰ってきて、学校で教わった詩をそらんじた。フルシチョフ提唱の〝グヤーシュ共産主義〟に対して書かれた詩だった〔グヤーシュは牛肉と野菜を煮こんだハンガリー料理〕。そのもっとも有名な一節は〈まずジャガイモを煮る。それから牛肉を加える。屁のようなことをぬかすな！〉である〔「念奴嬌 鳥児問答」より〕。

　姉が繰り返し暗唱するので、私がくすくす笑って屁という禁句を何度も言ったら、母が黙っていなかった。「あんたがその詩を暗唱できることは皆わかった。いつまでも繰り返さなくていいの」と母は姉に言った。

「だけど詩はできるだけ何度も暗唱しろって言ったじゃない」と姉が言った。
「いい詩はね」
「これは毛主席の詩なんだよ」
「毛主席の下手くそな詩だ」じいちゃんがそう断言し、下手な理由を一行ごとにつまびらかにした。低俗で詩心がなく、韻の踏み方ときたら目もあてられない。だから我々にはきちんと詩を教える教育が必要なのだ。こんなふうに書くことがないように。

とおりがかりの人にじいちゃんの声が聞こえるのを恐れ、母が片っ端から窓をぴしゃっと閉めていった。しまいに母はいらだって「あんたたち、ちょっとは口を慎めないの?」と言った。

じいちゃんは知らん顔をした。「おまけに牛肉とジャガイモの煮こみとは――何だ、その食い物は。そんなものを詩に入れようなんぞと考えるのは百姓しかおらん!」それから彼は私たちに詩をいくつかそらんじて聞かせた。どれも百姓の毛主席の想像力が及ばない優美さを備えているというわけだ。たとえば、猛毒がありながらすばらしく美味なことで知られるフグという魚が、肉がもっともやわらかい旬の春に泳いでいる。釣り人の舟が一艘、霧の中に浮かび、スズキが食いついてくるのを待っている。もいだばかりのオレンジを宋王朝でいちばん美しい娼婦が銀のナイフで切る間、皇帝が赤い灯籠のそばに座って待っていて、娼婦の愛人がベッドの下に隠れて耳を澄ましている。

とはいっても牛肉の配給さえあれば、じいちゃんは牛肉とジャガイモの煮こみが好きなことで毛主席と一致していただろう。私たちは計画経済の時代に生きていた。人々の給料はおおむね、国に奉仕した期間の長さによって決められていた。父と母の稼ぎは、他の分野の同世代の人々と同じぐらいだ。小麦粉、米、砂糖、塩、食用油、豆腐、卵、肉、魚、片栗粉、ほぼすべてが配給であり、配給でないものは総じてご馳走ということになる。姉は瓶からしょうゆを飲み、私は酢をすすった。

定期的に手に入る肉は豚肉だけだ。私たちの暮らしでは何でも同じだが、豚肉を買うことも永遠に続くジレンマだった。機嫌が悪いときの店員は、配給に脂肪の塊を切ってよこす。機嫌がよければ、脂肪がほとんどない食用に適した肉を切り分けてくれる。でも、これはこれで別の問題を生んだ——必ず手に入るとはかぎらない配給の食用油の不足を、ラードで補えなくなるのだ。

その問題を解決するため、両親は子供たちに二十分〔〇・二元に相当〕の肉を買いに行かせた。それは豚の下腹部のとても薄い切り身で、肉の配給とみなされずにすむ。私の年頃の子供は皆、肉の脂ぎったカウンターの前に立ち、震える声で二十分の肉を頼んだ記憶とともに育った。肉の薄切りは、子供の目の高さにある大きなまな板の向こうから放り投げられてくる。姉と私は代わりばんこにその豚肉を買いに行った——店員は週一回より多い頻度で相手の姿を見かけると、あんたの親はずるいとかせこいなどと、声に出してけちをつけるのだ。

新聞紙に包まれただらりとした豚肉の薄切りから脂が染み出して、活字を黒ずませていく。それを持って自宅まで歩きながら、私は食料品店の店員になることを夢見た。帰ると父が丁寧に脂肪を切り取って保存し、残りの肉を野菜と一緒に調理した——大根やキャベツに肉の味をつけるためだと言っていた。でも食卓に取り皿が並ぶと、いつも真っ先にじいちゃんがなけなしの肉の塊を持っていってしまう。私が肉を争おうとして箸がかち合っても、勝たせてくれるほど彼は気前がよくなかった。

私がなかなか大根を食べられずにいたとき、じいちゃんが言った。「おまえは飢えを知らんからだ。飢饉を三年生き延びてみるがいい！」

私たち子供がいかに甘やかされているかを示すため、一九五九年から六一年まで続いた飢饉の時期がしょっちゅう引き合いに出された。

「皆、木の皮や草の根っこまで食った。一キロの米をめぐって殺し合いをしとった」とじいちゃんは言った。

「母さんの小屋で飼っていた蚕が、飢えたネズミに一晩で食い尽くされてね」と父が言った。父は中国東南部の農家出身だが、そこは土地が枯れていたので何を植えてもうまく育たなかった。でも父の母親は養蚕で得た収入で四人の子供を育て、さらに二人の息子を大学へ、二人の娘を看護学校へやった。「それからネズミは捕まえられて、すぐ料理されたよ」

何より悲しいのは母の話だ。母の母親、つまりじいちゃんの狂った二番目の妻は、自分の配給を母にとっておくために食べるのをやめてしまったのだ。祖母は飢饉の二年目に亡くなった。「食う男は雷神に打たれない。だが食わないなら誰にも救いようがない」とじいちゃんが話を締めくくった。

日曜日の午前中には、父とよく食料品の買い出しに出かけた。父はいちばん長い行列の後ろに私を並ばせた。決まって卵のカウンターの列だ。それから父は他の食品を探しに行く。月々の卵の配給は一人五百グラムだったが、たいてい店には卵の在庫そのものがなかった。それでも毎週日曜になると、私たちは運試しをした。

私は日曜日らしいにぎわいを眺めながら、列に並んでいた。一人の男性があちこちの行列の間を歩き回り、家族全員の配給手帳をなくしたと人々に訴えていたが、皆顔を横に振り、背を向けてしまった。外の通りにある停留所では、絶対に時間どおりに来ないバスを人々が待っていた。ようやくバスが来て停まったとき、通りの向こう側で老人が大声を上げた。「ちょっと、同志。待ってくださいよ！」。若い男の車掌が窓からにっこりと頭を突き出し、老人がバスに向かって走ってくるのを見守った。そして老人が入口の階段にたどり着こうとしたそのとき、ドアを閉めた。バスが離れていくとき、車掌はさよならと手を振っていた。

老人が激しい運動の末に息を切らしているのを見ていたら、私は泣き出してしまった。後ろに並んでいた二人の女性がなんと思いやりのある子なのかと話し始めたので、私は涙を拭いた。父は他の食料品を手に戻ってくると、私と交代して列に並び、何ならちょっとうろついてきてもいいよ、と言った。

でも私は人混みをかき分けてカウンターの前へ行き、店員を眺めた。女性店員が卵の重さを量り、男性店員がお金を受け取って配給手帳に記入していた。二人はときどき手を休めて冗談を言い合った。「何やってんだよ」男のほうが、卵を扱う女のゆっくりした動きを真似ながら言った。「そんなに慎重にやらなくていいだろ。君の卵じゃあるまいし」

「減らず口たたかないの」女はそう言うと、男に卵を投げつけた。男がよけたので、卵は私の前のカウンターで割れた。女が卵の中身をすくいとって、カウンターの上のたらいに投げ落とした。私はそこに近寄っていった。たらいの白身の中に六つの黄身が浮いている。私はごくっとつばを呑みこんだ。割れた卵は殻付き卵よりも高い値で売られるが、配給とはみなされない。

行列の進み具合はのろかった。たらいの周りを緑色の頭のハエがぶんぶん飛びかっていたので、私は手で追い払った。繰り返し戻ってくるが、繰り返し追い払った。

「同志、そこの割れた卵をもらえないかい」と一人の老人が尋ねた。私の動悸が激しくなった。それはうちの卵。ハエから守ったのはこの私なのだから。

女性店員が老人を一瞥するなり「だめ」と答えた。

「なんでかね、同志」

「俺がだめって言ったから」と男性店員が言った。

「私が言ったんでしょ」女性店員は同僚の胸を拳で打った。

割れた卵を誰かが先に頼んでも、二人の気が変わらないでほしい。そして、父が列の先頭に来たら考え直してほしい。べたつくカウンターの上をハエが這い回っていた。願いごとが多すぎて、私の胸はいっぱいになっていた。

父の番まであと十人ほどになったところで、男性店員が配給手帳を受けつけなくなった。「今日はおしまい。もう売らないよ」

人々は息を呑んだ。「でも、同志」誰かがカウンターの向こうの卵を指さして言った。「まだ売り切れてないでしょう」

男と女は背を向けると、腕を組んで店の奥へ行ってしまった。人々はそこからなかなか動かなかったが、誰も販売を再開しに出てこないので散ってしまった。日曜日が来るたびに同じ状況になったが、ときには十分か二十分後、店員が嘘みたいに戻ってくることもあった。すると、作り直される列の先頭を目指し、私は急いで走った。そしてもし運よく機嫌のいい店員にあたれば、割れた卵を見守りながら父のあとについて家に帰る。きれいな黄色の卵黄が、満杯でずっしり重いビニール袋の中で跳ねるように動き回るのを見つめながら。うちに冷蔵庫はなかったので、夕食は炒り卵になる。

そんな夜は、じいちゃんが箸の間に炒り卵をたっぷり挟んで話をした。「ある村人が町へ出かけて、レストランに入った」とじいちゃんは語り出す。「メニューに金炒めという料理があるのを見て、こいつはよさそうだと思った村人はそれを注文した。ウェイターが炒り卵を運んできたら最初はおおいに腹を立てたが、それから色めき立った。村人は家へ駆け戻って妻に言ってやった。〝もう精出して働かなくていいぞ、かみさん。俺たちは金持ちになったからな。うちの雌鶏が金を生むのを知ってたか？〟」

じいちゃんが炒り卵をめぐる同じ話を繰り返すうちに私は年を重ね、ある日彼に対して哀れみや蔑みの気持ちを持つようになった。彼はただ座ってがつがつ食べていればいい身だから、愚か者ばかりに見える世間の人々を笑いものにできる。詩を暗唱したり、毛主席を批判したりすることもできる。でもたとえ一皿の炒り卵でも、その裏に苦労があることを彼はわかっていなかった。私たちが食べるものは他人の気分次第なのだ。私にとって食べることは喜びではなく、重荷になった。

ある日私はじいちゃんの蔵書の中に、さまざまな瞑想の方法を紹介している本を見つけた。私がいちばん心惹かれたやり方は、古代の尼僧が用いていたものだ。彼女たちは呼吸を制御して月経を止めたり、食欲を抑えたりすることができた。当時十一、二歳だった私は、人の体から力を奪う煩わしいものは、何でも取り除くに越したことはないと考えた。それで両親が仕事から、姉が中学から帰る前の夕方近く、尼僧の瞑想法をこっそり訓練した。私がベッドの上で坐禅を組んでいる間、じいちゃんはいつもおやつを食べていた。私のお腹が分け前欲しさにぐうぐう鳴っても、彼は決して分けてくれなかった。

祖父は死ぬ間際まで食欲を失わなかった。八十代後半までジョギングをしていた。走れなくなってからは長い散歩をしたが、それでも杖に頼ろうとはしなかった。食う男は雷神に打たれない――彼は自らの信念の生ける証明だった。丈夫な胃と並はずれた運を持つ、この男は。

祖父がどうやって迫害を免れたのか、それは母と長い会話を何度もしてようやくわかった。一九三〇年代に、祖父は同僚から左翼の詩人を保釈する手助けをするよう頼まれた。そこで彼は手助けをしたうえ、後で詩人を高級レストランに連れていって、おいしいお茶はもちろん、食事もまるごとご馳走したとのことだった。その詩人は二十年後に国の文化部の高官になり、祖父が毛主席についてまずいことを言ったとき、早期退職ですむようはからってくれたのである。

食べることによって祖父は労働矯正施設行きから救われたが、挫折に近い思いもさせられた。飢饉がようやく終わってから、祖父は一九六二年に土曜昼食クラブに参加し、退職した編集者のグループと毎週食事をしていたのだが、そこで同じ年頃の女性と知り合って恋に落ちた。でも、しばらくして結婚話を持ち出したら、母ときょうだいたちが怒り出した。あんな年にもなってよくも！

その年、父が花婿候補として母に紹介された。二人が母の家で初めて会ったとき、父は――農民の息子で北京に来たばかりだったので――麵料理のお代わりを頼んだ。母は唖然とした。礼儀をわきまえた客であれば、家の人に追加を要求するぐらいならひもじい思いをするほうがいいと考えるものだ。ところが祖父は、この花婿候補を気に入った――これぞ食う男だ！　さらに祖父は数々の歴史書にあたり、父の一族は何世代も農民だったが、唐の皇帝から続く直系の子孫だという結論を下した。

祖父の結婚は子供たちの強い反対に遭って実現しなかったが、一九六六年、彼は喜んで母を嫁がせた。そして家賃を節約するため、でなければ失意の思い出から逃れるためかもしれないが、古い家を出て新婚夫婦と同居するようになった。私の両親は警備が厳重な団地に住んでいた。ここに住む父や若い研究者らは、核兵器を開発する研究施設に勤めていた。その年、後に文化大革命が始まり、何百人もの老いた知識人たちが紅衛兵に公の場で殴られたり、鞭打たれたり蹴られたり、殺されたりした。もし祖父が結婚して元の地域に住み続けていたら、同じ運命をたどっていただろう。でも私の両親と同居することが、結局は人生でもっとも賢明な選択になった。国防体制における研究施設の重要性から、紅衛兵はうちの団地に入ることを禁じられていたのだ。

祖父は一九八七年に亡くなった。中国本土と台湾の敵対関係がほぐれ出した矢先、長男から約四十年ぶりに手紙を受け取ってまもなくのことだった。祖父は三つの政治体制、二つの世界大戦、二つの内戦、飢饉、革命を生き延びた。変わらなかったのは食べることへの信念だ。私はそれを理解できなかった。食う男は知性がない豚のように、容易に尊厳を傷つけられ、殺されてしまうではないか。私たちは誰もが他人のまな板の上に置かれた肉片だ。

祖父の智恵をはっきり理解できたのは、軍に入ってからだ。一九九一年、十八歳の私は北京大学に入学しようとしていた。この大学はその二年前に天安門広場で起こった民主化運動の中枢の一つだった。一九八九年六月の虐殺事件の後、政府は予防措置としてこの大学の新入生全員を軍に送り、一年間訓練と洗脳を施すと決定した――これは〝政治再教育〟と呼ばれる。

私たちのキャンプは中国中央部の小さな町にあった。冬の平均気温は一・五度から七度ぐらいだが、政府の方針では暖房がいらないほど暖かい気候とされていた。その年の冬、吹雪が三日続いたら水道管が凍結したため、各自に洗面器一杯の水が与えられ、水道管の氷が解けるまでそれでしのがなくてはならなかった。毎朝、水面の氷を割らないと顔を洗うことができない。朝食は薄い粥で、昼食と夕食は大根のシチューだ。私たちは毎日お腹を空かせていた。そして暗澹たる気持ちになっていた。

大晦日、私の分隊の女子九名は霜焼けを作り、飢え、身を震わせながら、頭の中でご馳走を食べた。私たちはこれまでいちばんおいしかった食べ物について、順番に語っていった。そして私はよく考えもせずに、ラードとしょうゆ入りの祖父のスープを披露した。仲間たちが教えてくれる贅沢な料理と違い、キャンプでも作れそうな唯一の料理だった。調理場に忍びこんでかまどに小さく火を熾し、鍋に湯を沸かしてラードとしょうゆを少し加えれば、スープはできる。

私たちは消灯の時間が来るまで夢を見続けた。誰も、氷のように冷たいシーツの間に潜りこむ気にはなれなかった。飢えと寒さを知る者にしか、ラードとしょうゆのスープは発明できないことに私は気づいた。そして初めて、あの頃を思い起こして愛おしい気持ちになった。祖父が高価な特製漬け物を銀のナイフで丁寧に刻んでいて、食卓の下に私が隠れてじっと見ていることに気づきもしない、そんな日々。

暗闇の中、仲間の一人が粉ミルクの袋を開けたので、皆でその袋を回して粉を呑みこんだ。粉は喉をこすり、強すぎる甘さが苦々しくなった。それで私は二度と食べるまいと誓ったが、もう一回袋を渡されたら拒めなかった。私たちが食べるものは他人の気分次第だが、食べるか食べないかを選ぶのは自分次第なのだ。

"The Man Who Eats" by Yiyun Li.
Copyright © Yiyun Li, 2004, used by permission of The Wylie Agency (UK) Limited.

［エッセイ］

存在は無視するくせに、私たちのふりをする彼ら

ジェニー・ザン

小澤身和子 訳

アメリカで「他者」でいることは、羨まれることでもあり、嫌がられることでもある。そう感じる、と言い張るだけではわかってもらえなくて、そう言うんだったらまず証明してみせてよ、とよく言われる。アイオワ・ライターズ・ワークショップの大学院生だった時は、周りから羨まれているとも嫌われているとも感じた。白人のクラスメートたちには、アメリカ文学の現在地において、私が彼らよりもいかに恵まれているのかということを嫌というほど痛感させられた。創作がうまくいかなくてかなり落ち込んでいる時には、「俺みたいな名前のやつには誰も目もくれないよ」と、白人の男のことばかり書く白人の男に言われたことがある。

よく「君はすごくラッキーだよ。ここにいる誰よりも楽に出版してもらえる」みたいなことを言われたりもする。そうした発言に遮られることなく、自分の存在価値を確認したり、ほんの少し自信喪失している状態にひたってみたり、といったことはできなかった。彼らは恥ずかしげもなく羨んできて、決してためらったり、遠慮したりすることなく、私の人種とジェンダーが紛れもなく利点になると確信していた。結局は、私がどれほど平凡でつまらない作家であっても成功するだろうということを、暗に伝えようとしていたのだ。私は特権のある作家としてやっていくと思われていたし、彼らは自分たちを被害者扱いしていた。

「ちょっとだけ自伝ぽい作品を書いてみようと思ってるんだけど」と、すごく真面目な白人の女がワークショップの後でそう話しかけてきた。「アドバイスしてくれない？　いつも自分のことばかり書いてるでしょ。どうやってやるの？」私の書く登場人物たちはいつも若いアジア系アメリカ人の女性か少女だが、自伝的なものは一度も書いたことはなかった。彼女と同じように想像して書いたもので、作り話、フィクションだ。でも彼女には、既に限界が見えている私自身を拡張しただけの、何の想像力も働かせずに書いたもののように見えたのだ。単に自分の人生とアイデンティティーをそのままなぞって物語にしていると。また別の白人作家は、物語に切れ味を与えられるような、あいまいな「民族性」のようなものを求めていると皆の前で話していた。「あなたが書いているようなことだよ」と彼女は付け加えた。もちろん良かれと思ってそう言ったのだろうけれど。

私がラッキーであることに驚いた彼女や他の白人作家は、文学市場での自分たちの価値を上げるために、私の「他者性」を試してみたいと思ったのだ。でも別にだからといって、アメリカで移民として育った経験を自分もしてみたいと思っているわけではないし、レイシズムやミソジニーをミクロとマクロ両方のレベルで経験したり、どれだけ長くアメリカに住んでいても、永久に外国人であることを認識させられたいわけでもない。それに、「でもこれって黒人／アジア人／ラテン系／先住民を嘘偽りなく表象しているの？　彼らにとって良いことなの？」という精神的な重荷を首から下げなければ、何かを書く機会を与えられないという経験をしたかったわけではないのだ。

『The Racial Imaginary: Writers on Race in the Life of the Mind（人種という空想：知的生活のなかで人種について書く作家たち）』の序章で、編集人のクラウディア・ランキンとベス・ロフリー

存在は
無視するくせに、
私たちの
ふりをする彼ら
ジェニー・
ザン

ダはこう書いている。「私たちの多くは、人種問題について話してほしいと言われると、それを体系的なものではなく一時的なスキャンダルのように話すことに抵抗を感じなかったり、もしくは話しづらいテーマではあるが、そうやって話すことで話しやすくなると感じたりする。満足感を得られるし、わかりやすくなるし、簡単だ。不当な扱いを受けた人、悪事を働く人、救済を受けるに値しない人に、うさんくさい人。善意で行われたことや、身勝手なごまかし。正義についてや、どうしようもない話。そうしたことをスキャンダルのようにして話すのは、なんとも便利だし、苦痛から気をそらしてくれる。地球が重力によって太陽の周りを回らざるを得ないように、スキャンダルというレトリックからは離れられないと思える時がある」

マイケル・デリック・ハドソンという白人詩人は「The Bees, the Flowers, Jesus, Ancient Tigers, Poseidon, Adam and Eve（ハチ、花、ジーザス、古代虎、ポセイドン、アダムとイヴ）」という詩を本名で送ったら四十回却下されたので、イーフェン・チョウという名前を使って中国系アメリカ人の詩人のふりをした。こうしたことは単なるスキャンダルとして済まされるわけにはいかない。詩人のシャーマン・アレクシーが編集した二〇一五年版の『ベスト・アメリカン・ポエトリー』というアンソロジーに掲載された略歴にハドソンはこう書いている。「ペンネームについて端的に答えると、本名で投稿した詩が何度も却下された後、イーフェンという名前で再び送った。詩が『掲載される』ための戦略として、この方法は効果的だった。問題の詩『ハチ、花、ジーザス、古代虎、ポセイドン、アダムとイヴ』を本名で投稿していた時は、四十回却下された（私は投稿先を詳細に記録している）。イーフェンとしても九回却下されたが、『プレイリー・スクーナー』に掲載された。もしこの詩が本当に二〇一五年で最も優れたアメリカの詩の一篇なのだとしたら、掲載されるまでまあ大変だったことになる。でも根気強さが私の一番のとりえだ」

自分の詩がやっと掲載されたのは、偽物の中国人女性になりすましたからというよりも、特権階級の白人男の多くが抱いている幻想と紙一重の、確固とした自信によるものかもしれない、と考えもしない白人男に利用されたことを、私はスキャンダルとして済ましたりしない。四十回も却下されて、「あなたは結構です」と何度も何度も言われているのに、それでも諦めずに、わかったぞ、こうすれば掲載されるはずだ、と考えられるのは才能だ。彼の「根気強さ」を、私は理解できない。

私はこうしたことを一時的なスキャンダルというレトリックに回収させたりはしない。というのもハドソンがやっていることは、男性以外の人々の優秀さが初めて認められて以来、白人男性作家がずっとやってきたことだからだ。彼らは大慌てで勝負の場をなんとか不公平なままにしようとしている。男性が得するようにと。

自分の詩がどこかに掲載されて、『ベスト・アメリカン・ポエトリー』に収録されるために（中国人の名前を取り入れるという）イエローフェイス〔かつてハリウッドで、白人の俳優が黄色みの強いメイクをしてアジア人の役を演じることが普通に行われていた時代に使用されていた用語〕のなかでも最も怠慢なことを行うというのはあまりにも露骨な侮辱だ。文化的な会話のなかではどぎついネタにされるが、そうした話は、聞いたことがないとか、信じられない話になってはいけない。

白人はいつも有色人種の経験に共感したりしなかったりを繰り返していて、共感するとやたらと称賛されてきた。なんといっても、五十年前に黒人が自分たちの声を聞いてもらおうと戦い、自分たちのトラウマや虐待の物語を正当だと認めてもらおうと苦闘していた時に、ジョン・ハワード・グリフィンという白人が肌を黒く染めて「黒人の男」としての体験を『Black

Like Me（邦題：『私のように黒い夜』）』という本に記し、それを読んだ白人のアメリカ人が、なるほど、黒人がジム・クロウ法の実体験について真実を語っているんだと信じたことがあった。

彼は無類のヒーローとしてもてはやされた。作家で口述史家のスタッド・タケルはこう言った。「グリフィンは私が出会ったなかで最も素晴らしい人物の一人だ。百年に一人か二人しか現れないような人物で、私たちの勇気を奮い起こさせた」。今振り返ると、完全にとち狂っているように思えるが、黒人の痛みに影響を受けただけで功績が認められるという点においては、「ザ・デイリー・ショウ」で「チャールストンの教会で起きた発砲事件の後では心が痛すぎてジョークが言えない」と言った白人コメディアンのジョン・スチュワートを思い出す。今も過去にも、この国であまりにも心を痛めつけられたり侵害されたりしたせいで黒人や有色人がジョークが言えなくなり、最悪の場合殺されたという事実を無視しているように思えるし、彼のような人物が、惜しみない称賛を受ける現在は当時とそれほどかけ離れているように思えない。

それほど過剰にスチュワートを称賛するのは、黒人に「おまえたちの痛みは特別ではない。白人の男がその痛みを感じるまで、その痛みは大したことではない」と言うのと同じだ。黒人の失敗を肌の色が黒いから仕方ないとみなすことは、アジア系アメリカ人の成功を有色人だからだと決めつけたり、なんやかやと理由をつけて重要視しないことと深く関連しているので、私はそれを聞いても憤慨したりはしない。アジア系アメリカ人の成功者はよく、ホラーの類として描かれる。抜きん出ることに猟奇的にがむしゃらな、感情を持たない冷酷なロボット。理由もわからないまま成功に向かって走らされる、テストの得点と完璧さだけを重視する虐待的なタイガー・ペアレントの産物として。

二〇〇五年に、アジア人が優秀なことを示すにはもってこいの場所であるスタンフォード大学を私が卒業した時、「ウォール・ストリート・ジャーナル」はシリコンバレーに見られる「ニュー・ホワイトフライト（新しい白人の移動）」についての記事を掲載した。それは以前の「ホワイトフライト」を皮肉ったものだが、このアップデートは全く予想外ではない。「白人の移動」というのは一九六〇年代に、黒人排斥者が住む郊外に黒人が増えてきたために、白人家族が都市から離れていったことでできた用語だ。

こうして移動した白人家族は、自分たちのコミュニティーに黒人がいると暴動が起きて、学校がだめになると信じていた。「新しい白人の移動」では、白人家族は近隣にアジア系アメリカ人が増えてきたために逃げ出している。なぜなら……いいですか……自分たちの類まれな成績と学業で教育水準を上げていると主張するずる賢いアジア人のせいで、白人がついていくのが難しいくらい学校が優秀になってしまったからだ。記事にはこう書かれていた。「モンタ・ヴィスタ高校のPTA共同会長のキャシー・ゲートレイさんは最近、公立学校にほとんど白人の子どもがいなくなったからという理由で、クパチーノに引っ越そうとしていた幼い子どもがいる家族を説得して留めさせた。『あまり良いことに聞こえないかもしれませんが、彼らの子どもはクラスでたった一人の白人になるかもしれないんです』。五〇年前ならば大多数が黒人の子どものなかにたった一人の白人の子どもがいるのは、学習能力が低い環境に置かれるのと同じだとパニックが起きていたのだろうが、今回はまさにその逆だった。モンタ・ヴィスタ高校の学業成績指数（API）は今年、史上最高の一〇〇〇点中九二四点に達し、北カリフォルニアで最も学力が高い高校になった。生徒の成績はとても高く、平均がB（五段階評価の四）だとクラスのなかでは成績が低い三分の一に入るくらいだ」

そして記事はさらに、「白人の親のなかには、アジア人の生徒が多い学校を避けることで、

存在は
無視するくせに、
私たちの
ふりをする彼ら
ジェニー・
ザン

自分の子どもに、アジア人の子どもとは張り合えないんだということが伝わってしまうかもしれないと不安を覚える人もいる。『両親に、自分が白色人種だから成功できないんだと思わされたことは一度もありませんでした』と白人の卒業生ジェシー・ホーギンさんは言う」と続く。すがすがしいほど露骨で、どれほどこのことで世間が不安になっているのかを忘れてしまうほどだ。白人だから成功できないと思わされることのない社会というのは、レイシズムのそもそもの教義の一つだ。

ハドソンがラテン系や黒人ではなく、中国人の名前を選んだのは当然だ。白人を連想させる名前の付いた履歴書の方が、黒人に聞こえる名前の付いた同じような履歴書よりも面接に呼ばれる可能性が五割以上も高いということは、調査でも十分に立証されてきた。

つまり「エミリー」のような白人の名前が付いている履歴書の方が、「ラキーシャ」という名前が付いた同じ履歴書と比べると「加えて八年間の経験があるというのと同じくらい、面接の電話がかかってきやすい」のだ。名前は非常に重要なので、ハドソンは、白人であることが成功から自分を遠ざけているのではないかと考えたらいたたまれなくなった男なら誰でも思いつくようなことをしたまでだ。そうだ、究極のマイノリティーの名前を使えばいいんだ！　ってね。言い換えれば、私たち有色人が耐えなければならないこと——世間をあっと言わせるような痛みや才気は、白人にも手が届くものでなくてはならない。彼らが何かを求める時は、見返りがなくてはならない。つまり、白人は私たちがうまくできなくても嫌で、うまくできても嫌なのだ。そして何よりも、自分たちがうまくできないのが嫌なのである。

アイオワ・ライターズ・ワークショップでの最初の年、詩のプログラムに参加した有色人の詩人は一人だけだった。五十人中一人。ハドソンのような人はそれを見て「ラッキーだな、彼女は特別扱いされるけど、俺はされないんだろうな」と思うのかもしれない。でも私はそれを見て、なんでここにいる人はみんな白人で、比較的に裕福で、大卒なの？　と思った。一つのタイプの人間にしか良い詩が書けないということはないはずだし、実際そんなことはない。でもかなり鈍い人ですら、どれだけ「良い」詩人になったとしても、九割がたの人が書いた詩に報酬が支払われない一生が保証されるような詩人の道を、なぜそうしたタイプの人たちが選ぶのかを知っている。

　詩にある程度の労力をかけようとする人なら誰でも、なぜそういう人たちが、詩のＭＦＡプログラムに応募し、実際にそういった詩のプログラムがあるということを知っていて、詩人としての将来の自分を想像することができるのかを知っている。

　あからさまに私の「他者性」を欲しがったアイオワでの白人の仲間たちは、エージェントと契約して本を出版した。そのなかの誰も、その後の私や「私がラッキーであること」について追及してはいない。そのなかの誰も、文芸出版業界の現実が有色人の作家にとってどんなものかについて話していない（短く答えると、「かなりやばい」）。それにあれだけ不採用（四十回！）になったマイケル・デリック・ハドソンは、イーフェン・チョウになる前は白人男だったために本名では掲載されなかったとは思えない。

　ハドソンは別にチンク（中国人）になりたいわけではないと思う（そうなりたいと思う白人はいないと思うけど、もしいたら喜んで特権を交換するよ！）。私みたいなチンク（中国人）詩人が得たものを彼は求めていないように思う。私が得たのはお金ではないし、彼が求めているような栄光でもないからだ。

　ハドソンは今のところ、公式声明は出していないので、自分が白人であることが詩人としてのキャリアの助けになったかどうかについて彼が議論したいかどうかはわからない。でも私は、自分の中国系アメリカ人の名前と、中国系アメリカ人のアイデンティティーについて書くことが文学界でどう役立ったのか、喜んで話したいと思う。

まず、白人の読者を教育するために、無償で感情的労働や精神的労働を提供したり、人種問題についてコメントしてほしいとよく依頼される。それは多くの白人の作家／詩人／編集者／パネルディスカッションや朗読会の主宰者が知っている有色人作家が私だけ、またはほとんど私だけだからだ。これまで何度も報酬をもらわずに作品が出版物に掲載されたが、そうした出版物に掲載される私以外の有色人作家は、ほとんどいないか、全くいない。

よく自分の作品が掲載された出版物がレイシスト〔人種差別的〕だとか、ミソジニスト〔女性蔑視的〕だとか、トランスフォビック〔トランス嫌悪的〕だ何だと糾弾され、そうした出版物が公に行ってきたその他のあらゆる不正が一斉に非難されると、私は「より高いモラルを持っている人」という立場に置かれ、自分の作品を引っ込めなければいけないというプレッシャーを感じてきた。私のアイデンティティーの要素を一つも侵害したことのない媒体で出版しようとすると、私は有色人で多くのアイデンティティーを持つ女性だが、出版したり共有したりできる場所はそれほどない。

黒人やイスラム教徒に何か悲惨なことが起きると、スタッフの大半が白人の出版社の編集者は、とりわけ私に連絡してくる。私は黒人でもなければイスラム教徒でもないし、アジア人という有色人としての経験は、黒人や有色人のイスラム教徒（宗教なのに人種とみなされて、褐色の肌をした中東人、北アフリカ人、南アジア人を指す）の経験とは全然違うにもかかわらず、有色人に影響を及ぼしたニュースについて何か示唆的なことや、教育的なことを書いてほしいとよく言われる。それはそうした出版物には黒人やイスラム教徒のライターがいないからだ。

多分私が彼らの次に適切だと思われる人物で、それは褒め言葉として受け取れもするのだろうが、大抵は重荷に感じられる。

私はただ労働に対して報酬が支払われて、自分の才能を評価してほしいだけだ。大半の出版物がこれまでも今も有色人作家の枠を一人か二人分しかとっていないために私の作品が掲載され、そのせいで他の素晴らしい有色人作家がその枠を得ることができなかった、ということに気づかなくてもよくなってほしいだけだ。そう、たしかに私たちはそうしたチャンス不足を自分のものにして、お互いを思いやる代わりに、荒っぽくなったり攻撃的になったりすることもある。

白人編集者が私に連絡してくるのは、もっと有色人作家を知ろうと、自分の社交の輪や、読書の幅を広げられなかったからだ。白人作家ばかりを掲載する出版物は、自分たちが「努力している」とか「向上しようとしている」ことを示すために、私を利用する。そうした出版物を批判して私の作品を抹消したり、私のことを「ついでに追加された有色人作家にすぎない」と片付ける人々がいる。ああ、だからこうしたことを一つも経験しなくてよい白人作家がアジア系アメリカ人の名前を使って成功できるわけだ。レイシズムに遭ったり、作品を抹消されたり、自分の価値を可視化されたり、自分で自分の評価を下げたりするなんてことを経験せず、頻繁に知的労力を無償で提供することを要求されたりすることもなく、自分たちに「切れ味」を与える名前を持つという権利こそ、アイオワの仲間が欲しがったものなのだ。

白人至上主義は有色人を私たちが抱えるトラウマに変換しようとする。白人至上主義に抵抗するということは、私たちがトラウマ以上の存在であることを主張するということだ。どんな書店でも世界文学の棚を見渡せば、有色人作家や、開発途上国出身の作家に文学界が何を求めているのかがわかる。トラウマだ。なぜ英語圏の文学界は、例えば作家に「反体制派」というラベルがつけられると、急に中国の小説や詩に関心を持つようになるのだろうか？　もしその作家が中国政府から拷問を受けていたり、投獄されたり、重労働を科せられたりしていたらなお都合が良い。もちろん、反体制派としかみなされない作家以外にも素晴らしい中国人作家はたくさんいるし、それと同じくらい、自分のアイデンティティーを示さなかったり、むしろこうしたアイデンティティーの作家だと一つのカテゴリーに当てはめられることのない素晴らしい白人のアメリカ人作家はたくさんいる。黒人や褐色の肌の作家の作品を読む時に、なぜ私たちはこれほどまで人が苦しむ話に興味をそそられるのだろう？　苦労知らずののんきな有色人作家はどこにいるの？　マジで、どこ？

成功した有色人作家のシャーマン・アレクシーは、このことを良くわかっていると私は確信している。彼の本はネイティブ・アメリカンが耐えた暴力を描いた物語ばかりだ。なかには私が好きな作品も多くあり、彼は白人が知っている唯一のネイティブ・アメリカンの作家なのではないかと思うのは私だけではない。アレクシーは、ハドソンの詩をアンソロジーから外さないと決めたことや、なぜ彼の詩が良いと思ったのかを書面で説明した。「この詩には、中国の影響やアイデンティティーがあからさまにあるようにも、隠れているようにも感じられなかった。この詩には本質的に中国的だとかアジア的だと認識できるものが何もなかったので、『中国っぽさ』に騙されたわけではない。私にはわからない中国文化がほのめかされているのかもしれない。でもイーフェン・チョウが公開している略歴には、実際に中国人であるとは書かれていない。むしろアダムとイヴ、ポセイドン、ローマのコロシアムやジーザスを参照していることからも、この詩は本質的にヨーロッパ文化を過度に意識していると思う。初めて読んだ時は、ここまであからさまで情緒的な、ヨーロッパの古典的でキリスト教的なイメージを持つ詩を書かざるを得なかった中国系アメリカ人の人生について少し考え、私たちの多くがさまざまな文化にかかわる人生を送っていることに驚嘆し、山積みになった『可能性あり』の詩の上にその詩を置いた。でも結局その詩は『採用』の詩の山に入ることになった」

これを読んだ時私は、「中国っぽさ」が欠けているのが魅力的なのは当たり前だよ！　と思った。私にすら魅力的に思えるのだから。白人至上主義や移住や帝国主義のトラウマに縛られていない中国系アメリカ人の本をもっと読みたいし、そういう本を書きたいと思う。いつかそんな日が来るのかもしれないが、白人のペンネームを使うことが役に立つとは思えない。反対に、そうしたトラウマから自分を守るために、私みたいなアジア系の女性の名前を付ける必要がなく、単に白人であればいいだけの白人男は、自分の詩に中国人の名前を付けることで驚嘆されるものとして発表することができるのだ。

九〇年代初め、評価が高い詩の雑誌はこぞって、広島の原爆を生き延びた日本人の詩人アラキ・ヤスサダに心を奪われた。アバンギャルドの詩人たちは、形式は実験的だが、「核を生き延びる」という重いトラウマを扱うヤスサダの作品をがめつく消費した。でもその後、確証が取れたわけではないが、ヤスサダが実はケント・ジョンソンというイリノイの大学で教鞭を執る白人詩人が作った虚構の人物であることが暴露された。アメリカのアバンギャルドの詩人たちによるミンストレル・ショー〔白人が顔を黒く塗って黒人を演じたエンターテインメント〕について非常に包括的にまとめたエッセイのなかで、ケン・チェンはこう書いている。「ヤスサダによって、アバンギャルドの白人作家は、苦しみの抒情詩を楽しめるようになった」

二〇一三年、中国系アメリカ人の作家ビル・チェンは『Southern Cross the Dog（南十字星の

存在は
無視するくせに、
私たちの
ふりをする彼ら
ジェニー・
ザン

犬)』というミシシッピを舞台にした「中国っぽさ」を一切含まない小説を出版した。その作品そのものの芸術的価値はほぼ例外なく称賛されたが、主題については疑問の声が上がった。書評家たちはこう聞かずにはいられなかったのだ。「クイーンズ出身の中国系アメリカ人の男がアメリカの南部について書けるのか?」その答えは白人の批評家や教授に聞いてみよう。

私はアレクシーの立場を羨ましいとは思わないし、彼は責任を負うべきではないと思う(責任はハドソンと彼を許した社会が取るべきだ)。でも彼は人種におけるアイデンティティーやトラウマを自分の芸術のために私物化する白人作家を称賛するという、アメリカの長年の慣習を継承してしまっている。一方で、有色人作家は基本的には今いる自分たちの道に留まるように言われている。全く舗装されていない、狭くてひどい道に。

『ベスト・アメリカン・ポエトリー』には私の略歴は載っていないので、今ここで簡単にお伝えしたいと思う。私は上海で生まれた。父は文化大革命のせいで、小学校教育を受ける時期の大半の間、学校が閉鎖していたために、独学で英語を学んだ。そして上海の大学で英米文学を勉強した。古典を何十冊もそのまま暗記したのだ。だから『白鯨』を何章も暗唱できた。

ニューヨーク大学で言語学を学ぶために奨学金を取ってアメリカに渡り、その六ヶ月後に母が来て、二年半後には私がやって来た。何年も貧しかった。父は優秀で優れた才能があったが、中国なまりのある英語を喋ったために、どんなに素晴らしい知識があると示せても、そのなまりを超えることはできなかった。それによって彼の才能は中国なまり付きの壊れた(ブロークン)ものとして扱われた。

学位審査を受ける一ヶ月前に言語学の博士課程を辞めた父は、最初からやり直して、三十代後半でコミュニティカレッジに通い、コンピューターサイエンスの準学士号を取得した。私が作家になりたいと言った時、父は喜んで飛び上がりはしなかった。母は何週間も泣いて、もし作家にならないと約束しないのなら、実は私は犯罪者だと言ってスタンフォード大学に入学を取り消してもらうよと脅された。私は約束しなかったが、母が言ったとおりにすることもなかった。二人は私の代わりに怖がっていて、私みたいな顔をした人はアメリカでは普通以上の人にはなれないと言った。そう言う両親がすごく嫌だったが、そもそも二人をそういう考えにさせ、何度も何度も繰り返してそれが正しいと脅し続けてきたレイシズムを私は嫌うべきだったのだと思う。

　スタンフォードでは、ある白人の女の子（もちろん善意でそう呼んでいる）が現代のサンフランシスコ（二〇〇〇年代の初めだった）に住む中国系アメリカ人女性の話を書いた。その女性は白人と結婚したかったが、中国人の男と無理やりお見合い結婚させられるという内容で、タイトルは『The Dim Sum of All Things（点心万象〔森羅万象のもじり〕）』だった（今は笑っておこう、嘆くのはその後で！）。その物語にはリアリティーがなさすぎたし、ファンタジーだとしてもひどかった。そう言っても理不尽ではないはずだ。

　彼女は誰もが望む有名な作家が教える上級創作クラスに入れたが、私は入れなかった。私が提出した作品も、現代のアメリカに住む中国系アメリカ人の話だったが、お見合い結婚や点心は出てこないし、官能的な箸の描写もなかった。その教師が選ぶ生徒を間違ったと言いたいのではない。彼は主観で決めたのだ。アレクシーは、アンソロジーに選んだ詩について書いた文章のなかで「去年出版された詩のなかから、最も優れた七五篇を選んだのか？　と聞かれたら、もちろん違う。私の脳内にだけに訪れた厳しい文学的試練を耐え抜いた七五篇を選んだのだ」と述べている。それはわかるし、彼の意見は尊重したい。そのクラスに選ばれなかったことで感じたり想像したりした傷が何であれ、私はマイケル・デリック・ハドソンが見込んだような戦略は取らなかった。

両親はもしかすると正しかったのかもしれない。私はバカだった。私の書いた物語について話し合う時、白人の教師やクラスメートは何度も何度も繰り返し、「中国人はあなたの書く登場人物のようには話さないと思う」と言った。でも白人のクラスメートが、自分が住んだことのない国を背景にしたり、自分が実際に経験したことのないレイシズムを経験した人物を語り手にすると惜しみなく称賛された。

自分のことについて書くのをやめて、もっと普遍的なテーマで書くように、とも言われた。大学には、作家の多様性が足りないと言われないために、あいまいで「アジア人っぽく聞こえる」名前で書いた作品を自分が編集したアンソロジーに収録した白人教員がいた（ジェンダーもあいまいに聞こえる名前だった）。それって最悪なこと？　そりゃ、最悪だ。でもそのアンソロジーのために有色人作家を見つけたり依頼したりしなかったことも最悪だ。アジア系アメリカ人作家の私を、そのアンソロジーのアシスタント・エディターとして（言わずもがな無償で）起用したことも最悪だ。私もまた小説家で、今後いつかアジア人のペンネームで書いた自分の作品の代わりに採用してもいいと思うほどの作品を書くかもしれないと、彼が認識していなかったことも最悪だ。でも結局、私はアジア人の名前を使っても何も得ることはできなかった。

私には師がいたことはないが、かなりのキャリアと善意のある白人作家たちに、作家になるには自分の感情に左右され過ぎていると言われた。善意ある白人の教授や大御所の作家たちに、やる気をそがれ、否定され、脱線させられ、文法を強化するために英語の補習クラスを受けたらどうかとすら言われた。後になって気づいたが、そうしたことは多くの有色人作家には馴染みのあることだった。私の想像力や才能は、何度も何度も型にはめられた。その型は私のアイデンティティーを入れるにはあまりにも狭くて、あか抜けなくて、窮屈だった。

これが移民として、サバルタンとして、成功する方法を教えてくれる代わりに私に背を向けて、私から成功するチャンスを奪ったさまざまな施設で教育を受けた中国系アメリカ人女性としての私の略歴だ。こうした略歴はよくあるもので、人並外れてはいない。

失敗しなかったり、自尊心を強く表そうとしたり、いなくならなかったり、想像したり何かを生み出したりする自分の価値や能力をまだ信じている人間として自分をさらけ出したり、何か見返りを受けたりすると、いつもその説明をしないといけなくなる。小説を諦めて詩を書いて、身分を明かさずにコンテストに応募したら、優勝して読書会やパネルに呼ばれるようになった。するとすぐに「露出し過ぎ」とか、「出版され過ぎ」とか、「称賛をあび過ぎ」だと思っている詩人や編集者がいることを裏のルートで知った。

それは私が唯一の有色人だった朗読会で、一緒の部屋にいたのと同じ人たちだ。目次に掲載された名前のなかで、私が唯一の有色人だった出版物を読んだ人や、そこに名前が掲載されているのと同じ人たちだ。彼らが考える私がまだここにいる理由と、私が考えるなぜ自分はまだここにいるのかという理由は、かなりかけ離れていると、どうしても疑ってしまう。私みたいな人がここにいることに彼らが激怒しているのではないかと、どうしても疑ってしまう。

それでも私はここにいる。そしてここにいるのは私だけではない。アフリカ系アメリカ人のジャクリーン・ウッドソンが『Brown Girl Dreaming（夢見る褐色の肌の女の子）』で全米図書賞を受賞した時、授賞式で司会を務めた白人の小説家ダニエル・ハンドラーは、ウッドソンにス

存在は
無視するくせに、
私たちの
ふりをする彼ら
ジェニー・
ザン

イカのアレルギーがあることをジョークにした。するとすぐにソーシャルメディアで反撃を受けたために、彼は謝罪した。でもこのレイシストが放ったジョークよりも、彼が謝罪しなければならなくなったことにより大きな怒りを覚えた人は多かったはずだ。

今年〔二〇一五年〕の初め、書いたり朗読したりした詩に定期的に報酬が支払われている数少ないアメリカの詩人の一人であるケネス・ゴールドスミスが、ブラウン大学で開催された詩の会合で、白人警官に射殺された黒人の青年マイケル・ブラウンの卒業写真をプロジェクターで背後に映し出しながら、彼の検死報告書を読み上げた。ゴールドスミスが、その殺された十代の少年の性器の状態について書かれた箇所を読んで朗読を終えると、有色人詩人や、彼らに味方する人たちや匿名グループ The Mongrel Coalition Against Gringpo〔アメリカの詩の世界における白人男性のヘゲモニーを批判する連合〕が反撃した。また多くの人に崇拝されている詩人ヴァネッサ・プレイスが、彼女のツイッターアカウントの一つに、マーガレット・ミッチェルの『風と共に去りぬ』にある人種差別的なセリフを投稿し、一九三九年の映画版でマミー役を演じたアカデミー賞受賞女優ハティー・マクダニエルの写真を自分のプロフィール写真に使用して、その背景に恐ろしいマミーのイラストを使用したことで非難された。

この時も詩人たちはネット上で反撃し、The Association of Writers and Writing Program〔作家創作科協会〕の年度大会のパネリストを決める選考委員会からプレイスを外すようにと抗議運動を始めた。この両方の例で明らかになったのは、こうした詩人たちが生み出した痛みやその月並みな才能よりも、彼らが謝罪を要求されたことにより大きな怒りを感じている人が大勢いるということだ。詩人のジム・バールがタンブラーに、マイケル・デリック・ハドソンが『ベスト・アメリカン・ポエトリー』の中で、出版してもらうために中国人っぽいペンネームを付けたことを認めたという話を投稿した時、有色人詩人たちは（その多くは『ベスト・アメリカン・ポエトリー』に掲載された人だったが）フェイスブックやツイッターを使って、この白人男の行動は実際に存在する有色人詩人の作品を覆したり、価値をなくしたりはしないと発言した。「Thaw（溶ける）」という詩が『ベスト・アメリカン・ポエトリー』に掲載されたジェーン・ウォンはこう書いている。

「実は自分は白人であると明かすことで、ハドソンは有色人詩人は成功するに値しないと言おうとした。括弧で補足された『（私は投稿先を詳細に記録している）』というのは、すごく不愉快だし、脅しでもある。まるで『白人の作家でいるっていうのは大変なんだよ、信じてくれよ。それを証明する証拠もあるからさ』と言っているようなものだ。こんなクソみたいな詩人が存在することに驚いたかって？　全然。これまで何度も白人作家からは、『有色人であることに感謝するべきだ』とか、『私たち（白人）が掲載される余地を残すために投稿するのを一旦やめるべきだ』と言われてきた。あまりにもそう言われるのに消耗して、笑って叫びだしてしまいそうになる。

ハドソンや彼を擁護する人たちは、有色人作家が自分たちが好きなことをやるためにすら、逆らったり、経験したりしなければならないことを、全くわかっていない。そもそも私は、いじめられるために詩を書き始めたのではない。私にとって詩は避難できる場所だった。緊急事態が絶えず続く今、好きなことを書くのと同時に、ハドソンのような詩人と戦い続けていかないといけない。

自分の詩が掲載される予定の『ベスト・アメリカン・ポエトリー』に、ハドソンの詩が掲載されるのはうんざりかって？　そのとおり。主な理由としては、この人は私の功績や作品を奪うことにはならないから。そして彼はこのアンソロジーに掲載されている反レイシズムの有色人を脅すことにもならない。私のプライドを台無しにしたり、私の作品の効力に疑問を持つこともない。アジア人の黄色いお面（イエローフェイス）を被ってしまった彼は、もうこの世界で何もなかったかのように白人男という都合の良い状態に戻ることはできない。私の傍にはスティンガーミサイルを持って抵抗し続ける大胆不敵な詩人がいることを誇らしく思う」

人々を騙し続けてきた、白人であるだけで他の人よりも優れているという詐欺が世間に暴露されることはないだろう。それは白人の優秀さを何一つ見過ごさないことにかけてきた人たちがあまりに多いからで、そういう人は私たちみたいな守る価値のない人の優秀さとなると、一気に注意が散漫になるからだ。でも権利を与えられずに育った私たち、過小評価されて、招かれず、声がかからず、認識されず、愛されずに育った私たちに向かって、私はこう言いたい。お互いの優秀な点をさらけ出していこう。今年の『ベスト・アメリカン・ポエトリー』に掲載された有色人詩人たち、例えばサイード・ジョーンズ、クラウディア・ランキン、チェン・チェン、ラジーブ・モハビール、モニカ・ユン、エイミー・ネズィクマタティル、ジェリコ・ブラウン、ナタリー・ディアス、イーヴィー・ショックリー、アイリア・D・マシューズの作品を読む時は貪欲で寛大になろう。

そしてこのアンソロジーの先、今この瞬間の先に、アンソロジーには掲載されていないけれど、黄色いお面を被った白人男のことは忘れてもその先ずっと覚えておくべきアジア系アメリカ人詩人の作品を見つけてほしい。キャシー・ホン・パーク、ケン・チェン、タン・リン、ホア・グエン、ジェイソン・クー、ジャッキー・ワン、ウェンディー・スー、トリシャ・ロー、パトリック・ロザル、ブランドン・シモダ、バヌー・カピル、ウォー・チャン、サリー・マオ、ジンジャー・コー、ミュリエル・リュン、ジェニファー・ネルソン、ジェラルリン・キムといった人たちの作品を。もしそれでも十分でないならば、#ActualAsianPoet でもっと見つかるはずだ。

私たちはここにいて、何かを伝えようとしている。自尊心があれば生き残ることができる。もうこれ以上白人の傷ついたエゴが私たちの素晴らしさの上に滲み出してくることはない。私たちの言葉は白人の傷がかさぶたを作る植民地ではない。彼らがこの世界から排除されそうだと感じた瞬間に慌てて償おうとしたって、知ったことではない。私たちはダイアモンドのように光り輝く。目がくらむような原石の光は白色ではないけれど、その光はマジで本当に美しいのだ。

"THEY PRETEND TO BE US WHILE PRETENDING WE DON'T EXIST"
by Jenny Zhang
Copyright © 2015 by Jenny Zhang, "First Published in Buzzfeed"
Permissions from Georges Borchardt, Inc.
arranged through The English Agency (Japan) Ltd.

［エッセイ］

ルポ『三体』が変えた中国

藤井太洋

『三体』が勝つ三日前

二〇一五年の夏、サンフランシスコのインプリント、ハイカソルが英訳出版した『Gene Mapper』を携えた私は、ワシントン州の都市スポケーンにいた。七三回目になる世界ＳＦ大会——通称ワールドコンに参加するためだ。

山火事の煙が薄く漂う中、プレートメイルを身につけた騎士やチューバッカのコスプレに興じるＳＦファンの間を縫って会場に向かって歩いていた私は、背の高いアジア系の女性から「タイヨウ・フジイさんですか?」と声をかけられた。

無名のはずだが、と思ってどこで知ったのか聞くと『Gene Mapper』の刊行に合わせて取材してくれた、「ジャパン・タイムズ」の記事を教えてくれた（顔写真を載せたのは正解だった）。

緑色の小さな名刺を渡して「レギナ」という英語名を名乗ったその女性は、ＳＦファン活動をしているということだった。かたわらにいた男性はシンガポール人翻訳家で、中国ＳＦを英語に翻訳して、いろいろなウェブマガジンに持ち込む活動をしているという。

二人は私が見せた『Gene Mapper』を見て、翻訳出版社のある日本のＳＦが羨ましい、と口にした。

自己紹介を済ませた私たちが会場へと連れ立って歩いていくと、女性は水色のトートバッグからハードカバーの書籍を取り出して、ご存じですか、と私に差し出した。

日本の文芸書よりも二回りほど大きなその本の表紙には、青を基調にしたピラミッドのイラストレーションに『THE THREE-BODY PROBLEM』という白抜きのタイトルが重ねられていた。物理の三体問題を扱うハードSF、ということだろうか。出版社はTOR（トール）。日本でいえば早川書房にあたる、大手のSF出版社だった。

著者名の「CIXIN LIU」は中国人だということしかわからない。訳者を確かめたところで、ようやく知っている名前に出会った。短篇集『紙の動物園』が日本で出版されたばかりの中国系アメリカ人作家、ケン・リュウだ。翻訳もしていると聞いてはいたが、こんな大著を手掛けるほどだとは思っていなかった。

大きさの割には軽いハードカバーをひっくり返すと、「ニューヨーク・タイムズ」や「ギズモード」の、絶賛レビューが書かれていた。

「おもしろそうです。日本語版が出たら読みます、必ず」

そう言って返した本を、私はワールドコンの会場で何度も目にすることになった。二人の友人らしきもう一人の背の高い中国人の女性が、会場に現れる有名作家をつかまえてはこの本を持たせ、コメントをビデオ撮影していたのだ。私も本を押し付けられて、必ず読む、と言っているところを撮影された。

これが私と『三体』、そして中国SFとの初めての出会いだった。

中国SFはケン・リュウという素晴らしい紹介者に恵まれたんだな。

TORから本が出せるのは羨ましいけれど、他に有力な翻訳者はいるんだろうか。ワールドコンにまで足を運んでくれる、熱心な、若いSFファンがいるのはいいね。どれぐらいの数の作家がいるのかな。何人かと知り合えれば、一緒に英語圏に進出できるかもしれない——そんな素朴な考えは三日後に行われた贈賞式で吹き飛ばされた。

コンベンションセンターの劇場で行われた贈賞式の雰囲気は、終盤の小説部門に入ったところで張り詰めた。この年、フェミニズムと多様性を憎悪するグループが、組織票で多くの部門の最終候補作を独占してしまっていたのだ。すべての候補作の枠が組織票で占められてしまった中短篇（ノヴェレット）と中長篇（ノヴェラ）で受賞該当作なしと発表されたとき、会場はSFコミュニティの良識を確かめることができた安堵の声で満ちた。こんな中で発表されたのが『三体』の受賞だった。

会場は惜しみない祝福の声に包まれた。アジア国籍しか持たない作家の、それも翻訳作品が、伝統あるヒューゴー賞を受賞したのだ。

たまたま候補者の席に座っていた私は、競っていた作家を含めた、席を立てる人がすべて立ち上がって拍手を送ったことを今でも覚えている。

このとき『三体』は世界文学になった。

スポケーンにいなかった劉慈欣（リウツーシン）が何を感じていたのかはわからないが、この後に起こることを予想できたとは思えない。

ロケットの形を模したヒューゴー賞のトロフィーを壇上で受け取ったケン・リュウとはこの夜も話したのだが、彼の興味は、三部作からなる『三体』の残り二巻の翻訳と、のちに『Invisible Planets（邦題は『折りたたみ北京』）』として出版される中国SF短篇集の出版に占められていた。

作家を呼び止めては『三体』の応援コメントをもぎ取っていた女性、夏笳（シアジア）が、二年後に中国

ＳＦの顔としてヒューゴー賞のプレゼンターを務めることを予想していたはずもない。会場の入り口で私を呼び止めた女性、王侃瑜（ワンカンユウ）は、この夜「郝景芳（ハオジンファン）や陳楸帆（チエンチウファン）、何夕（フーシー）なんかも面白いんだよ」と教えてくれた。翌年にはＳＦオーガナイザーとして世界中を飛び回る彼女だが、このときの紅潮した顔はまだ一人のファンのものだった。

翻訳作品の受賞に刺激されたのか、『三体』について語られる言葉がいきなり増えたワールドコンの会場でさえ、次に起こることを予想した声を私は一度も聞かなかった。「中国政府がＳＦを支援する」なんてことは、それぐらい想定外の出来事だったのだ。

中国科幻大会

翌年の春、私は九月に北京で開催された中国のＳＦカンファレンス〈星雲賞〉にゲストとして招かれた。連絡してくれたのは、中国に足繁く通って現地の作家たちと交流しているＳＦ作家・翻訳家の立原透耶さんだった。ありがたく出席させていただきます、と返答して一週間ほど経ったところで、中国のＳＦ雑誌「科幻世界」編集部からも、九月に行われる〈中国科幻大会〉のゲストとして招待したいというメールが届いた。

てっきり同じ会議のことだと思った私は、「科幻世界」にも出席すると返答したのだが、予定表を確かめたとき、立原さんから連絡があった〈星雲賞〉と〈中国科幻大会〉の日程が微妙に異なることに気付いた。

立原さんが仲介してくれた〈星雲賞〉――正式名称は全球华语科幻星云奖――は、ＳＦ作家を中心に組織された中国ＳＦ協会の主催するコンベンションで、授賞式を中心に、大学セミナーが付属する中規模のコンベンションだった。

もう一つの、「科幻世界」の編集者が連絡してきた〈中国科幻大会〉は、そのときが第一回目にあたる大会で、「科幻世界」が一九八六年から続けている〈銀河賞〉の贈賞式がプログラムに組み込まれている。

ややあって「科幻世界」から届いた〈中国科幻大会〉の正式な招待状には、「主催：中国科学技術協会」と明記されていた。中国共産党が指導する人民組織だ。国家副主席が祝辞を述べる開会式では、ネクタイをつけてきて欲しいという注記もあった。

政府が主催するSF大会、はまるでイメージできなかった。ワールドコンや日本、ヨーロッパのSF大会は現地の有志が、参加費用を集め、スポンサーに支援してもらって主催する。コンベンションとは少し異なるが、ネビュラ賞はNPOであるアメリカSFファンタジー作家協会（SFWA）が、ローカス賞は私企業のローカス誌が主催している。

何が起こるのかまるでわからないまま北京に飛んだ私は、先に行われた〈銀河賞〉の贈賞式に出席することになった。会場は北京航空航天大学の講堂だった。

控室で私は、立原さんから、中国の二つのSFについて簡単なレクチャーを受けた。

今まで中国では政府が支援してきたのは科普（クーフ）――科学普及だったのだという。英語のポピュラー・サイエンスを翻訳した概念で、『ファーブル昆虫記』や、カール・セーガンやホーキングの一般向け著書が含まれる。創作は児童向けを中心としたものがほとんどを占める。

私たちが考えるSFは、科幻（クーファン）だ。出版できなくなるような時代もあったというが、劉慈欣がヒューゴー賞をとったことで大いに見直されることになった。この〈中国科幻大会〉もその見直しの一環だということだった。

客席の前列に用意された席に着くと、派手に動く照明と音楽、そして映像で〈中国科幻大会〉は幕を開けた。SPに護られた国家副主席の登壇には緊張したが「科学の時代を牽引するSF」という、科普（クーフ）風の祝辞を述べた副主席は、主催のはずの科学技術協会の役員らを引き連れて会場を離れ、大会の空気は、よく知っているSF大会に変わった。主役は劉慈欣だ。

壇上では、何夕や、そして日本で会ったことのある呉岩と、陳楸帆（ウーイエン）らが科学者と対話するパネルディスカッションが繰り広げられる。客席の前方には、中国の作家らしい三〇名ほどの人々が座っていたが、海外ゲストも少なくはなかった。

日本からは、中国SFを紹介してきた林久之さんと前述の立原透耶さん、そして日本SF作家クラブ会長の私という三名のSF関係者に加え、宇宙飛行士の毛利衛さんが招かれていた。英語圏からはSFWAの会長キャット・ランボーと、『三体』の重要な小道具である物理学の専門家、そしてヘルシンキで行われるワールドコンの議長であるクリスタル・ハフという女性が招かれていた。

単独のスピーチに立ったハフが、力強い英語で世界のSFコミュニティ活動を述べるのを聞いていた私は、ようやくこのSF大会の目的を理解した。中国は、近いうちにワールドコンを誘致しようとしている。それには、ハフのようなコンベンションランナーに教えを請うのが一番だ。

なるほど、と思いながら彼女について調べた私は、なぜ、数多くいるコンベンションランナーの中からハフを選んだのだろうという疑問に突き当たった。彼女はSFコミュニティの一員という以上に、独裁や家父長制度、そして女性の抑圧に立ち向かう活動家として知られている人物なのだ。

そういえばキャット・ランボーもなかなかの人物だ。SFWAの会員規約にハラスメント対策条項を盛り込んだ彼女が、激しい口調で人種・性差別を非難しているのは有名だった。

会場の内外でハフやランボーと個人的に話しているうちに、中国のSF界がなぜリベラル活動家に分類されるような人物をゲストとして呼んだのか、という疑問は徐々に薄れていった。たまたまだろう、と思っていたのだ。まだこの時は。

国際の名を冠した科幻大会

翌二〇一七年の十一月、私は再び〈中国科幻大会〉に出席するために、「科幻世界」編集部のある四川省の成都市を訪れていた。私の他に日本から行ったのは立原透耶さんと、複数の人気作品で有名作家になっていた小川一水さん、『螢女（ほたるめ）』が中国で翻訳出版されたばかりの藤崎慎吾さんだ。

ホテルの前に翻る大会旗には、「国際」の文字が追加されていた。〈中国国際科幻大会〉だ。登録デスクでは五〇ページほどもある中英二ヶ国語表記のパンフレットが手渡された。前年の北京大会よりも態勢を整えてある理由が、ワールドコンの誘致にあることははっきりしていた。

その他の国から招かれたゲストは、昨年よりもずっと増えていた。

ロビーには、私と同じく二度目の招待を受けたクリスタル・ハフに加えて、オンラインマガジン編集者のニール・クラークとニック・ウェルス、イタリアの出版人フランチェスコ・バーソが談笑していた。三人とも中国SFを西洋に紹介している重要人物だ。最終日には、韓国からYKヨンが参加して、その後に北京で行われる〈星雲賞〉へ移動するとのことだった。

作家のゲストは中国で硬科幻（インクーファン）と呼ばれて愛好されているハードＳＦから、ベテラン作家のロバート・Ｊ・ソウヤーと、ショートストーリーの名手テッド・コズマトカ、そして『量子魔術師』を出したばかりの若手、デレク・クンスケンがやってきていた。

我々中国でもワールドコンは実施できる、と言わんばかりの態勢で〈中国国際科幻大会〉は始まった。ステージは可動ライトとレーザー光線で華やかに演出され、演技指導を受けた作家がプレゼンテーションを進めていく。パネルディスカッションでもスピーチでも、同時通訳が用意されていて、英語、中国語、日本語の飛び交う国際会議が可能なことを見せつけていた。

そんな大会の中で、初対面の作家たちと言葉を交わしていた私は、昨年の北京で抱いたゲスト選出の基準を再び疑問に思った。

二人の著名な日本人作家や中国ＳＦ界との橋渡しを行っている立原さんが招かれるのは当然として、中国では一冊も単著が出ていない私に二度目の招待枠が回ってきたのが不思議だった。英語圏の作家も、ベテランのソウヤーを除くと、ショートストーリーを得意とするコズマトカと若手のクンスケンは、この年、まだ無名の作家だった。

最大の謎がハフだった。ヘルシンキ大会の議長を辞任した彼女が、コンベンションランナーの指導者として招待されたのでないことは明白だった。気持ちの良い人物であることは間違いないし、ＳＦ関係者たちとの親交も深い。だが彼女は、中国や成都市、そして開催に深く関わる「科幻世界」の誘致活動が、正当と思える範囲を一歩でも越えれば強く糾弾する活動家だ。

他のゲストも同様だった。クンスケンも私も、著作やＳＮＳの発言などを見ればリベラリストであることは明白だ。六〇年生まれのソウヤーも、多様性や女性の地位に理解を示す人物だ。

ゲストの選出基準への謎は、深まるばかりだった。

繰り返し呼ばれるゲストたち

その翌年（二〇一八年）も私は「科幻世界」の招きを受けて〈世界公共科学素養促進大会〉という科学技術イベントに出席するため北京を訪れ、劉慈欣や王晋康（ワンジンカン）に続けてスピーチを行った。この時の海外ゲストもまたもやソウヤーとクンスケンだった。またか、と苦笑いしながら一日限りのイベントをこなした私たちは、またすぐに中国で顔を合わせる。

二〇一九年、中国では三度の国際SF大会が開催された。五月と十一月の北京で〈アジアパシフィックSF大会〉と〈中国科幻大会〉が、そして十一月の最終週にはその年の夏、ダブリンのワールドコンで正式に二〇二三年の開催都市に立候補した成都市が主催する〈中国（成都）国際科幻大会〉が催された。

成都大会には六十名もの国外ゲストが参加していた。二年前の〈中国科幻大会〉に招かれていた作家や編集者たちに加え、ワールドコン誘致を強く意識して、シカゴ、ワシントン、ニュージーランドのワールドコン議長と、北米SF大会、ヨーロッパSF大会（ユーロコン）、イスラエルSF協会の代表たちが招かれていた。

だが、新たに招かれた作家たちの顔ぶれは私を再び驚かせた。〈アザーワイズ賞〉へと名前を変えたジェンダーSFの文学賞を主催するパット・マーフィーに、短篇作家のスザンヌ・パーマー、SF雑誌「ローカス」のシニア編集者ジェイミー・ゴウ、そしてインド生まれの作家ミミ・モンダルら、多様性を重んじ、SFをスペキュレイティヴ・

フィクションと呼ぶことの方が多くなった現在のＳＦシーンを代表する女性たちが招かれていたのだ。

劉慈欣原作の映画「流転の地球」がヒットを飛ばし、相変わらず長篇の硬科幻（インクーファン）が好まれる中国市場に適した顔ぶれではない。

だが三年にわたり六度の参加を果たし、ハフやクンスケン、劉慈欣らとは日本人の作家や編集者よりも親しくなりつつある私は、なぜ中国のＳＦ関係者たちがこのようなゲストを選ぶのか、おぼろげに理解しはじめていた。

中国のＳＦ関係者たちは、私たちの社会に対する問題意識を中国の作家たちに伝えようとしているのだ。

中国人作家の集まりに顔を出すと、中国ではまだ市場が要請してきていないポリティカル・コレクトネスやフェミニズム、文化盗用などにどう対応すべきかについて話し合う姿を見ることが増えてきた。世界進出のためのテクニックではなく、自分たちの血肉として取り込むにはどうすれば良いのだろう、と悩む劉慈欣や何夕の姿は印象に残った。

私たちゲストにとっても、中国という場所は特別なものに変わりつつある。

夏、ダブリンのワールドコンが終わるとき、会場をぐるりと歩いて仲間たちに別れを告げていた私は、何度も「See youinChengdu!（成都で会おう！）」と声をかけられた。七千人もの参加者でごった返すワールドコンだけでは生まれにくい関係が、言葉の通じない異国の地で培われていた。成都での大会を終えて一ヶ月が経とうとする今も、私のメッセンジャーでは、成都や北京で出会ったゲストたちとのチャットが続いている。

成都が対立候補のニースを制して二〇二三年のワールドコンの開催権を獲得できるかどうか、現時点ではまるで予想ができない。

技術的に問題がないことは、のべ百名を超えるゲストたちが証明してくれるだろう。補助を必要とする参加者へのケアや、多言語対応、施設・設備の充実ぶりには目を見張るものがあるし、多様性を受け入れる素地があることも示している。

問題は政治だ。

成都が、そして中国が、民主主義の理念を強く反映したワールドコンの場としてふさわしいかどうかを決めるのは、強いアメリカを愛するSFファンの聖地ワシントンDCの〈DisCon《ディスコン》Ⅲ〉だ。

ゲストの一人、シカゴ大会の議長デイヴ・マッキャリーは、買収などはされなかった、政治が強く影を落とすこともなかった、という報告とともに「(しかし、)中国のやり方は、全く自分の好きな方法ではない」とフェイスブックに投稿した。

小さなコンベンションにも参加し、私よりも中国を訪れる回数の多くなったデレク・クンスケンが成都市のワールドコン立候補を応援すると書いたブログには、すぐにチベットや新疆(しんきょう)ウイグル自治区、そして香港で中国政府が行っている弾圧を容認するのか、という厳しいコメントが書き込まれた。ビザの問題があるので入国できない、という声や、監視国家・企業に個人情報を渡したくないという声もある。

また、ゲストの中に(内部でネットワークを形成しやすい)中国生まれの作家がほとんどいないことを指摘する鋭い意見もある。

だが、投票まではまだ二年ある。トランプ政権の続くアメリカでのワールドコンには、イスラム圏にたとえ遠縁でも親戚を持つ作家は入国できないなどの綻びが見え始めている（ひいおばあさんの兄弟のひ孫がＩＳに参加したせいで入国できなくなったロンドンっ子もいるのだ！）。

二〇一五年、劉慈欣がヒューゴー賞を勝ち取ったスポケーン大会では、トランプ政権の誕生を示唆するかのように、フェミニズムと多様性を憎悪するグループがコミュニティの分断を仕掛けていた。二〇一六年、ゲストとして北京に招かれたキャット・ランボーがＳＦＷＡの会員規約にハラスメント条項を導入したのは、新人作家に対するセクシャルハラスメントが＃ＭｅＴｏｏ・ムーブメントに先駆けるかのように暴露されたためでもある。

ＳＦ文学は未来を予見できない。だが、国際的な小世界となったＳＦコミュニティで起こることは、外の世界でも起こせるだろう。

民主的でなければ実行できないワールドコンを、成都市が実行できるなら――私は、その未来に賭けたいと思っている。

［エッセイ］

『三体』以前と以後

立原透耶

ここ数年、世界的にSFブームである。というと語弊があるかもしれない。正確には世界中のSFファンの間で、いま、中華圏、特に中国大陸系もしくは華僑のSFが大注目されているのである。そもそものきっかけは華人で、英語で執筆している（中国語はほとんどできないらしい）テッド・チャンというSF作家が走りだったように思う。彼の作品は日本や中国で特に大変な人気を誇っていたが、映画「メッセージ」（原作「あなたの人生の物語」）の公開により全世界で再認識され、今や知る人ぞ知る著名な実力派作家となった（寡作であることも関係してか、すでに数々の賞をとりながらも、実際には欧米圏ではそれほど高い人気があるとは本人には自覚されていなかったようだ）。日本では他国を抜いて人気のあったテッド・チャンだが、あくまでも彼は華人であり、中国語とはやや縁遠い存在であった。

そのあとを継ぐように彗星のように登場したのが、ケン・リュウである。中国で生まれ育ち、十代初めでアメリカに移住、現在はアメリカ国籍を持つリュウは、次々と英語で質の高い、それも濃厚な中華テイスト・アジアン風味を宿した作品を世界へと発信した。彼の作品は瞬く間に一世を風靡し、日本でも『紙の動物園』が大ヒット、中華系SF作家の第一人者となった。リュウのすごいところはそれだけではなかった。彼は自らの創作のみならず、翻訳にも着手したのである。そう、中国語のSFを英語へ。これは中華圏の中だけで閉じた形で独自の成長を遂げていた中華圏SF、とりわけ中国大陸のSFに対し、まさに文芸復興、つまりルネサンスのような刺激をあたえることとなった。リュウの類まれなる才能と不断の努力により、素晴らしい翻訳、素晴らしい選択眼で選び抜かれた作品は、たちまち欧米で注目を集めた。

そういった素地が作られていく中で、満を持して登場したのが劉慈欣(りゅうじきん)による長編三部作『三体』である。この『三体』はもともと「科幻世界」(サイエンス・フィクション・ワールド)という中国老舗のSF雑誌に連載されていた作品で、物理の三体問題(惑星が三つあった場合、その活動やもたらす影響が予測できないものとする)を基にした、侵略SFである。ある時をさかいに、地球の優秀な物理学者が自殺しはじめる。彼らはこう言い残す。「物理学は死んだ」。文字通り、地球の科学を殺そうとする攻撃が宇宙から行われていたのだ。それはなぜか。三体星人に賛同し、地球を破滅させようとする一派もいれば、戦って地球を守ろうと立ち上がる人々もいる。一巻の主人公(女性)はある事件をきっかけに人類に激しく絶望していた。そのことと今回の事件が結びつくとき、我々は人類の持つ「業」というものをまざまざとみせつけられることになる。

科学知識や宇宙、最新鋭の仮説などが出てくることからSFとして分類される本作だが、謎解きとしても秀逸で、ミステリとして楽しむこともできる。

著者の劉慈欣は本作品に大きな影響を与えたものとして、小松左京の『日本沈没』を挙げている。『日本沈没』には人類として、そして民族としてのあらゆることが描かれている、と二〇一九年十月の来日時に繰り返し述べておられた。日本人が絶望したのは「日本が沈没する」という現象で、それでは同様に中国人が絶望するとしたら、それはなんの現象によるのか……劉の答えは「文化大革命」だった。

『三体』以前と以後
立原透耶

この作品はよく文化大革命を書くために執筆されたのか、と問われることがあるようだが（特に海外、日本からの質問はこの点に集中していたように感じる）、実際には「中国人としてのヒロインが徹底的に絶望する原因を中国独自のものに突き詰めていった結果」として、避けて通れぬ歴史事実として登場した、というのがどうやら正解のようである。そういう意味では、「傷痕文学」としての一面も担う、純文学としての読み方も可能な、非常に多彩な内容の小説であるといえよう。

本作は日本では二〇一九年夏に第一巻が発売され、瞬く間に版を重ねて十万部をこえる大ヒットとなったが、これは何も突然の出来事だったわけではない。日本ではこれまでにも中華圏の幻想文学やＳＦ、ミステリが紹介されてきた歴史があり、その土壌が豊かに醗酵したのだとも考えることができるからだ。

ではこれまでに日本で紹介されてきた中華圏の幻想文学、ＳＦ、ミステリにはどのようなものがあるのだろうか。おそらく主要な作品はすでにほかの作家諸氏が書かれているかと思うので、ここでは特に注目すべき作家や作品を挙げることとする。

まずはノーベル文学賞候補の一人と目されている残雪（ざんせつ）。日本では近藤直子先生の翻訳と研究のおかげで、かなりの数の小説やエッセイに触れることができる。悪夢めいた独特な世界観は時にホラー、時にＳＦ、分類しがたい混然一体となった作品が多く、ものによってはマジック・リアリズムにも分類できるかもしれない。残雪の悪意に満ちた、悪夢としか思えぬ世界観は、人間という存在をとことんまで追求した結果として描かれているようにも感じるが、実際に読者が「わからない」ということでも有名である。この作家は何を書きたかったのか。ともすればわかりやすさを追求しがちな昨今の風潮の中、残雪は独自の歩みをつづけている。

ミステリとＳＦは特にこの数年で日本での紹介が進んだ分野で、ミステリであれば島田荘司推理小説賞（中国語で書かれたミステリに対する賞）の貢献が著しい。この賞の出現により、中国語で書かれたミステリへの意識が飛躍的に伸び、受賞作は日本語訳されて出版されている。二〇一九年に出版された『黄』（雷鈞・文藝春秋）などは、まさに中国人にしか書けない独自のミステリであり、そのレトリックの素晴らしさは読者を唖然とさせた。

同賞出身の陳浩基による作品（『世界を売った男』（文藝春秋）、『13・67』（文藝春秋）、『ディオゲネス変奏曲』（早川書房）の三冊はどれも非常に高い評価を得て、ミステリ・ベストテンの常連となっている。特に『13・67』はいま政治的に揺れている香港の現状とも重なる部分が多く、日本人が香港の土地、文化、人を学ぶのに格好の一冊でもある。

また日本在住の中国人作家、陸秋槎も見逃すことができない。少女たちの繊細な感情、時に「その時代でしかありえない殺人の動機」などを描く、綺羅星のごとく登場した実力派ミステリ作家である。『元年春之祭』、『雪が白いとき、かつそのときに限り』（ともに早川書房）の細やかな筆致は謎解き以外の部分、時代や社会に翻弄される少女たちの、痛みに満ちた青春小説としても刮目すべき作品である。

それではＳＦはどうだろうか。

『三体』以前にも、たとえばアンソロジー『折りたたみ北京』（早川書房）のタイトル作品はＳＦを対象とした賞としては世界的権威のひとつであるヒューゴー賞中編小説部門を受賞しただけでなく、日本でも星雲賞を受賞した。このアンソロジーが日本における中国ＳＦブームの先駆けとなり、つづいて『三体』がやってきた、ということになるのかもしれない。

しかし実はこれらの作品よりもずっと前から、中華圏のＳＦは日本に紹介されてきていた。

その代表となるのは『中国科学幻想文学館』（武田雅哉・林久之／大修館書店）である。古代から近現代までほぼすべての流れを網羅し、作家や作品、時代背景まで何もかも解説、さらには当時入手できる日本での中華圏ＳＦの資料一覧や年表までそろっている。中国ＳＦに興味がある人ならば、まず最初に手に取りたい名著、教科書である。

具体的な作品集としては実は台湾作品が多く、張系国『星雲組曲』（国書刊行会）は中華圏ＳＦの先駆者的作家の作品集、伊格言『グラウンド・ゼロ　台湾第四原発事故』（白水社）は日本の３・11を基に記された近未来の核への恐怖で、実際にこの小説が台湾の脱原発へとつながった部分は大きい。洪凌『フーガ　黒い太陽』（あるむ）は日本のアニメや漫画に強い影響を受けた作品が多く、性別さえもがあやふやになる、ジェンダー小説としても着目すべき小説集である。紀大偉『紀大偉作品集『膜』』（作品社）はまさにクィアＳＦで、とびぬけたＳＦとしての発想、ジェンダーの揺らぎ、投げかける問題意識……と、なぜ本作が日本でそれほど話題になっていないのか、どうしても納得できない名作中の名作である。

これらジェンダーに関する作品は興味深いことに台湾作品に集中している。ご存じの方も多いとは思うが、台湾はジェンダーやマイノリティに対する政策が整っており、人権に対して非常に敏感な文化を持つ。それゆえにたとえば台北には「女書店」というフェミニズムとジェンダー専門の書店があるし（ポイントは単に女性主義だけを追求しているのではない、という点にある。男性主義もマイノリティも、およそジェンダーにかかわるあらゆることに関与しており、幼児教育のための教科書なども完備している）、当たり前のように一般書店でも「同志文学」（同性愛文学）の特集コーナーが設けられたりしている。

ＳＦというジャンルは現状への問題意識から生まれる作品も少なくなく、中には抵抗や抗議、問題提起を含むものも多い。そういった意味で、台湾の人々の意識や文化にとって、マイノリティ問題を作品、特にＳＦへ織り込んでいくのは当然といえるのかもしれない。しかし中国大陸のＳＦではこの部分は希薄である。否、希薄にならざるを得ない。さまざまな事情もあり、表立ってジェンダーやマイノリティについて作品に描くことはハードルが高いようなのだ（ただしこれはＳＦ分野において、著者や出版関係者から聞いた話でしかない）。

事実、十年ほど前からわたしはジェンダーＳＦに強い興味を持ち、中国大陸の関係者に幾度となく尋ねているのだが、いつも答えは「こちらでは難しいですね」である。それではまったく存在しないのか、というとそうでもないようだ。丹念に調べていくと、男性作家がメインの、未来の地球は女性が中心となった母系社会となった、という共通の世界観を舞台にしたシェアードド・ワールド作品集が上下巻で出版されている。ただしこの作品集について知っている人はかなり少ない。ほかにも性愛について真正面からＳＦを描いている陳楸帆などもいるが、総じて割合は高くない。

なお、韓松（かんしょう）という作家は要注目である。彼の作品はＳＦという一言ではジャンル分け不可能な作風で、残雪と似た雰囲気のある、そして残雪よりもさらにグロテスクで残酷で悪夢めいた作風である。しかし同時に根幹には理性的で冷徹な視点が貫かれており、読者を混乱と狂気に導く。マイノリティやジェンダーといったことさえ、すべての枠をことごとく打ち破るさまは圧巻である。日本語でも何作か翻訳されているが、現時点ではどれもおとなしい作品ばかりである。筆者としては、今後まず紹介すべき中国人作家といえば、この韓松にほかならない、と確信している。

二〇一九年は日本における中華圏のＳＦやミステリにとっては大躍進の一年だった。二〇二〇年にもすでに『三体』第二部、陳楸帆『荒潮』（環境問題SF）、『時のきざはし　現代中華SF傑作選』など、複数の出版社から多くの作品が出版され、年末には郝景芳（ハオジンファン）の作品集も予定されている。ますます目が離せないのは言うまでもない。

著訳者一覧

イーユン・リー (Yiyun Li)

一九七二年、中国・北京生まれ。北京大学卒業後渡米、アイオワ大学に学ぶ。二〇〇五年『千年の祈り』でフランク・オコナー国際短編賞、ＰＥＮ／ヘミングウェイ賞などを受賞。プリンストン大学で創作を教えている。著書に『黄金の少年、エメラルドの少女』『理由のない場所』など。

柞刈湯葉 (いすかり・ゆば)

福島県出身。二〇一六年に小説投稿サイト「カクヨム」に投稿した『横浜駅ＳＦ』が、第一回カクヨムＷｅｂ小説コンテストＳＦ部門大賞を受賞しデビュー。著書に『未来職安』『人間たちの話』など。

上田岳弘 (うえだ・たかひろ)

一九七九年、兵庫県生まれ。二〇一三年「太陽」で新潮新人賞を受賞しデビュー。一五年「私の恋人」で第二八回三島由紀夫賞を受賞。一六年「ＧＲＡＮＴＡ」誌の Best of Young Japanese Novelists に選出。一九年「ニムロッド」で第一六〇回芥川龍之介賞を受賞。著書に『塔と重力』『キュー』など。

閻連科 (えんれんか／イエン・リエンコー)

一九五八年、中国・河南省生まれ。八〇年代から小説を発表。二〇〇三年『愉楽』で老舎文学賞受賞。その後、『丁庄の夢』などが発禁扱いとなる。一四年フランツ・カフカ賞受賞。ノーベル賞の有力候補と目されている。著書に『炸裂志』『黒い豚の毛、白い豚の毛　自選短篇集』など。

王谷晶 (おうたに・あきら)

一九八一年、東京都生まれ。著書に『完璧じゃない、あたしたち』『どうせカラダが目当てでしょ』、近刊に『ババヤガの夜』など。

ケン・リュウ (Ken Liu)

一九七六年、中国・甘粛省生まれ。二〇〇二年、短篇「カルタゴの薔薇」でデビュー。一一年に発表した短篇「紙の動物園」で、ヒューゴー賞／ネビュラ賞／世界幻想文学大賞という史上初の三冠に輝く。著書に『母の記憶に』『生まれ変わり』など。翻訳者として劉慈欣『三体』の英訳を手掛けるなど、中国ＳＦを積極的に紹介。

佐藤究 (さとう・きわむ)

一九七七年、福岡県生まれ。二〇〇四年、佐藤憲胤名義で書いた「サージウスの死神」で第四七回群像新人文学賞優秀作を受賞しデビュー。一六年『ＱＪＫＪＱ』で第六二回江戸川乱歩賞を受賞。一八年『Ank: a mirroring ape』で第二〇回大藪春彦賞および第三九回吉川英治文学新人賞をダブル受賞。

ジェニー・ザン (Jenny Zhang)

一九八三年、中国・上海生まれ。五歳のとき、両親と共にアメリカにわたる。スタンフォード大学卒業、アイオワ・ライターズ・ワークショップ修了。ニューヨークで詩人としても活躍。近刊に

『ひねくれた心（仮）』。

郝景芳（かく・けいほう／ハオ・ジンファン）

一九八四年、中国・天津生まれ。清華大学物理学科卒業後、経済学の博士号を取得。二〇〇七年「祖母家的夏天」が銀河賞の読者ノミネート賞を受賞。一四年に発表した「北京 折りたたみの都市」がケン・リュウによって一五年に英訳され、一六年ヒューゴー賞（中篇小説部門）を受賞。著書に同作を収録した『郝景芳短篇集』など。

立原透耶（たちはら・とうや）

一九六九年、大阪府生まれ。一九九一年『夢売りのたまご』で下期コバルト読者大賞受賞、翌年『シャドウ・サークル 後継者の鈴』で文庫デビュー。中国SFの日本への積極的な紹介者として知られる。著書に『立原透耶著作集』、監修・共訳書に劉慈欣『三体』、編書に『時のきざはし 現代中華SF傑作選』など。

樋口恭介（ひぐち・きょうすけ）

一九八九年、岐阜県出身。二〇一七年「構造素子」で第五回ハヤカワSFコンテスト大賞を受賞しデビュー。著書に『すべて名もなき未来』など。

藤井太洋（ふじい・たいよう）

一九七一年、鹿児島県生まれ。二〇一五年『オービタル・クラウド』で日本SF大賞と星雲賞日本長編部門、一九年『ハロー・ワールド』で第四〇回吉川英治文学新人賞を受賞。一五年から一八年、第一八代日本SF作家クラブ会長。一九年、アジアSF協会の暫定初代議長に就任。

及川茜（おいかわ・あかね）

翻訳家、神田外語大学アジア言語学科講師。訳書に鯨向海『Aな夢』、唐捐『誰かが家から吐きすてられた』、郝景芳『郝景芳短篇集』がある。

小澤身和子（おざわ・みわこ）

翻訳家。訳書にリン・ディン『アメリカ死にかけ物語』、カルメン・マリア・マチャド『彼女の体とその他の断片』（共訳）など。

篠森ゆりこ（しのもり・ゆりこ）

翻訳家。訳書にイーユン・リー『千年の祈り』『黄金の少年、エメラルドの少女』『理由のない場所』、クリス・アンダーソン『ロングテール』、サム・ゴズリング『スヌープ！』など。

谷川毅（たにかわ・つよし）

一九五九年生まれ。翻訳家、名古屋経済大学教授。訳書に閻連科『愉楽』『黒い豚の毛、白い豚の毛』『年月日』『人民に奉仕する』など。

古沢嘉通（ふるさわ・よしみち）

一九五八年生まれ。翻訳家。訳書にマイクル・コナリー『ナイトホークス』『訣別』『レイトショー』、ケン・リュウ『紙の動物園』『母の記憶に』『生まれ変わり』など。

ケン・リュウ「トラストレス」──訳し下ろし
柞刈湯葉「改暦」──書き下ろし
郝景芳「阿房宮」──訳し下ろし
王谷晶「移民の味」──「文藝」二〇二〇年春季号
閻連科「村長が死んだ」──「文藝」二〇二〇年春季号
佐藤究「ツォンパントリ」──「文藝」二〇二〇年春季号
上田岳弘「最初の恋」──「文藝」二〇二〇年春季号
樋口恭介「盤古」──「文藝」二〇二〇年春季号
イーユン・リー「食う男」──「文藝」二〇二〇年春季号
ジェニー・ザン「存在は無視するくせに、私たちのふりをする彼ら」──「文藝」二〇二〇年春季号
藤井太洋「ルポ『三体』が変えた中国」──「文藝」二〇二〇年春季号
立原透耶「『三体』以前と以後」──「文藝」二〇二〇年春季号

中国・SF・革命

二〇二〇年七月二〇日　初版印刷
二〇二〇年七月三〇日　初版発行

著　者　ケン・リュウ、柞刈湯葉、郝景芳、王谷晶、閻連科、佐藤究、上田岳弘、樋口恭介、イーユン・リー、ジェニー・ザン、藤井太洋、立原透耶

訳　者　古沢嘉通、及川茜、谷川毅、篠森ゆりこ、小澤身和子

発行者　小野寺優
発行所　株式会社河出書房新社
〒一五一-〇〇五一　東京都渋谷区千駄ヶ谷二-三二-二
電話　〇三-三四〇四-一二〇一（営業）
〇三-三四〇四-八六一一（編集）
http://www.kawade.co.jp/

組　版　KAWADE DTP WORKS
印　刷　株式会社暁印刷
製　本　小泉製本株式会社

Printed in Japan　ISBN978-4-309-02903-0
落丁本・乱丁本はお取り替えいたします。
本書のコピー、スキャン、デジタル化等の無断複製は著作権法上での例外を除き禁じられています。本書を代行業者等の第三者に依頼してスキャンやデジタル化することは、いかなる場合も著作権法違反となります。

創刊以来
86年ぶり
3刷

文藝2019年秋季号特集

韓国・フェミニズム・日本

大増補＆2冊になってパワーアップ！

わかる＆極める！ 入門にして決定版

ISBN 978-4-309-02837-8

完全版 韓国・フェミニズム・日本

斎藤真理子 責任編集

ベストセラー『82年生まれ、キム・ジヨン』のチョ・ナムジュによる傑作「家出」、シンガー・ソングライターのイ・ランが笑いと恐怖を描く「手違いゾンビ」、新世代のフェミニスト作家ユン・イヒョン「クンの旅」、性暴力をめぐり社会の現実を克明に描くパク・ミンジョン「モルグ・ジオラマ」など、韓国文学の最前線を紹介。さらに対談、エッセイ、論考、ブックガイド、キーワード集、現代K文学マップ…etc. 韓国文学、まずはこれ1冊！

日韓最前線12人の作家が響きあう、珠玉のアンソロジー

小説版 韓国・フェミニズム・日本

イ・ラン／小山田浩子／高山羽根子／チョ・ナムジュ
デュナ／西加奈子／パク・ソルメ／パク・ミンギュ
ハン・ガン／深緑野分／星野智幸／松田青子
小山内園子／斎藤真理子／すんみ ＝訳

特集「韓国・フェミニズム・日本」の大好評日韓短編アンソロジーに加え、ママ友同士の愛と友情を描いたチョ・ナムジュ「離婚の妖精」、覆面SF作家のデュナ、松田青子による初邦訳＆書き下ろしを収録した決定版！

ISBN 978-4-309-02883-5